삶의 춤꾼이 되어

신 영 산문집

시와정신

2부

시와정신 산문선 _011
삶의 춤꾼이 되어

3부

5

4부

책머리에

"사람이 마음으로 자기의 길을 계획할지라도 그 걸음을 인도하는 자는 여호와시니라(잠 16:9)"

바람은 늘 분다. 동풍, 서풍, 남풍, 북풍 등 다만 방향에 따라 바람의 이름이 달라지는 것이다. 동풍은 샛바람, 서풍은 하늬바람, 미풍, 산들바람, 돌풍, 폭풍 등 바람의 세기에 따라 구분되는 것이다.

우리네 삶은 이렇게 내가 생각하지 않은 방향의 바람을 맞으며 걸어가고 뛰어가고 날아가는 것이리라. 이럴 때 우리는 온 우주만물을 창조하신 창조주의 이름을 찾고 부르며 바람에 나늬 먼지 터럭만큼이나 작은 존재인 피조물임을 고백하는 것이다.

2018년 8월 8일 "자유로운 영혼의 노래를 부르며"(시와정신사) 다섯 번째 산문집을 출간하고 6년이 다 되어 여섯 번째 산문집을 나를 사랑하는 나의 가족들과 친구들 그리고 '하나님 나라 확장'을 위해 헌신하는 주의 종들(선교사, 목사, 강도사, 전도사, 그 외 섬기는 이들)과 함께 나누려 한다.

만 6세에 미국에 부모님 따라 이민자로 뉴욕 업스테잇 뉴욕의 '코넬대학교' 4학년이던 만 23살의 남편이 한국에서 뉴욕에 온 아내인 나(만 21살/아트쟁이)를 만나 2여 년 시간 열심히 연애를 하다가 남편은 만 26살(대학원생), 아내인 나는 만 24살 결혼을 하게 되었다.

2021년 3월 28일 코로나19가 한참이던 때에 남편은 하나님 나라에 부르심을 받았다. 1989년 3월 6일 결혼식을 올리고 90년에 딸아이를 낳고, 91년에 큰아들을 낳고, 92년에 막내아들을 낳았다. 결혼 32년 동안 세 아이와 함께 알콩달콩 남이 부러워할 만큼 참 잘 살았다.

그렇게 남편을 떠나 보내고 하나님의 사역자의 길(방송미디어/문서 선교사)에 서게 되었다. 전도사가 되고 강도사가 되어 방송사역(라디오코리아 뉴욕)과 상담사역(전화와 방송, 이메일), 문서사역(뉴욕일보 칼럼니스트/보스톤코리아 칼럼니스트)으로 하나님의 종이 되어 일하고 있다. 2025년도에 목사 안수를 받는다. 하나님이 기뻐하시는 선포외침전도사역, 하나님께 영광이 되는 말씀과 기도의 복음사역에 제대로 쓰임 받기를 늘 기도한다.

Hallelujah!!
Praise the Lord!!

1부

감동할 줄 아는 넉넉한 가슴이길

봄이 왔는가 싶었는데 겨울은 아직 머물러 있다. 긴 혹한의 겨울을 견디며 새순을 올리고 꽃을 피우던 고운 꽃잎 위에 이른 아침 시린 눈발이 지났다. 어쩌면 이 모든 것이 사는 일이 아닐까 싶다. 내 마음과 욕심대로 되지 않는 것이 우리네 삶이고 인생이지 않던가 말이다. 이런저런 일을 겪으며 성공과 실패를 거듭하고 기쁨과 아픔과 고통을 겪어가면서 경험을 토대로 지혜를 배우는 것일 게다. 그렇다면 인생은 손해가 아닌 언제나 득이 되고 남는 장사가 아닐까. 그것은 어떤 사람이나 사물을 바라보는 자신의 사고의 관점에서의 시작일 게다. 무엇이 옳고 그른 것을 따지기 이전에 말이다.

계절과 계절의 샛길에서 만나는 자연은 내게 늘 감동을 선물한다. 세상에 속해 바쁘게 살다 보면 잊었던 아니 잃어버렸던 나 자신을 자연과 마주하면 아주 가까이에서 나를 만나게 되는 것이다. 그것은 바로 작은 피조물인 나를 고백하고 크신 창조주의 신비에 감동하게 되는 것이다. 그렇다, 나를 잊은 시간은 어쩌면 훌쩍 흘러가 버린 바람이나 구름 같은 것인지도 모른다. 나 자신의 존재를 인식하고 더불어 자연의 한 부분임을 고백했을 때만이 나는 더욱 자유로워질 수 있으며 나 아닌 다른 것들을 받아들이고 포용할 수 있는 넉넉한 가슴이 되는 것이리라.

회색의 도시에서 만나는 사람과 사람은 참으로 무표정일 때가 많다. 서로 각자의 길을 응시하며 목표를 향해 걸을 뿐이다. 그것은 경쟁 속에서 곁을 챙겨볼 여유가 없기 때문일 게다. 느낌은 차다. 눈빛은 쌀쌀하다. 표정은 없다. 그 속에 나도 있고 너도 있고 우리가 있다. 잠시 눈을 감고 그 회색 도시의 빌딩 숲을 걸어본다. 참으로 우울해지고 음침해지기까지 한다. 여기까지 온 것은 어떤 이유였을까. 그렇다면 계속 이렇게 가야 하는 것일까. 어디까지 다다라야 멈춤일까. 또, 이것은 누구의 선택이었으며 책임일까. 이쯤에서 멈추게 할 방법은 없는 것일까.

우리는 누구나 익숙해진 것이 편안하고 그래서 원하든 원하지 않든 그것이 좋든 나쁘든 간에 나도 모르는 사이 그것에 안주해 있는 것이다. 그것이 사람이 되었든 사물이 되었든 일이 되었든 관계를 이루고 사는 우리는 많이들 그렇게 살아왔다. 그래서 새로운 것에 대한 호기심이나 새로운 곳에 대한 도전 역시도 나 아닌 다른 사람들이 선택한 일이라고 치부하며 관심도 없이 많이들 살아온 것이다. 세상에 좋고 나쁨이 어디 따로 있겠는가. 다만 내가 느끼는 마음만이 좋다고 나쁘다고 그렇게들 느끼며 사는 것이다. 무해무덕 변덕스럽지 않으면 최고지 하고 말이다.

하지만 내가 늘 머물던 곳에서 잠시 눈을 들어 하늘을 보고 산천을 둘러보면 다른 세상이 열리는 것이다. 그동안 내 앞만 바라보고 걷던 그 자리에서 잠시 멈춰 서서 이리저리 둘러보는 여유를 가질 수 있다면 삶은 더욱 넉넉해지고 풍요로워지는 것이다. 길을 걷다 구석진 작은 귀퉁이에 기대어 핀 이름 모를 꽃을 바라보면 어찌 감동하지 않을까. 생명에 대한 감사가 절로 나오게 되며 지금에 처한 내 처지를 한탄하기보다는 감사로 차오르게 되는 것이다. 그동안 무뎌진 감성을 일 깨울 수 있다면 감동은 절로 탄성으로 터질 것이며 마음은 절로 여유 로워질 것이다.

세상의 나이가 들수록 감성은 메마르기 쉽다. 그럴수록 다른 사람 의 장점을 일부러 찾아서라도 칭찬하는 연습이 필요하다. 그것이 반 복되다 보면 나도 모르는 사이 감성이 풍부해지고 감동이 쉬이 오는 것이다. 그것은 나 자신에게도 이로울뿐더러 다른 사람에게도 기쁨과 행복을 선물하는 귀하고 값진 것이지 않겠는가. 내 마음의 감성이 메 말라 감동할 줄 모르면 나 자신에게도 해로울뿐더러 다른 사람에게 도 퉁명스럽고 불친절한 느낌으로 남지 않겠는가 말이다. 이처럼 자 연이 주는 감동을 꽃을 보면서 숲을 보면서 하늘을 보면서 구름을 보 면서 느껴보자.

어디 연세 드신 어른들뿐이겠는가. 젊은이들도 바쁘게 살다 보면 자 신의 감성을 잊고 살 때가 얼마나 많은가. 우리는 누구와 무엇을 나 누고자 할 때 내가 가진 것에서밖에 뭘 더 나눌 수 있겠는가. 그렇다 면 내게 있는 것이 도대체 무엇이 있을까 잠시 생각해 보라. 요즘처럼 각박한 마음과 가슴으로 사는 시대에 서로에게 필요한 것이 무엇이며 나눌 수 있는 것이 무엇인지 곰곰이 생각해 보자. 또한, 내가 다른 이 에게 줄 수 있는 것이 무엇이 있을까 생각해 보라. 어느 순간, 어느 자 리에서 누군가의 필요한 '따뜻한 웃음'을 나눌 수 있다면 서로에게 넉 넉한 가슴이지 않을까.

북한산에 올라

서울 도심에 이처럼 아름다운 북한산이 있다는 것은 바쁘게 사는 도시인(현대인)들에게 쉼이 되고 힐링이 되고 새로운 날의 시작이 되는 것이다. 한국에 오면 이제 북한산에 한 번 정도 올라봐야 마음이 편안한 것은 내게도 큰 쉼이 되고 힐링이 되는 까닭이다. 오르는 산길도 좋지만, 정상에 올라 서울 시내 풍경을 한눈에 내려다볼 수 있어 가슴이 확 트이는 느낌이다. 물론 북한산을 오르는 길에는 여러 갈래의 길이 있다. 지난 가을에 북한산에 올라보고 올 봄에 다시 북한산에 올랐으니 여름 북한산과 겨울 북한산의 느낌은 또 다를 것 같아 남겨놓기로 한다.

"북한산(삼각산)은 서울 강북구 우이동, 도봉구, 성북구, 종로구, 경기 고양시 덕양구 일원에 속해 있으며 문화재 지정 삼각산(三角山) 명승 제10호로 지정되어 있다. 서울시 북쪽 외곽에 병풍을 친 듯이 솟아 있는 북한산은 우이동 종점에서 등정할 수 있다. 북한산(삼각산)의 유래는 산의 최고봉인 백운대, 인수봉, 만경대(국망봉)의 높은 세 봉우리가 뿔처럼 높이 서 있어서 붙여진 이름이다. 세 봉우리 중에서 가장 높은 백운대는 해발 836.5m로 정상에 오르면 사방이 탁 트여서 전망이 무한히 넓고, 또 봉 위에는 많은 사람이 앉을 수 있는 넓은 암반이 있기도 하다.

동북쪽으로는 산맥이 서로 통하는 도봉산의 연봉이 줄을 이어 있고 아래로 강북, 도봉, 노원구가 한 눈에 내려다 보인다. 남쪽으로 눈을 돌리면 한강 건너 옆으로 뻗어나간 남한산을 바라볼 수 있고 서남쪽으로는 관악산이 눈에 들어온다. 백운대 동쪽에 우뚝 솟은 인수봉도 온통 바위 하나가 하늘 높이 솟아 장관을 이루며, 동남쪽에 솟은 국망봉은 일명 만경대라고도 하는데, 이 국망봉의 봉명은 일찌기 이태조가 한양에 도읍을 정할때 왕사 무학이 영기에 올라가 새 나라의 도읍터를 바라 보고 정해서 국망이라는 봉명이 생겼다고 전해오기도 한다.

　삼각산 일대의 지질기반은 중생대 말에 관입한 화강암으로 구성되어 있다. 다른 지역에서는 보기 드문 담조색을 띠고 있는데 장구한 세월에 걸친 지반의 상승과 침식작용으로 지표에 노출되고 다시 그 절리와 표면에 생긴 풍화작용으로 오늘날과 같은 산 모양이 된 것이다. 따라서 높이에 비해 산세가 험준하고 경사가 심하며 암벽으로 된 바위 봉우리들이 주축을 이루고 있다. 또한, 북한산 일대에는 옛 한성의 방어 역할을 했던 북한산성이 있으며, 성의 둘레는 12.7km이고 성 안의 면적은 6,611,600m²(약 200만 평)으로, 1990년부터 훼손된 대남문, 대성문, 대동문, 보국문, 동장대의 성곽들을 일부 보수 복원하였다.

　지난 가을 한국 방문 때에는 북한산의 일몰과 일출을 담기 위해 한국의 사진 친구에게 부탁을 했다. 그렇게 친구와 계획을 하고 날짜를 잡았다. 트레일은 우이동 도선사 입구를 출발해 하루재, 백운산장, 백운대에 올라 일몰을 담기 시작했다. 산 정상에서 마주하는 저녁 노을은 황홀함 그 자체이다. 붉게 물든 하늘과 그 하늘빛에 물든 산 아래의 도심에 스며든 석양빛은 참으로 아름다움이었다. 산과 산을 이어 수묵화처럼 그려진 산그리메 그리고 그 너머에 보이는 인천의 앞바다까지 펼쳐진 일몰경은 말로는 다 표현할 수 없는 자연의 신비이고 경이이고 장관이다.

그렇게 북한산의 황홀한 일몰을 뒤로하고 내려오는 길은 캄캄한 바위길을 헤드랜턴을 달고 더듬거리며 백운산장까지 내려왔다. 산장에서의 별밤은 짙고 고요해서 더욱 별빛이 환하게 반짝거렸다. 백운산장에는 두 노부부와 강아지가 있었다. 백운산장은 한참 국립공원과 소송 중이라 노부부의 간절한 마음과 걱정이 역력해 보였다. 국립공원에서는 산림보호 차원에서 산장을 국가 귀속으로 환원하려 하기에 평생을 산장과 함께 살아온 노부부에게는 자식과 같은 존재라 여겨진다. 그렇게 산장에서 잠깐 눈을 붙이고 새벽의 황홀한 여명과 일출을 담고 내려왔다.

북한산에서 만났던 황홀한 일몰과 일출과 아름다운 여명은 미국에 돌아가서도 오래도록 마음에 여운으로 남았다. 그 감동이 쉼과 힐링이 되어 나의 삶에도 나의 작품활동에도 참으로 귀한 역할을 했다. 그리고 다시 찾은 북한산 맑은 기운은 그 산 아래에 있는 것만으로 가슴을 출렁거리게 했다. 이번 방문에도 북한산을 여러 번 올랐다. 우이동 도선사를 시작으로 오르고, 영봉에도 올라보고, 북한산생태공원 입구를 시작으로 쪽두리봉에도 올라보았다. 그리고 북한산 구천계곡과 구천폭포에도 올라보았다. 북한산은 도심의 치유의 성지와도 같다는 생각을 했다.

내 곁에 누가 있는가

5년 전의 나와 지금의 나를 보며 무엇이 변화되었는지 살펴보자. 변화되지 않았다면 제자리에 머물렀다는 것인가. 아니면 뒤로 퇴보하고 있었던 것은 아니었나. 문득, 바쁘다는 이유로 때로는 핑계를 대면서 오늘까지 왔다. 가정의 가장으로, 아빠로, 가정의 아내로, 엄마로, 며느리로 살다 보면 나 자신을 돌아볼 겨를 없이 훌쩍 뛰어넘은 오늘 앞에 그만 말을 잃고 허탈할 때가 있다. 그 이름 붙여진 다른 이름 말고 그저, 나 자신의 시간을 들여다보자. 진정 얼마만큼의 나의 시간이 있었으며 그 주어진 시간을 잘 보냈는지 살펴보자.

사람은 환경의 지배를 받고 살 수밖에 없는 환경적인 존재이다. 옛말에 남의 흉을 보다 자신이 배운다는 우스갯소리가 있지 않은가. 그만큼 주변에서 자주 만나고 나누는 사람의 습관이나 말투나 행동을 나도 모르는 사이에 많이 닮게 마련이다. 그 사람을 잘 모를 때는 그의 가까운 친구들을 만나보면 대충 그 사람을 알 수 있는 좋은 예이기도 하다. 그렇다면 지금으로부터 5년 정도의 지난 시간을 놔두고 그동안에 나와 자주 만나고 나누고 지냈던 사람들은 누가 있었는지 생각을 해 보자. 그 만났던 사람들의 영향은 또 다음의 5년을 향하는 출발점에서 중요한 역할을 한다.

그렇다면, 나 자신은 주변의 친구들에게 어떤 영향을 미쳤으며 역할을 하고 있었을까. 삶에서 아주 작지만 커다란 변화의 시작점이기도 하다. 가끔은 친하지는 않지만 생활 얘기를 주고받는 주변의 친구들에게서 우울한 마음을 전해 듣기도 한다. 딱 꼬집어 '우울증'이라고 하기는 그렇고 가슴이 답답한 얘기를 해오는 것이다. 누구한테 속 시원히 하지 못했던 얘기들을 조심스럽게 꺼내놓는 그들에게 고맙고 감사하다. 나 자신의 어두운 부분을 누구에게 내어놓기란 그리 쉽지 않은 일이기 때문이다. 가정주부로 바쁘게 남편 뒷바라지와 아이를 키우며 살아왔다.

부부라는 관계는 둘이서 친하게 지내면 더없이 친한 친구이기도 하지만, 서로의 기분을 상하게 하면 남남처럼 차갑게 느껴지기도 하는 알 수 없는 관계이기도 하다. 그래서 '무촌'이라 했던가. 이렇듯, 부부 생활에서의 속상했던 부분들을 나누다 보면 나 자신의 숨겨졌던 부분도 간혹 툭툭거리며 삐져나오는 것이다. 누군가 내 말을 들어줄 사람이 있다는 것은 반 이상의 치료가 시작된 것이리라. 믿을 만한 사람이 곁에 있다면 그 사람의 삶은 반 이상이 행복으로 가는 길에 서 있는 것이리라. 한 가정에서 남편이나, 아내가 우울한 기분으로 있다면 어찌 그 본인에게만 영향이 미치겠는가.

그래, 나도 답답했을 때가 있었다. 눌려진 가슴이 답답해서 견딜 수 없을 것 같았던 그런 때가 말이다. 계절이 바뀔 무렵이면 어김없이 찾아왔던 나 자신에 대한 초조함과 불안감이 있었다. 날개 접힌 새처럼 꿈을 모두 접어야 했던 '꿈과 사랑' 사이에서 고민했던 때가 있었다. 아이 셋을 키우며 엄마의 노릇과 아내의 역할은 내게 너무도 큰 짐으로 다가왔다. 아이를 재워 놓고 부엌에서 설거지하며 창밖을 내다보면 눈물이 저절로 흘러내렸다. 이 세상에서 혼자인 것 같은 외로운 생각들이 엄습해 오고 견딜 수 없는 우울한 생각들이 나를 잡고 있었다.

　이유를 말하자면 여러 가지를 들 수 있으리라. 부모 형제와 떨어져 살아서 외로웠던 그 외로움이 첫째의 이유일 테고, 아주 어려서 이민 온 짝꿍(남편)과의 문화적인 차이를 들 수 있을 것이다. 친정 가족 없이 혼자인 내 주변의 시집 식구들은 셀 수 없을 만큼 많은 숫자였다. 그 이유만으로도 충분했다. 그렇게 지내다 한 5여 년 전, 마음의 고민을 털어놓을 수 있는 좋은 두 사람을 만났다. 솔직한 마음을 꺼내 놓기 시작했다. 처음에는 속의 말들을 꺼내 놓기가 어려웠지만 조금씩 꺼내 놓을수록 마음이 가벼워짐을 느꼈다. 나 자신의 흉 거리를 내어놓는 일처럼 얼굴이 붉어지기도 하다가 울분과 속상함으로 열변을 토하기도 했었다.

　이렇게 그 작업이 거의 1여 년의 시간이 흘렀다. 차츰, 나 자신 속의 공간이 생기게 되니 바라볼 수 있는 여유가 생기기 시작했다. 나자신을 토닥거려줄 수 있을 만큼 마음의 여유가 찾아왔다. 그런 과정을 거치며 나 자신과 함께 섭섭하게 여겨졌던 사람들에 대해서 상대방의 입장을 바꿔보기 연습이 시작되었다. 그런 작업의 훈련은 새로운 세상으로의 길을 안내하였다. 보지 못하고 만나지 못했던 나자신의 또 다른 세계가 있었음을 말이다. 내가 만나고 누렸던 그 행복의 시작은 좋은 사람을 만났기 때문이다. 내 곁에 누가 있는가. 나는 누구의 곁에 서 있는가.

뻔뻔스러움의 미학

삶이란 살수록 버겁다는 생각을 한다. 살면 살수록 더 많은 시간을 쌓고, 더 많은 사람을 만나고, 더 많은 일을 겪고, 상처도 주고받으며 삶의 마디를 만들고 세월을 따라 흐르는가 싶다. 살면서 주변의 사람들과 나 자신을 비교하면서 실망도 하고, 가끔은 우쭐해하면서 자기만큼의 키재기를 한다. 어찌 그뿐일까. 내 가족의 남편도 아내도 그리고 부모와 자식도 다른 가족들과 비교하면서 자신을 자책하기도 하고 자랑스러워하기도 한다. 이처럼 비교란 만족이 없기에 행복을 앗아가는 마음의 몹쓸 병이다.

"당신은 진정 행복하십니까?" 하고 물으면 그에 대한 빠른 답을 하기보다는 자신의 행복에 대해 스스로 묻게 된다. 이 세상의 많은 사람이 행복을 원하지만, 생각처럼 말처럼 쉽지 않은 것이 또한 행복이다. 행복은 생각이 아닌 실천과 행동이 뒷받침되어야 하는 자신의 수고와 희생이 그리고 사랑이 필요하기 때문이다. 다른 사람의 행복을 엿보다 보면 어느샌가 자신의 행복은 저만치 떠나 있다. 삶의 여정에서 남과 비교하지 말고 큰 것보다는 작은 것에서 소중한 것을 찾을 수 있는 마음의 여유를 갖기를 소망한다.

처음 글쓰기를 시작한 것은 특별하지 않은 하루의 일상을 끼적이며 자연과 함께 호흡하는 나 그리고 가족의 작은 삶의 이야기가 글쓰기가 되었다. 그렇게 시작한 글쟁이의 길은 너무도 평범한 모습이고 남에게 보이기조차 민망한 모습이라고 생각했었다. 그것이 나를 더욱 작게 만들었던 이유였는지도 모른다. 바로 남에게 보이려고 했던 모습이 얼마나 어처구니없는 욕심인가 말이다. 그러다 보니 주변에 보이는 것은 모두가 큰 사람들만 보였다. 여기저기를 둘러보면 박사들이 많은 보스턴 지역에서는 더욱이 그랬다.

그럴수록 더욱 작아지는 자신을 발견하며 실망도 하고 움츠러들기도 했다. 이렇게 얼마를 지냈을까. 나 자신 속에 들어 있는 소중한 것들을 하나씩 끄집어내는 연습을 했다. 나의 부족한 것을 먼저 인정을 하고 나니 다른 사람의 장점들도 하나둘씩 인정하게 되고 칭찬하게 되었다. 그렇게 생활 속에서 연습과 훈련을 하기 시작했다. 마음 깊은 곳에서 자리한 '비교하는 마음'이 하나둘 떠나기 시작했다. 그 빈자리에 용기가 생기니 자신감도 생기고 당당한 모습으로 채워지기 시작했다. 나 자신으로 소중하고 귀한 존재임을 깨달은 것이다.

지내온 6~7여 년을 가만히 돌이켜 생각하면 참으로 '뻔뻔스러운 모습'이었다. 하지만, 그 뻔뻔스러움은 그 말의 어원을 넘어 자신을 제일 사랑할 수 있는 깊은 뿌리의 에너지라는 생각을 한다. 나 자신을 충분히 사랑할 수 있을 때만이 남을 사랑할 수 있기 때문이다. 삶에서 제일 어려운 관계는 다름 아닌 나 자신이다. 나 자신 속에서 매일 싸움을 하고, 미움을 낳고, 상처를 주고받으며, 사랑을 원하고, 치유를 원한다. 결국은 나 자신과의 화해가 중요하기에 먼저 자신 속에서 남은 것들을 용서할 수 있는 마음이 필요한 것이다.

나 자신을 사랑하고 싶어 시작한 '뻔뻔스러움의 나의 삶의 철학'이 용기와 꿈을 그리고 희망을 만들어 주었다. 가끔 삶에 지쳐 넘어지기도 하고 실망하기도 하지만, 언제나처럼 또 일으켜 걷게 하는 것은 내면 깊은 곳에 뿌리로 있는 바로 뻔뻔스러움의 에너지이다. 그 뻔뻔스러움이 내게 꿈과 희망으로 다가와 행복을 주었다. 엊그제는 한국의 한 대학에서 '상담학(심리학) 특강'을 얻어 강의를 하고 돌아왔다. 강의 주제를 '뻔뻔스러움의 미학'이라고 정했다. 다른 사람의 얘기가 아닌 바로 나의 삶의 얘기(노래)를 나누며 감사한 시간을 가졌다.

　'뻔뻔스러움의 에너지'를 자신의 마음을 다스릴 수 있는 '긍정적 에너지'로 승화시킨다면 이것은 무한한 능력이기도 하다. 삶은 우리에게 무한한 도전을 꿈꾸게 하고 무한히 드높은 곳으로의 비상을 준비하게 하기 때문이다. 뻔뻔스러움이란 바로 나의 존재를 돌아볼 수 있는 가장 순순한 나(我)의 모습이다. 이 뻔뻔스러움의 에너지를 나의 삶 속에서 어떻게 잘 다스리며 나아갈 것인가. 또한, 너와 나 그리고 우리의 삶 속에서 함께 어우러진 조화를 이룰 수 있다면 '뻔뻔스러움의 미학'은 참으로 아름다운 미학이라는 생각을 한다.

진짜 멋은 수수함 속에 있음을

가끔 지나는 길에 뒤돌아 다시 보게 하는 이들이 있다. 그것은 눈에 띄는 화려함이 아닌 자연스러운 수수함에 끌려서일 게다. 요즘은 별 것마다에 끼워 넣고 명품 명품 하는 그런 명품이 아니어도 좋다. 남을 의식하지 않은 자신의 내면의 모습이 그대로 밖으로 흘렀을 뿐일 게다. 그렇다, 굳이 애써 꾸미지 않아도 일상의 삶에서 몸과 마음에 배인 깨끗하고 단정한 그런 단아한 모습일 게다. 제아무리 명품을 입고 두르고 쓰고 신고 들었어도 자신과 어울리지 않아 어색하면 남의 것을 빌려 입고 두르고 쓰고 신고 든 것 같은 모습인 것을 말이다. 멋은 자연스러워야 더욱 멋지지 않던가.

사람마다의 개성은 얼굴 생김새만큼이나 각양각색으로 모두가 다르다. 그래서 서로 다른 그 개성이 어우러져 더욱 멋지고 아름다운 것이다. 굳이 내게 어울리지 않는 것을 남이 가졌으니 나도 가져야 한다는 식의 방식은 참으로 어리석은 일은 아닐까 싶다. 내가 필요로 하고 나의 형편이 가질 만해서 선택하는 것이면 좋으련만 남을 의식해서 자신에게 어울리지 않고 형편에 맞지 않는 것을 가지려는 것은 욕심이고 허욕이 아닐까 싶다. 무엇보다도 자신과 어울리는 옷을 입고 신을 신어야 제일 편안한 것이다. 삶에서도 마찬가지가 아니던

가. 무엇이든 내게 어울려야 편안한 것이다.

한때는 그랬다. 요즘은 많이 달라졌지만, 한국을 방문하면 도착하는 그 날부터 한국인의 나이별 유행이 뭐라는 것을 한눈에 알아차리곤 했었다. 오가는 남녀의 옷도 옷이려니와 여자들의 화장 역시도 비슷비슷한 모습에 자신만의 개성 없이 우르르 따라 하는 식의 멋 내기가 내게는 참으로 쓸쓸하게 다가오곤 했었다. 어쩌면 나 역시도 그 자리에 있었으면 별반 다르지 않았을 것이다. 다만, 먼 곳에 살다가 한 번씩 찾아가기에 그 모습이 한눈에 들어오는지도 모른다. 유행의 흐름을 무시할 순 없겠지만, 그 흐름을 알아차리고 자신과 어울리는 멋을 찾는 것이 센스이지 않을까.

자신도 자신을 잘 모르는데 어떻게 자신을 표현할 것인가. 이처럼 나를 모르니 남을 따라 할 수밖에 없는 노릇 아니던가. 삶에서 가끔 나 자신의 내면을 한 번씩 들여다보는 여유가 있으면 좋겠다. 나 자신의 깊은 내면의 소리에 귀를 기울이고 혼자만의 조용한 시간을 가질 수 있다면 남을 의식하는 시간이 줄어들 수 있을 것이다. 내 속의 허함이 어쩌면 아우성치다 참을 수 없어 밖으로 터져 나오는 것은 아닐까. 우리네 인생에서 눈에 보이는 것으로 아무리 채우고 채워도 채워지지 않는 그 무엇, 늘 허기지고 맥이 떨어지는 그 무엇이 바로 영혼 깊은 곳의 갈증은 아닐까.

언제 어느 곳에서나 인공적인 것은 마음의 평온함보다 불안함으로 다가온다. 사람도 마찬가지다. 물론, 때와 장소에 따라 차이는 있겠지만 너무 치장하고 꾸민 사람을 만나면 무엇인가 편안하지 않고 불편해지는 것이다. 무엇이든 어느 쪽으로 치우치면 불안한 것처럼 균

형이 필요하다. 옷이든 사람이든 간에 조화를 이뤄 잘 어울릴 수 있
는 자연스러움이 자신에게도 그러하거니와 바라보는 이들에게도 편
안함을 주어 좋다. 눈에 보이는 밖의 치장보다는 눈에 보이지 않는
내면의 치장이 더욱 중요하다는 얘기다. 자연스러움이란 내면의 것
이 차오르면 저절로 흘러넘치기 때문이다.

진짜 멋은 수수함에 있음을 세상 나이 오십의 언덕에 올라서야 깨
달아 간다. 어려서는 남을 의식하고 많이 살았다. 결혼해 연년생으
로 세 아이를 낳고 키우며 살이 많이 찐 탓에 몸의 살을 뺄 생각보다
는 몸을 가리려고 얼마나 애쓰며 살았는지 모른다. 키가 작은 편이
니 신발 굽이 높은 것을 늘 찾고 신었으며 남을 의식하며 한껏 멋을
냈었던 시절이 내게도 있었다. 산을 오르기 시작하며 하나둘씩 나의
치장하던 것을 내려놓게 되었다. 그것이 그럴 것이 산을 오르면 살
찐 것을 감출 수도 없거니와 등산화를 신으며 작은 키를 더는 키울
수 없는 까닭이었다.

옛말에 '향 싼 종이에서는 향내가 나고 생선을 싼 종이에서는 비
린내가 난다'는 말이 있지 않던가. 제아무리 밖으로 치장하고 한껏
멋을 내도 그 안의 것은 자신이기에 내면의 것을 감출 수 없다는 얘
기일 것이다. 그렇다면 밖의 보여지는 것보다는 안의 것을 더욱 가
꾸어야겠다는 생각이 드는 것이다. 세상 나이 오십의 언덕에 오르고
보니 더욱이 그런 생각이 마음을 스쳐 지난다. 어느 누구에게나 자
연스러움이 최고의 멋이라는 생각이 든다. 나 자신이 남을 의식하지
않은 자연스러운 나를 순수한 나를 그대로 놔두고 흐르는 대로 바라
다봐 주는 일이 진정한 멋이고 아름다움이지 않을까.

가지 않은 길에 대한 단상

계절과 계절의 샛길에서 만나는 설렘은 무어라 표현하기 참 어렵다. 뉴잉글랜드의 사계절은 언제나 새로운 느낌으로 나를 유혹한다. 특별히 예술가나 문학가가 아니더라도 계절마다 만나는 자연을 통해 인생에 대한 깊은 생각과 마주할 수 있어 좋고 잠시 나 자신을 뒤돌아볼 수 있는 사색의 시간이 많아 좋다. 겨울이 좀 긴 느낌이 들지만, 또한 그 겨울을 충분히 즐기고 누리며 만끽할 수 있음도 하늘이 내게 주신 아주 특별한 선물이라는 생각이다. 또 한 가지 덧붙인다면 뉴잉글랜드 지방에는 미국을 대표할 수 있는 자연의 목가적 전원 시인이 여럿 있다는 것이다.

전원 목가의 세계적인 시인 로버트 프로스트Robert Frost (1874~1963)는 버몬트를 중심으로 한 보스톤 북쪽의 시골풍경을 詩로 많이 그렸다. 미국의 문학사상 제일의 여류 시인 Emily Dickinson(1830~1886)은 주로 형이상학적인 주제를 많이 다루었던 시인이다. 또한, 하버드 대학을 졸업했으나 부와 명성을 마다하고 고향으로 돌아와 자연 속에서 글을 쓰며 일생을 보냈던 Henry Davied Thoreau(1817~1862)가 있다. 미국 문학 사상 제일 많이 인용되는 詩로 일컫는 하버드 대학에서 언어를 가르치는 교수였던

Henry Wadsworth Longfellow(1807~1882)가 있다. 이처럼 보스톤 주변의 시인들의 색깔은 남다르다.

가지 않은 길 / 로버트 프로스트

노란 숲 속에 길이 두 갈래로 났었습니다
나는 두 길을 다 가지 못하는 것을 안타깝게 생각하면서
오랫동안 서서 한 길이 굽어 꺾여 내려간 데까지
바라다볼 수 있는 데까지 멀리 바라다보았습니다

그리고, 똑같이 아름다운 다른 길을 택했습니다
그 길에는 풀이 더 있고 사람이 걸은 자취가 적어
아마 더 걸어야 될 길이라고 나는 생각했었던 게지요
그 길을 걸으므로 그 길도 거의 같아질 것이지만

그 날 아침 두 길에는
낙엽을 밟은 자취는 없었습니다
아, 나는 다음 날을 위하여 한 길은 남겨 두었습니다
길은 길에 연하여 끝없으므로
내가 다시 돌아올 것을 의심하면서

훗날에 훗날에 나는 어디선가
한숨을 쉬며 이야기할 것입니다
숲속에 두 갈래 길이 있었다고
나는 사람이 적게 간 길을 택하였다고
그리고 그것 때문에 모든 것이 달라졌다고

그 중에서도 목가적 시인인 로버트 프로스트의 「가지 않은 길(The Road Not Take)」은 문득문득 내게 삶에 대해 깊이 생각하게 하고 인생에 관해 묻고 또 인간 존재에 대해 깊이 생각하고 묻게 하는 아

주 좋아하고 귀히 여기는 시편이다. 이 시편은 나뿐만이 아니라 각 나라에서 번역되어 수많은 이들에게 사랑받는 시편일 게다. 이처럼 내가 사는 고장에 귀하고 자랑스런 시인이 살았었다는 사실 하나만으로도 충분히 행복하지 않은가 말이다. 그가 지금 여기에 있지 않더라도 그의 작품을 통해 그의 숨결을 그대로 만날 수 있으니 더없이 고맙고 감사한 일이 아니던가.

"로버트 프로스트는 전원시인으로서 유명하다. 그는 많은 경우 자연의 목가와 농촌의 서정을 밑그림으로 삼아 그 위에 비교적 긴 서사를 엮어 넣어서 아름다운 시를 썼다. 그는 미국의 뉴잉글랜드 지방, 그 가운데서도 버몬트를 중심으로 한 보스턴 북쪽의 시골풍경을 시에서 많이 다루었다. 그런 시를 통하여 그는 인간의 고독과 죽음 그리고 자연의 의미를 이야기하였다. 목가적 서정 속에서 하나의 주옥이 되어 빛나는 인간의 고독, 이것이 그의 시의 전형적인 모습이 아닐까 한다."

특별히 시인 프로스트의 생각을 깊이 만나지 않더라도 우리의 삶은 가끔 '길'과 비유하지 않던가. 우리의 인생은 어쩌면 시인의 말처럼 언제나 숲 속의 두 갈래길에서 망설임의 연속일지도 모른다. 길을 걷다가 두 갈림길에서 멈칫 서서 두 길을 모두 선택할 수 없어 고민하고 갈등하게 된다. 이렇듯 하나만을 선택해야 하는 기로에서 하나의 선택이란 참으로 용기가 필요하다. 우리네 인생은 늘 두 갈림길에서의 자신이 선택한 길과 선택하지 못한 길에 대한 아쉬움이나 미련 그리고 후회가 남기 마련이다. 어떤 길을 선택하든 선택하지 않은 길에 대한 아련함이 가슴에 남는 까닭이다.

우리는 인생길을 가면서 항상 옳은 선택만을 할 수 없다. 그래서 아쉬움이나 미련이 남기도 하고 후회가 되기도 하지만, 어쩔 수 없이 선택을 해야 할 때가 종종 있다. 그것이 어떤 결과로 인해 옳든 그르든 간에 이미 선택된 것이다. 그것을 우리는 '운명'이라고 하나의 이름을 붙여 놓았는지도 모른다. 하지만 중요한 것은 그 어떤 길을 선택했든 간에 나 자신이 선택했다는 것이다. 시인의 마음처럼 사람이 걸은 자취가 적어 풀이 더 있는 길을 선택해 그 길이 아니 내 인생길이 설령 가시밭길일지라도 그 길을 선택했으므로 후회보다는 행복했다는 고백은 아닐까.

삶의 장단과 추임새

가끔은 '얼씨구!'하고 큰소리를 쳐보는 삶이면 좋겠다. 세상을 살면 살수록 신명 나는 일보다는 지친 삶일 때가 더 많다. 삶에서 마음은 무엇인가 펼쳐보고 싶고 하고 싶은 일들이 많지만, 현실은 언제나처럼 높은 장벽을 쌓아두고 있으니 참으로 쉽지 않은 것이 또한 인생이 아닐까 싶다. 누구에게나 그렇듯이 가슴 벅차게 차오르며 꿈틀거리던 젊은 시절의 꿈들이 있었다. 그 시절의 꿈과 이상 그리고 현실 사이에서 방황하던 젊음이 있었던 것이다. 지나고 보면 모두가 추억이 되고 그리움이 되어 그나마 힘든 현실에서 잠시 쉬어가는 길목이 되어주기도 하는 것이다.

길고 긴 인생 여정에서 생각해 보면 삶의 색깔과 모양과 소리는 참으로 각양각색으로 다양하다. 가끔은 다른 이의 삶의 장단에 추임새를 넣어줄 수 있는 여유로운 마음이면 좋겠다는 생각을 해본다. 그것은 어느 누구에게나 삶의 모습이 평탄하지만은 않다는 것을 의미한다. 살다 보면 참으로 감당하기 힘든 일을 겪기도 하고 버거운 날을 맞기도 하지 않던가. 하늘이 무너질 것 같은 일이 내 앞에 닥치기도 하고 때로는 가까운 이들에게도 그런 일들이 일어나지 않던가. 그래서 세상을 살다 보면 내 일 남의 일이 따로 없다는 것을 알게 되고 그 앎이 깨달음이 되어 지혜가 되는 것이다.

전통문화와 옛것을 둘러보기 좋아하는 나는 한국을 방문하면 한두 번 정도는 예향의 도시인 전주를 방문한다. 전주는 비빔밥만큼이나 맛깔스러운 고장이라는 생각을 한다. 그 어느 곳을 둘러보아도 언제나 여유로운 즐거움과 넉넉한 누림을 선물해 주어 좋다. 그래서 전주를 방문하면 전통춤과 국악 마당을 즐기는 것도 하나의 즐거움이 되었다. 국악 마당의 판소리는 어찌 그리도 우리의 삶의 애환을 그렇게도 잘 그려내는지 그 속에 푹 빠지면 뱃속 깊은 곳에 있던 체증까지 후련해지는 것을 경험한다. 절로 어깨춤이 오르고 신명이 오르는 일 그것이 바로 힐링인 것이다.

우리네 삶의 장단에도 이처럼 추임새가 필요하다는 생각이다. 그것은 다른 이의 기쁜 일에는 함께 즐거워해 주고 슬픈 일에는 함께 슬퍼해 줄 수 있는 마음의 넉넉함과 마음의 여유라는 생각이다. '추임새'라는 말의 사전적 의미를 찾아보면 판소리꾼이 창(唱)을 할 때, 흥을 돋우기 위해 고수가 장단을 치면서 '좋다', '좋지', '얼씨구', '으이' 따위의 삽입하는 소리를 말한다. 이처럼 우리의 인생 여정에서 만나는 희로애락(喜怒哀樂) 속에서 서로의 장단에 추임새를 넣어주며 살 수 있다면 우울해진 마음에 신바람 일렁이는 신명 나는 삶이 되지 않을까 싶은 생각을 해 본다.

철부지 어린아이처럼 장난기 많고 짓궂은 나는 남편에게도 무엇인가 확인받기를 좋아한다.

"김치찌개 맛있지?"

이렇게 묻고 대답 없으면 또다시 물어본다.

"돼지고기 넣고 끓인 김치찌개가 소고기 넣고 끓인 김치찌개보다 훨씬 맛있다니까." 하고 말이다.

그렇게 되물으면 더 이상 남편은 입을 다물 수 없는 상황이 되는 것이다.

"응, 맛있네!!" 하고 대답을 해 온다.

어찌 됐든, 함께 마주하고 앉은 식탁에서 서로 오가는 말 속에 마음도 있지 않을까 싶다. 엎드려 절 받는 격이긴 하지만 그것도 나쁘진 않다.

이처럼 한국에 있는 친한 친구와 통화를 해도 마찬가지다. 전화로 얘기를 하는데 친구가 듣기만 하고 조용히 있으면 심심해지는 것이다.

"얘기를 들으면 대답이 있어야지?!"

"듣는 건지, 마는 건지?!"

이렇게 물으면 친구는 미안한지 얼른 대답을 해 준다.

"응, 그래, 그래!!" 하고 말이다.

이렇게 서로 소소한 일상에서 장단을 맞춰주고 추임새를 넣어주다 보면 쌓인 피로가 말끔히 씻기는 것이다.

이렇듯 우리의 긴 인생 여정에서 가끔은 서로 삶의 장단에 맞춰 추임새도 넣어주는 삶이면 좋겠다. 서로의 장단에 맞춰 춤도 춰 주고 울음도 내줄 수 있는 친구가 곁에 있다면 그 인생은 참으로 복된 인생일 것이다. 서로에게 필요한 존재로서 마주할 수 있는 그런 삶이면 더없을 멋진 삶이고 인생인 것이다. 내게 네가 필요하듯 네게 내가 필요한 그런 존재로 마주하고 싶은 오늘이다. 너의 삶의 장단에 맞는 추임새로 남는 나이면 좋겠다. 그래서 서로의 장단과 추임새가 어우러져 너와 나 우리의 어깨춤이 절로 들썩이는 신명나는 춤 한 판의 삶이면 좋겠다.

사람은 생각하는 대로 산다

가끔 친정 엄마의 목소리를 가슴으로 들으며 깜짝 놀랄 때가 있다. 지금은 세상에 계시지 않지만, 여전히 가슴에 남아 막내 딸의 삶의 동행자로 친구로 함께하시는 까닭이다. 삶에서 기쁘고 행복한 시간보다는 삶이 버겁고 힘겨운 시간 그리고 외롭고 쓸쓸한 시간에 찾아와 등을 토닥이고 가슴을 안아주고 가시는 것이다. 엄마의 그 다정한 음성이 위로가 되고 힘이 되고 용기가 되어 다시 또 씩씩하게 일어나 걸어가는 것이다. 무언의 대화지만 서로 모녀간의 오가는 마음의 대화는 오래도록 기도가 되었다. 엄마, 걱정하지 말아요. 막내딸이 지금 잘 살고 있지요? 하고 엄마에게 물으면서.

"인생은 될 대로 되는 것이 아니라 생각대로 되는 것이다. 자신이 어떤 마음을 먹느냐에 따라 모든 것이 결정된다. 사람은 생각하는 대로 산다. 생각하지 않고 살아가면 살아가는 대로 생각한다." – 〈조엘 오스틴, '긍정의 힘' 中에서〉 "인간의 뇌는 미사일의 자동유도 장치와 같아서 자신이 목표를 정해주면 그 목표를 향해 자동으로 유도해 나간다." – 〈맥스웰 몰츠의 이야기 中에서〉 사람의 간절한 생각은 행동을 이끈다는 것이다. 마음에서의 생각은 작은 꿈을 꾸게 하고 지속적인 노력은 큰 꿈을 이루게 한다는 것이다. 꿈은 꿈을 꾸는 사람에게 이루어진다고 하지 않던가.

사람은 어디에 목표를 두고 어디에 삶의 가치를 두는가에 따라 그 인생은 판이하게 달라지는 것이다. 물론 운명론을 운운하든 아니든 간에 선택은 자신에게 달려 있다. 그 어느 것을 선택하든 결과에 대해서는 누구의 탓이 아닌 자신이 책임을 질 수 있어야 한다. 자신의 마음속에 작은 꿈의 씨앗을 묻고 매일 그 씨앗이 움트고 자라기를 바라는 마음이 기도라는 생각을 한다. 그 작은 꿈이 조금씩 자라는 것을 마음의 눈으로 볼 수 있다면 그 사람의 삶은 참으로 넉넉하고 아름다울 것이다. 그 사람은 누구보다도 자신을 진정으로 사랑하기 때문에 그 누구와 비교하거나 남을 탓하지 않을 것이다.

요즘처럼 세계 경제가 이렇게 불황인 때가 또 있었을까 싶은 마음이 든다. 이 어려운 시기를 잘 견디고 이겨낼 수 있는 것만이 지금에서의 최선의 길이란 생각이다. 각자 처한 상황에서 절약하고 절제하면서 삶의 지혜를 배우는 소중한 시간이다. 가정이나 사회나 국가나 경제가 어려워지면 서로 간의 마음은 더욱 잘 통하는 법이다. 그것은 어려운 처지에 놓인 서로를 위로하게 되고 이해하게 되니 마음이 통할 수밖에 없는 까닭이다. 그 기다림의 시간을 통해 가족들 간의 사랑은 더욱 커지고 서로의 생각과 꿈을 나누게 된다. 그 서로의 꿈을 위해 함께 힘이 되어주는 귀한 시간이다.

예를 들어 중국 사람들은 근사한 중국 식당 주인이 되는 것이 꿈인 사람이 많다고 한다. 그런 것처럼 식당의 주방에서 일하는 사람이라면 식당 주인이 되는 꿈을 꿀 수 있고, 세탁소에서 옷을 다림질하는 사람이라면 세탁소 주인을 꿈꾸어 보지 않겠는가. 지금에 처한 현실이 막막하다고 해서 앞으로의 꿈이 없는 것은 아니기 때문이다. 자신의 꿈의 지도를 펼쳐보지도 않고 무조건 현실을 탓하며 포기해버리는 것은 어리석은 행동이다. 당장은 어려울지라도 희망을 잃지 않고 열심히 자신의 꿈을 향해 노력한다면 설령 그 꿈을 다 이루지 못했더라도 인생은 많이 달라져 있을 것이다.

자신만이 간직한 꿈의 지도를 그려보는 것이다. 가슴에 숨겨 놓은 꿈 너무도 허황된 꿈같은 그런 꿈들도 가끔은 어린아이처럼 꾸어보고 꺼내보는 것이다. 그것이 현실과 동떨어진 꿈일지라도 내가 간절히 원하면 그 목표를 향해 마음과 시간을 투자할 일이기 때문이다. 그 꿈을 이루기 위해 자신의 끊임없는 노력이 필요한 것이다. 다른 사람에게 폐를 끼치는 것이 아닌 내 마음의 목표를 정하고 꾸준히 그리고 열심히 노력하는 자신을 만나게 되는 순간 그 꿈을 향한 행진은 빨라지는 것이다. 시작이 반이라는 옛 어른들의 말씀이 있지 않던가. 그 이뤄진 꿈의 반을 보면서.

길지도 짧지도 않은 인생 중반의 삶을 잠시 돌아보면 어릴 때부터 항상 꿈을 꾸며 살았다는 생각이다. 한 부모의 자식이지만, 언니들과는 조금은 다른 부분이 있었다. 오래전 우리가 자랄 때쯤의 어느 가정이나 막내들에게는 특권처럼 여겨지는 엉뚱하고 무턱대고 달려드는 부분이 내게는 있었다. 그 엉뚱함이 내게 남다른 창의적인 사고를 키웠으며 독특한 부분으로 나의 인생에 많은 영향을 끼쳤다는 생각이다. 지금도 그 에너지가 꿈틀거림으로 나의 인생에 새로운 꿈을 늘 꾸게 한다. 새로운 생각이 새로운 꿈을 꾸게 하고 그 새로운 꿈을 이루기 위해 오늘도 쉬지 않고 노력하게 한다.

인생은 신명나는 춤 한 판

삶의 색깔과 모양과 소리는 모두가 다르다. 어느 부모를 두고 있으며 어떻게 자랐는가에 따라서도 확연히 다르다. 본인이 원하든 원하지 않았든 간에 누군가의 자녀로 태어나 그 부모 아래에서 교육을 받으며 자란다. 또한, 자란 가정환경과 주변 환경 그리고 교육 환경이 우리의 인생에서 얼마나 중요한 바탕이 되는지 살면서 깨닫게 된다. 하지만 그것이 인생 전부를 담보하지는 않는다. 어떤 환경에서 어떻게 자랐든 간에 성인이 되어 인생의 큰 그림을 그릴 때 각자에게 주어진 삶에서 어디에 가치를 두는가에 따라 인생은 확연히 달라지게 된다.

자식을 키울 때의 어머니의 마음으로 돌아가 생각해보면 그 아이가 무엇을 원하고 무엇을 잘할 수 있는가보다는 주변의 아이들과 경쟁을 하듯이 저 집 아이보다 더 잘해야겠다는 마음이 컸다는 생각이 든다. 참으로 어리석은 일이 아니던가. 학교 공부도 그랬거니와 한국학교를 보내면서도 단어 하나 더 외워서 상을 타와야 직성이 풀리고 글짓기 대회에서도 상을 타와야 칭찬을 아끼지 않았던 엄마의 모습이었다. 또한, 수학 경시대회에 보내서도 기다리는 내내 내 자식이 성적이 좋아 상을 타길 간절히 원하고 상을 타면 웃음이고 못 타면 우울인 마음이었다.

인생은 신명나는 춤 한 판 / 신 영

굼벵이
그 시절
모두가 걸리적거리던
넘지 못할 장애물투성이

굼실대던 애벌레
제 속을 빼내
고치 집을 짓고
홀로 도(道)를 닦더니

세상 밖
그 안의 또 하나의 세상
견딤을 배우고
기다림을 배운 지혜의 성

애벌레의 외로움이
고치 집을 짓더니
고독을 깨우친 애벌레
나비가 되어

모두가 장애물이던 세상
모두가 놀이터로 변했네
인생은 하늘 아래의
신명나는 춤 한 판

　　세 아이를 모두 키워놓고 그 지난 시간을 되돌아보면 참으로 오롯
한 웃음이 지난다. 왜 그리 그토록 극성스러운 엄마로 있었는지 아
이들에게 조금 더 넉넉하고 여유로운 엄마로 있었더라면 얼마나 좋
았을까. 이런저런 생각을 해보면서 우리 집 아이들과 비슷한 또래

37

의 엄마들을 떠올려 보기도 한다. 모두 자신의 아이가 최고이길 바라던 엄마의 그 마음은 별반 다르지 않았을 것이다. 하지만 지금 생각하니 참 안타까운 것은 각자의 아이들이 성인이 되어 똑같은 길을 가지 않는다는 것이다. 누구를 경쟁시키기보다는 그 아이가 잘할 수 있는 것을 택할 수 있게 해야 했다.

자식에게까지 가서 생각할 것이 무엇이 있을까. 나 자신을 보더라도 주변의 가까운 친구와 지인들을 보면 자라온 가정환경과 교육 환경이 모두 다르지 않던가. 이런저런 삶의 언저리를 바라보면서 참으로 많은 것을 깨닫게 된다. 어떤 환경에서 자랐든 간에 모두가 다른 환경과 조건에서 지금도 살고 있다는 것이다. 중요한 것은 자신에게 주어진 삶의 색깔과 모양에서 어떤 소리를 내며 살 것인가. 남의 삶과 나의 삶을 비교하며 시간을 낭비하며 살 것인가. 아니면 경쟁의 마음으로 삶의 시간을 갉아내며 살 것인가. 그것은 바로 본인의 선택일 것이다.

'세상에는 공짜가 없다!' 어느 누군가의 그 어떤 색깔과 모양의 이름일지라도 그것은 보이지 않는 곳에서의 열심과 성실의 결과라는 생각을 한다. 큰 박수로 응원하고 싶다. 자신의 삶의 여정에서 최선을 다하는 삶이라면 그 인생은 참으로 아름답지 않겠는가. 누군가의 눈치를 살피며 체면으로 자신의 삶을 포장해 살아왔다면 참으로 슬픈 일이지 않겠는가. 조금은 편안한 마음으로 자유로운 삶의 여정이면 좋겠다는 생각을 해본다. 그것이 자식이 되었든 부모가 되었든 간에 자신이 처한 상황에서 맡겨진 입장에서 최선을 다했다면 말이다.

길지만 짧은 짧지만 긴 인생 여정에서 누구에게 구속되지 않고 얽매이지 않는 자유로운 영혼이길 바란다. 그것이 부부가 되었든 자식과 부모가 되었든 간에 서로를 사랑이라는 이름으로 속박하지 않기를 집착하지 않기를 바란다. 아니 지금부터라도 연습하며 살아야겠다. 처음은 늘 쉽지 않지만 조금씩 아주 조금씩 서로 숨을 쉴 수 있도록 숨구멍을 뚫어야겠다. 그렇게 그 작은 구멍이 커져 시원한 바람이 소통할 수 있도록 말이다. 남을 위한 내가 아닌 나를 위한 나로 내 발걸음부터 한 발짝씩 띄어 옮겨봐야겠다. 이처럼 인생은 신명나는 춤 한 판!!

혼란스러울 때는 기본으로 돌아가라

　너무 빨리 돌아가는 문명 앞에 정말 골이 흔들린다. 뭔가 제대로 보려 할 때쯤이면 저만치 가 있는 요즘 현대과학과 의학 그 외의 것들이 그렇다. 그야, 발달한 만큼 인간의 건강과 수명에 관련이 있으니 더욱 좋은 일이다. 그런데 요즘 더 빨리 돌아가는 것이 IT 분야이지 않던가. 올봄에 S사에서 출시한 새로운 셀폰을 구입하였다. 기계라면 정말 문외한인 내가 사용하는 것이라고는 통화와 사진 담기 그리고 카카오톡과 한국에 있는 가족과 친구들과 보이스톡 정도밖에는 뭐 할 줄 아는게 없다. 휴대전화를 이용한 유용한 정보들도 많다는데 몰라서 놓쳐버리는 것이 많다.

　가끔 아는 것이 없어 혼자 휴대 전화 매뉴얼을 찾아보다가 모르겠기에 남편에게 물어보는데 몇은 한국 언어를 선택해 올린 것이 있었다. 한국말이 서툰 짝꿍이 제대로 일 처리를 못 해주니 속상하고 말았다. 그리고 가끔 가깝게 지내는 동생에게 물어보면 한국어와 영어가 섞여 있어 힘들다며 아예 한국말로 다 바꿔놓으면 좋겠다는 것이다. 하지만 필요에 따라 영어가 편한 부분이 있기에 모두를 한국어로 바꿔놓을 수도 없으니 말이다. 남편이나 동생이나 모두가 내 마음에 썩 들지 않지만, 또 몰라서 물어보는 것을 어쩔까.

얼마 전의 하루, 휴대전화가 갑자기 먹통이 된 날이 있었다. 내가 저장한 비밀번호가 갑자기 틀렸다며 다시 시도해보라는 것이다. 몇 번을 반복해도 안 열린다. 한 번씩 시도하면 할수록 다시 시도해보라는 시간은 길어지는 것이다. 처음에는 3분 후에 해보라는 것이 나중에는 30분 후에 다시 트라이해 보라는 것이다. 그때는 당황했는지 휴대전화의 파워를 꺼볼 생각마저도 나질 않았다. 휴대전화의 내 비밀번호는 분명한데 안 열리는 것이 이상해 계속 반복시도를 해본 것이다. 그렇게 반나절은 전화를 손에서 떼지 못하고 들고 있었던 기억이다.

그렇게 반나절을 보내고서야 어떻게 되었는지 전화가 열렸었다. 그런데 그제에 또 똑같은 일이 발생했다. 방금 전에 비밀번호를 입력하고 열었던 휴대폰이 갑자기 또 먹통이 되는 순간이었다. 그래도 미련이 남아 두 번은 다시 비밀번호를 입력해 보다가 문득 생각이 떠올랐다. 그래, 파워를 꺼 보면 제대로 열릴지도 모른다는 생각이 떠올랐다. 웬걸, 파워를 끈 다음 잠시 후에 다시 파워를 켜고 비밀번호를 입력하니 열리는 것이 아닌가. 아하, 이제는 알 것 같았다. 그것은 지난번 반나절을 끙끙거리며 전화를 열어보려 했던 무지에서 나온 지혜 덕분인 것이다.

어디 휴대전화뿐일까. 우리네 삶의 여정에서도 마찬가지가 아니던가. 무엇인가 내 생각과 마음대로 계획했던 일이 잘 풀리지 않고 앞이 보이지 않아 답답하고 혼란스러울 때를 만나지 않던가 말이다. 이럴 때 멈추지 않고 계속 앞을 향해 가다가는 낭패를 당하기 쉽고 실패의 결과를 초래하게 된다. 옛 어른들의 말씀처럼 급한 일일수록 돌아가라는 지혜의 말씀이 바로 이런 일을 두고 한 말씀인 게다. 삶에서 급한 일을 만날수록 잠시 깊은 심호흡으로 생각과 마음을 가다듬고 차분히 일과 마주할 수 있다면 여유의 마음이 생겨 일을 그르치지 않을 것이다.

　모르는 것이 죄(잘못)는 아니지만, 그렇다고 자랑은 더욱이 아니라는 생각을 한다. 모르는 것이 죄가 아니라, 모르는 것을 배우려 노력하지 않는 게으름이 죄가 되는 것이다. 그렇다, 이처럼 작은 일상에서 겪는 경험들을 통해 조금 더 나 자신에게 배울 기회가 주어지니 고마운 일이 아니던가. 더도 덜도 말고 내가 노력한 만큼만이라도 배울 수 있다면 시간을 내어 배워보고 싶어졌다. 무작정 어렵다고 뒷전에 놔두지 말고 더딘 걸음이지만, 조금씩 아주 조금씩 앞으로 전진하며 걸을 수 있다면 이것은 또 하나의 아주 특별한 선물이 되는 이유이다.

　이제는 더욱 무수히 쏟아져나오는 정보들이 많을 것이다. 그 정보들을 함께 공유할 수 있으려면 아무리 기계가 싫더라도 친해지도록 노력해야 하지 않겠는가. 모르면 배우고 알면 가르치며 사는 삶이 우리네 나눔의 삶이 아닐까 싶다. 네가 있어 내가 있고 내가 있어 네가 있는 우리가 되는 세상 말이다. 모른다고 움츠러들지 말고, 안다고 밀어내지 않는 그런 삶이면 좋겠다. 다른 사람보다 조금 더 배웠다고 조금 더 가졌다고 으쓱대지 않는 겸손과 다른 사람보다 덜 배웠다고 덜 가졌다고 움츠러들지 않는 자신감이라면 서로가 서로에게 꼭 필요한 삶이고 존재인 까닭이다.

자연스러움이란

　자연의 사전적 의미를 찾아보면 사람의 힘을 더하지 않은 저절로 된 그대로의 현상. 또는 사람의 힘으로 어찌할 수 없는 우주의 질서나 현상을 말한다. 그렇다, 우리는 웅장하고 장엄한 자연의 신비를 보면서 놀라기도 하고 아주 작은 들풀이나 들꽃을 보다가 감동에 취하기도 한다. 이 모든 것이 사람의 손으로 만들어 놓은 것이 아니기에 더욱 신비하고 경이로운 아주 특별한 경험으로 받아들이게 되는 것이다. 그래서 가끔은 어느 특별한 종교를 들추지 않더라도 절로 자연을 통해 온 우주 만물을 창조하신 창조주에 대한 감사와 찬양과 고백이 나온다.

　"자연이란 낱말을 언제부터 사용했는지는 명확하지 않으나 도덕경의 여러 곳에서 이미 쓰이고 있다. 도덕경에 나타난 자연의 의미는 인간 사회에 대해 대응하여 원래부터 그대로 있었던 것, 또는 우주의 순리를 뜻한다. 도덕경에 나오는 자연은 현대어의 자연과 달리 명사가 아닌데, 원래는 "스스로 그러하다"라는 뜻이다. 예를 들어 도덕경 주해에 '천지임자연(天地任自然)'이라는 말이 있는데, '천지'(하늘과 땅)는 현대어의 자연(Nature)이고, '자연'은 '스스로 그러하다'라는 뜻이므로, 이를 요즘 말로 옮기면 '자연은 스스로 그러함에 있다'라는 뜻이다."

"한편 유럽의 여러 언어에서 자연을 뜻하는 낱말은 라틴어 na-tura를 어원으로 하고 있는데 영어와 프랑스어의 nature, 독일어의 natur, 이탈리아어, 스페인어 등의 natura 등이 그것이다. 라틴어 natura는 '낳아진 것'이라는 뜻으로, 그리스어 φύσις의 번역어로 채택되어 '본성', 즉 우주나 동물, 인간 등의 본질을 가리키는 낱말로 사용되었다. 현재 우리가 쓰고 있는 자연이란 낱말은 서구의 nature를 번역하여 들여온 것으로 중세 기독교 신학에서 비롯된 인간에 의해 정복되어야 할 것이란 관념과 17세기 과학혁명 이후의 자연주의적 관점 등이 함께 혼합되어 있다고 할 수 있다."

엊그제는 친구와 앉아 얘기를 나누다가 자연스러운 것이 편안해서 좋잖아를 시작으로 자연스러움에 대해 생각을 하게 되었다. 자연스럽다는 것은 과연 무엇일까. 그래 자연스러움이란 우리가 일상에서 자주 만나는 들풀과 들꽃, 산과 바다를 예로 들 수 있지 않을까 싶다. 계절마다의 샛길에서 만나는 자연은 해마다 같은 자리에서 만나도 단 한 번도 똑같지 않았으며 느낌 또한 같은 때는 없었다. 들의 꽃이나 산을 오르며 만나는 숲의 나무에서의 느낌도 같았으며 바닷가에서 만나는 작은 모래알을 시작으로 자갈돌 돌멩이 그리고 크고 작은 바위들마저도 그랬다.

자연은 이렇듯 누구를 위해서 애쓰지 않는다는 것이다. 무엇을 위해 꾸미거나 감추거나 덮지 않고 스스로 있다는 것이다. 아무렇지도 않게 지나치며 살았던 자연스러움이 문득 내게 커다란 '화두' 하나를 던져 준 것이다. 그렇다면 나는 이렇듯 자연스러움과 어느 각도에 있으며 어느 만큼의 거리에서 서 있는가 하고 나 자신에게 묻는 것이다. 우리는 결국 자연과의 멀어진 그 거리만큼 좁혀가는 그 과정이 자연스러움으로 가는 길이 아닐까 싶다. 세상에서 상한 마음 지치고 찢긴 상처의 마음들을 치유하고 치유받으며 제 색깔과 제 모양을 찾는 것 말이다.

창조주가 온 우주 만물 중에서 다른 사람이 아닌 나를 만들었다는데 그 만들었던 목적이 무엇이었는가를 생각해보는 일이 중요하다. 그저 어제도 살았으니 오늘도 살고 내일도 살아가는 그런 생각으로는 삶이 너무도 어이없지 않은가. 삶에서 적어도 내가 이 세상에 왜 왔을까. 무엇을 위해 내가 지금 이 자리에 있는가 궁금하지 않은가 말이다. 자신의 정체성은 물론이고 가치관에 대해 가끔은 중간 점검을 해야 한다는 생각을 해본다. 특별히 세상 나이 오십의 언덕을 올라보니 더욱 그런 마음이 든다. 삶의 목적이 확실해야 가치관의 정립이 선다.

우리는 모두 자연으로부터 왔고 또 자연으로 돌아간다. 이 사실을 알면서 우리는 잊고 살며 망각해버리고 사는 것이다. 스스로를 너무 치장하고 꾸미는 일에 바쁘게 살다가 자연스러움을 잊어버리고 잃어버리는 것이다. 하지만 자연스러움에서 너무 멀어지면 되돌아올 때쯤에는 자신이 감당하지 못할 만큼의 허탈함과 허망함을 경험하게 되는 것이다. 그렇다면 방법은 있다. 지금 여기에서 자신이 누구인지 물어볼 수 있어야 한다. 더 늦기 전에 말이다. 그 누구보다도 자신과 자신 안의 또 다른 자신과 담담하게 대면할 수 있어야 할 일이다.

만남과 인연에 대해 생각해 보며

 삶에서 무엇보다 '만남과 인연'을 소중히 여기는 편이다. 쉬이 사람을 사귀지는 않지만, 찾아오는 이를 밀어내는 성격도 아닌 까닭에 편안하게 만나는 이들이 많은 편이다. 하지만 몇 번 그 사람을 만나다 보면 나와 그 사람이 얼마만큼의 거리일지 대략 짐작은 하게 된다. 오십의 중반에 올라보니 무엇이든 쉬이 가지려 하지 않으니 또한 쉬이 버리려 하지 않는다. 요즘은 새로운 인연보다는 지금까지 곁에 있는 인연을 소중히 여기고 가꾸며 살고 싶다는 생각을 해본다. 그러나 어찌 인연이라는 것이 내 마음대로 만나게 되고 헤어지게 되겠는가.

 인생에서 사람은 많이들 가까운 이들에 대한 기대한 만큼에 따라 실망도 비례한다는 생각을 한다. 무엇인가 특별히 바라지 않는 마음이라면 그냥 곁에 있어 줘서 좋고 마음을 나눌 수 있어서 고마운 일이지 않겠는가. 생각은 그렇다고 하지만, 마음에서는 의식적이든 무의식적이든 기대가 생기는 모양이다. 서로 마음을 주고받다 보면 속얘기도 하게 되고 서로에게 상담자가 되기도 하고 위로자가 되기도 하지 않던가. 하지만 그 관계가 지속적이면 좋겠지만, 그렇지 못했을 때는 서로에게 상처가 되어 아픔과 미움이 되기도 된다.

우리는 만날 때에 미리 알지 못했던 것처럼 헤어질 때도 미리 알지 못하기에 이별의 준비를 시작하지 못하는 것이다. 그 어떤 관계에서도 마찬가지라는 생각을 한다. 미리 헤어짐을 알았더라면 서로에게 조금은 덜 아픈 상처로 남겼을지도 모를 일이다. 모두가 지나고 나면 떠나고 나면 아쉬움이 남기 마련이다. 조금 더 잘해줄 것을 조금 더 이해해줄 것을 조금 더 보듬어줄 것을 모두가 떠난 후의 이별 앞에서의 멈칫 마주침이다. 늘 '때' 그때를 알지 못하는 이유이고 까닭이다. 그러니 지금 이 순간에 곁에 있는 이에게 더욱 최선을 다하길 소망한다.

가족의 관계가 아니더라도 친구 관계에서도 그렇다는 생각을 한다. 누구를 만나더라도 화들짝 급하지 않은 마음으로 대하고, 서로에게 호감이지 않더라도 찡그리지 않은 표정으로 대하는 관계이면 좋겠다. 만남이란 서로 마주하고 얘기하고 마음을 나눠서 좋고 그 만남을 뒤로하고 돌아서 오는 길이 평안하면 참 좋은 만남이라는 생각을 한다. 서로에게 평안함을 줄 수 있는 서로의 삶에 박수로 응원하고 마음으로 기도해줄 수 있는 그런 관계라면 더없이 좋을 일이다. 설령, 그 어떤 이유로 헤어짐이 이별이 있을지라도 뒤에서 묵묵히 기도해줄 수 있는 그런 만남이길 말이다.

우리의 인생 가운데에 헤어짐이 이별이 꼭 나쁜 것만은 아니라는 생각이다. 그것은 서로에게 오해가 있어 헤어졌더라도 시간이 해결해 줄 것이기 때문이다. 그 오해로 인해 서로의 생각할 시간이 필요한 까닭이다. 상대방에게 이해를 시키려고 애쓰면 애쓸수록 해명이 되고 변명이 되어 오히려 오해는 더 커지고 깊어지기 때문이다. 그냥 시간을 기다려 볼 일이다. 그저 시간을 따라 함께 흘러가 볼 일이다. 어느 날엔가. 그 인연이 꼭 내게 있어야 할 인연이라면 돌아 돌아서 다시 내 곁으로 올 것인 까닭이다. 흐르는 물처럼 바람처럼 흐르는 것을 어찌 내가 막을 수 있으며 잡을 수 있겠는가.

혹여, 서로의 오해로 빚어진 헤어짐이나 이별이라면 그 인연도 참으로 고마운 인연일지 모른다. 그것은 혹한의 겨울나무가 세찬 비바람과 맞서 싸우고 견디며 마디가 생기듯 인생의 삶 가운데 아픔과 고통과 상처가 삶의 든든한 마디가 되어준다면 더 없을 고마운 일이지 않겠는가. 그 어떤 일이든 관계이든 간에 그저 흘려보낼 수 있는 넉넉한 마음을 키우길 기도한다. 그저 보내도 속이 상하지 않을 아픔과 상처가 되지 않을 그만큼의 여유로운 마음이길 말이다.

무엇인가 차고 넘치면 흐르는 것이 자연의 이치이지 않던가. 사람의 만남과 헤어짐도 그렇거니와 서로의 인연도 그렇겠다는 생각을 해본다. 그렇게 생각하니 새로운 만남이라고 화들짝거릴 것도 헤어짐이라 해서 그리 서운해할 것도 아니라는 생각을 말이다. 물처럼 바람처럼 구름처럼 흐르며 만나고 다시 또 헤어지는 그 이치를 조금씩 알아가는 까닭에 모두가 감사라고 고백하는 오늘이다. 작은 숲속의 바람을 느껴보라. 그 속에서 잠든 오감의 감성들이 털끝을 세운다. 아, 이 살아있음의 감사가 절로 넘쳐흐른다. 지금 여기에서 무엇을 더 바랄까.

숯이 보석이 되는 이유

  겨우내 움츠림으로 있던 나무들이 생명의 기지개를 편다. 땅속 깊은 곳의 뿌리에서 가지로 가지에서 줄기를 이어 가지 끝으로 흘러 새순을 내고 있다. 나무를 가만히 생각하면 언제나 사람과 어찌 저리 꼭 같을까 싶어 눈시울이 시큰거린다. 꽃을 내는 것은 나무 혼자서도 아니요 줄기만도 아니요 땅과 하늘 그리고 태양의 모든 우주의 기운들이 모여 꽃을 피우는 것이리라. 뭉뚝한 나무에서 꽃이 피는 것은 더더욱 아님에 놀라고 만다. 꽃은 언제나 뿌리 반대편의 먼 가지 끝에서 새순이 돋고 꽃이 피는 일은 신비이고 경이이다.

  아버지도 살았고, 그의 아버지도 살았고, 그의 할아버지도 살았을 오늘의 삶과 그리고 인생은 그리 녹록지 않음을 삶 속에서 뼈저리게 느끼는 것이다. 부모의 그늘에서 자랄 때야 뭐 그리 어려운 일이 있었을까. 그 따뜻하고 온화한 둥지를 떠나 낯선 곳에서의 홀로 서기는 설렘이라기보다는 두려움이고 절망마저 느끼는 고통의 시간일지도 모른다. 하지만 홀로 서기에서 통과하지 않으면 안될 그 어떤 과제일지도 모른다. 진정 우리가 살아가는 인생의 유통기한은 언제까지일까. 단 한 번쯤은 자신에게 자문해 볼 법한 일이다. 또한 그 유통기한의 물건에는 이상은 전혀 없는 것일까. 너무도 뜨거운 직사광선이 내리쬐는 곳에 물건이 있어서 상하지는 않았을까. 온도의 심한

차로 물건이 또한 상한 일은 없을까.

　이제는 불현듯 삶에 대해 진실해지고 싶어졌다. 무작정 살아야겠기에 살아가는 삶이 아닌 살아가는 이유가 목적이 분명해져야겠다는 생각에 머물고 있는 것이다. 불혹의 언덕을 올라 사십의 중반에 오르니 이제서 바람이 불면 등을 돌려 피하는 일에 대해 어느 정도는 느낌으로 알아가고 있는 것이다. 때로는 삶에 대해 많은 질문과 답을 찾고자 애쓰던 때도 있었다. 세상을 사는 일이 평탄한 삶만이 복 받은 일인가. 가까이 지내는 친구 중에는 목사 사모가 있다. 남편을 잃고 혼자서 힘겨운 삶을 살고 있는 친구를 보면서 神이란 존재에 대해 깊이 생각했던 때가 있었다. 주변에도 그 비슷한 일들로 아픔과 고통을 겪는 이들이 얼마나 많은가.

　기독교의 성경구절을 잠시 빌리자면 "도가니는 은을, 화덕은 금을 단련하지만, 주님께서는 사람을 단련하신다.(잠 17:3)" 이 구절을 보면서 깊은 묵상을 하게 되었다. "나무가 불타서 숯이 되고/그 숯이 오랜 세월 열 받으면 보석도 된다지… 중략.(신영의 詩 '나 오늘 여기에서' 중…)" 몇 년 전 나무와 사람을 생각하면서 사색하던 때의 이야기이다. 나무가 자라서 땔감으로 쓰여지고 불에 타 숯이 되는 이치야 그 누군들 모를까. 진정 그 숯이 숯검정을 묻히는 숯으로 남을 것인가, 아니면 보석이 되어 반짝이는 다이아몬드가 될 것인가. 누구나 반짝이고 화려한 보석인 다이아몬드를 가지고 싶어할 것이다.

　숯으로 남은 원소나 다이아몬드의 원소는 똑같은 탄소이다. 똑같은 원소가 하나는 숯으로 남고 또 하나는 다이아몬드도 될 수 있다는 것은 다 아는 일이지만 깊이 생각을 만나면 참으로 신비한 일이다. 숯이 보석이 되기까지는 땅 속 깊은 곳에서 오랜 시간을 높은 온도와 압력으로 눌려지고 또 눌려진 후라는 것이다. 그 고온과 고압을 통과한 후에야 맑고 투명한 보석(다이아몬드)이 된다는 사실은 놀랍고도 신비한 일이다. 사람의 삶도 비슷하다는 생각을 한다. 삶의 자리의 모양과 색깔이 모두 다를 것이다. 하지만 힘겹다고 불평만 할 것이 아니라 지금의 그 고난은 더 밝은 희망을 준비하는 고통의 시간이라고 생각한다면 잘 이겨낼 수 있을 것이다.

　예수가 광야의 유혹 없이, 고난의 십자가 없이, 죽음의 고통이 없었다면 부활도 없었을 것이다. 그 부활의 영광이 더욱 빛날 수 있는 것처럼, 우리들의 삶의 여정 중에 만나는 아픔이 슬픔이 고통이 참 '십자가의 길'임을 깨달을 수 있다면 '숯이 보석이 되는 이유'가 충분하리라. 꼭 기독교인이 아닐지라도 그 어떤 종교를 통해서라도 자신을 찾아가는 길에는 외로움이 고통이 수반되기 때문이다. 결국은 마음 안에 있는 예수, 부처, 그 외의 神에게 찾아가는 길은 결국 나에게로 돌아가는 길이기 때문일 것이다. 神은 멀리 있지 않고 바로 내 마음 안에 살아 숨쉬고 있기 때문이다. 마음 안에 모든 것이 들어있음을 깨달을 수 있다면 그 사람은 참 복을 받은 사람일 게다.

사람의 인연이나 삶 그리고 사랑에도 때가 있는 법

무슨 일이든 억지로 하려다 일을 그르치는 경우가 많다. 그것은 자연스럽지 않아 어색하고 어색하기에 부자연스러운 것이다. 그것처럼 우리네 삶도 마찬가지란 생각을 한다. 사람의 관계에서도 처음 만나서 편안한 사람이 있는가 하면 이유 없이 불편한 사람이 있다. 그것은 사람의 노력으로는 어렵다는 것이다. 그것이 바로 인연이 아닐까 싶다. 그러니 사랑이야 오죽할까. 첫 만남에서 불화산 같이 불이 번쩍 이는 사람이 있는가 하면 화롯불 안 재에 덮인 불씨처럼 은은하게 오랜 시간이 필요한 사람들도 있지 않은가. 하지만 중요한 것은 모두가 인연이 있어야 한다는 것이다.

"만남은 시절 인연이 와야 이루어진다고 선가에서는 말한다. 그 이전에 만날 수 있는 씨앗이나 요인은 다 갖추어져 있었지만 시절이 맞지 않으면 만나지 못한다. 만날 수 있는 잠재력이나 가능성을 지니고 있다가 시절 인연이 와서 비로소 만나게 된다는 것이다. 만남이란 일종의 자기 분신을 만나는 것이다. 종교적인 생각이나 빛깔을 넘어서 마음과 마음이 접촉될 때 하나의 만남이 이루어진다. 우주 자체가 하나의 마음이다. 마음이 열리면 사람과 세상과의 진정한 만남이 이루어진다."

좋아하는 일과 싫어하는 일의 구분이 정확한 내 경우 그것이 장점이 되기도 하지만, 때로는 단점이기도 하다. 좋아하는 일에서는 그일에 몰입해 열정과 끈기로 결과가 확실하도록 일을 추진하는 편이다. 그렇지만, 관심이 없는 분야에서는 마음이 동하지 않아 달려들지 않으니 때로는 방관자처럼 느껴질 때가 있는 것이다. 좋아하는 일과 싫어하는 일과의 중간 정도면 딱 좋겠는데 세 살 버릇 여든까지 간다더니 쉬이 고쳐지지 않는 부분이기도 하다. 삶에서도 나 자신은 잘 느끼지 못하지만, 어쩌면 사람 관계에서도 이런 부분이 두드러지지 않을까 싶은 마음에 조심스러울 때가 있다.

오래전 일이 떠오른다. 세 아이를 키우며 참 많이 몸과 마음이 분주한 시기를 보냈다. 딸아이가 세 살 되었을 때 Pre-school(유아원)에 내려놓고 오는 길에 연년생인 두 녀석이 뒷 자석에서 잠이 들면 세 시간 동안을 집에 들어올 수가 없었다. 그것도 눈 덮이고 추운 겨울에는 더욱 힘든 일이었다. 지금 생각하면 참으로 내게 버거운 시간이었다. 엄마라는 자리가 나와 너무도 맞지 않는 것 같아 아이들을 보면서 참 많이도 울었다. 그리고 그 가슴 속이 달래지지 않아 늦은 밤 남편과 세 아이가 잠든 시간에는 끄적이며 남기는 하루의 일기와 붓글씨 그리고 그림(유화)그리기로 나를 달래곤 했었다.

그렇게 서른에서 마흔이 되는 십 년은 세 아이를 위해 나의 모든 시간을 쏟아부었다. 아니 정신을 다른 곳에 돌릴 여유가 없었다. 그리고 마흔이 되었다. 세 아이가 중학교에 입학해 다닐 무렵이었다. 이제는 무엇인가 나도 시작을 해야겠다고 마음은 먹었지만, 선뜻 용기가 나질 않았다. 세 아이를 키우는 엄마에게 그 어느 누가 내 이름을 따로 불러줄 이 없었다. 그저 누구의 아내와 어느 집 며느리 그리고 세 아이 엄마의 이름표만이 나를 말해줄 뿐이었다. 아직은 아이들에게 엄마의 역할이 제일 필요하고 중요한 때임을 알지만, 더 늦기 전에 무엇인가 시작해야겠다고 마음을 먹게 되었다.

그렇게 쉬지 않고 글쓰기와 붓글씨 그리고 그림을 그리던 훈련이 나의 삶의 밑거름이 되었던 것이다. 배꼽 저 아래의 끝에서부터 꿈틀거리며 요동치는 예술적인 기운(끼)을 누르지 못할 때 쉬지 않고 해오던 매일의 글쓰기가 나를 돌아보는 반성의 기회와 앞으로의 꿈을 설정하게 했으며 정성 들여 써내려가던 붓글씨의 성경 구절이 기도가 되었다. 그리고 덧바를수록 신비해지는 유화를 통해 내 안의 숨겨진 보물들을 하나씩 찾아내는 작업을 할 수 있었다는 생각이다. 세 아이를 키우며 버거웠던 시간마저도 내게 필요했든 귀한 시간었음을 세 아이가 훌쩍 커버린 지금에야 더욱 절실히 느끼는 것이다.

'하늘은 스스로 돕는 자를 돕는다'는 옛 성인들의 귀한 말씀처럼 늘 깨어 있어 준비하는 사람에게 기회가 온다는 것이다. 자신에게나 또 자신의 삶에서 욕심은 가지되 허욕을 부리지 말자는 얘기다. 자신의 피와 땀과 노력 없이 무엇인가 바라고 기다린다면 그것은 도둑심보는 아닐까 싶다. 사람의 인연이나 삶 그리고 사랑에도 때가 있는 법이라는 생각을 한다. 그것은 나를 스스로 돌아볼 줄 아는 지혜와 오랜 기다림에 지치지 않고 인내할 줄 아는 힘이 필요한 까닭이다. 그럴 때 우리는 내게 찾아온 귀한 인연을 알아차릴 수 있는 심안이 열려 비로소 그때를 맞이할 수 있는 것이다.

'동유럽 여행'을 마치고 돌아와서

생각은 있었으나 미루다 가보지 못했던 '동유럽 여행(독일, 체코, 오스트리아, 헝가리, 크로아티아)'을 계획하고 다녀왔다. 마음의 준비가 끝나고 비행기 예약을 마치면 그때부터 마음이 설레기도 하지만, 집안 여기저기를 정리하느라 마음과 몸이 함께 바빠지기 시작한다. 이왕이면 여행을 마치고 집으로 돌아왔을 때 정갈하면 기분이 좋기 때문이다. 집에 남아 있는 남편도 남편이지만 강아지(티노)를 놔두고 다녀와야 하기에 마음이 무겁기 그지없다. 그러나 삶이란 것이 이것저것을 재다 보면 언제 여유로운 시간이 내게 주어지겠는가. 쓰는 시간이 내 시간인 것을 말이다.

가끔 어떻게 그렇게 여행을 자주 다니느냐고 묻는 분들이 많이 있다. 그것은 하나를 얻으면 하나는 놓는 이치를 배우고 익히고 학습하는 중에 깨달은 것이다. 더 어려서는 치장하는 것을 좋아해 그야말로 명품백과 명품 옷을 다른 사람보다 먼저 사서 들고 입고 하던 때가 있었다. 그러다 세 아이가 대학에 들어가니 내게 주어지는 용돈이 점점 줄기 시작했다. 연년생인 세 아이 대학을 편안히 마치는 것이 나의 책임이라고 생각했고 대학원은 자기네들의 능력대로 가라고 했다. 경제적인 책임이야 남편이 더 많이 지고 있었지만, 아이들의 돌봄은 엄마의 몫인 것이다.

사람은 환경에 지배를 받는 것은 당연한 일이다. 그렇게 세 아이를 대학에 보내놓고 절약하며 몇 년을 보냈다. 또한, 산을 오르기 시작해 마음이 차분해지고 평안해지니 나를 돌아볼 수 있는 시간이 늘기 시작했다. 사람과 사람이 만나면 좋은 것도 많지만, 때로는 잃어버리는 것도 많다. 그러나 자연과 함께 있다 보면 나도 그 자연과 하나가 되어있음을 알아차리고 깜짝 놀랄 때가 있다. 바로 자연은 내게 스승이었고 내가 피조물임을 고백할 수 있는 창조주였다. '어찌 이리도 아름다운지요?' 하고 창조주께 감사와 찬양이 절로 차오르는 순간인 까닭이었다.

어쩌면 성격적인 것도 있을 테지만, 여행을 계획하고 준비하면서 남편에게 고마움과 조금은 미안한 마음이 뒤섞인 그런 감정이 들 때가 있다. 그런 마음이 들 때는 얼른 나름 나를 제자리로 이끌어오는 방법이 하나 있는 것이다. 나도 연년생 세 아이를 대학원까지 보내느라 바쁘게 살았는데 충분히 누릴 자격이 있다고 나 자신에게 일러주는 것이다. 또한, 쉰둥이 막내로 자라 부모님은 모두 20년 전에 떠나 보내드렸으니 친정 가족(처가댁)에게 특별히 들어가야 할 돈이 없다는 것이다. 그러니 내가 여행 다니는 것은 이런저런 것들의 복합적인 것이라고 말이다.

보스턴에서 출발 프랑크푸르트까지 7시간 정도가 걸려서 도착했다. 이른 새벽에 도착하니 미국 각 지역에서 오는 여행객들을 기다리게 된 것이다. 다행히도 비행기에서 내리는 중에 보스턴에서 같은 여행지로 가시는 두 커플을 만나 뵙게 되었다. 그렇게 또 공항에서 5시간을 기다리니 미국 각처에서 삼삼오오 짝을 지어 모여들기 시작했다. 그때부터 여행은 시작되었다. 프랑크푸르트에서 3시간 30분을 가서야 중세 모습을 그대로 간직한 뉘른베르크에서 가장 오래

된 교회를 만나게 되었다. 그리고 다시 3시간을 이동해 까를로비바리의 호텔에서 묵게 되었다.

그렇게 체코 프라하를 둘러보는 내내 가슴이 벅차올랐다. 사람이 만들어 놓은 멋지고 아름다운 건축물들에 감동하고 만 것이다. 체코를 거쳐 오스트리아의 비엔나는 다시 또 가보고 싶다는 생각을 했다. 비엔나 소시지와 비엔나 커피도 마셔보면서 말이다. 웅장한 오페라 극장과 세계 3대 오페라 하우스 모짜르트의 결혼식과 장례식이 열렸던 웅장한 성당, 이루 말할 수 없는 감동의 연속이었다. 그리고 헝가리 부다페스트에서 만난 다뉴브 강변의 아름다움에 흠뻑 빠지고 말았다. 또한 크로아티아에서의 자그레브, 플리트비체, 트로기르의 구시가지와 카메를렝고 요새 등.

아드리아해의 보석이라 불리는 두브로브니크의 구시가지와 두브로브니크의 수호 성인 성 블라이세의 유물을 포함한 수많은 보물이 있는 것으로 유명한 대성당을 볼 수 있었다. 그리고 슬플릿의 디오클레시안 궁전과 성 도미니우스 성당을 볼 수 있었다. 참으로 웅장한 모습에 감탄을 거듭했다. 베네치아의 선물이라는 뜻의 자다르에서 만난 성 아나스타샤 대성당과 성 도나타 성당을 보고 바다가 연주하는 바다 오르간의 아름다운 선율도 들었다. 또한, 슬로베니아의 바위 절벽 위의 요새와 같은 블레드 성과 블레드 호수는 참으로 오래도록 마음에 남는다.

시간에 대한 단상

"그림자가 생기는 방식은 여러 가지가 있는데 먼저 사물의 어떤 부분이 빛을 받지 못하여 생기는 그림자가 있다. 탁자 위 컵을 비췄을 때 그 반대편에 생기는 그림자인데 일종의 그늘(shade)에 해당한다. 일사광선이 불투명한 물체를 통과하지 못하여 생기는 그림자를 영어로는 캐스트 섀도(cast shadow)라 하는데 이는 다시 물체 자체에서 생기는 그림자로 물체의 표면 윤곽이 그대로 그림자가 되는 1차적 그림자, 피사체 그림자가 근접한 벽이나 바닥에 생기는 것을 2차적 그림자, 물체 그림자가 주변에 있는 다른 피사체 위에 형성되는 것을 3차적 그림자로 분류하기도 한다.

그림자는 광선 방향에 대해 90° 각도로 놓여 있는 밝은 색의 장식 없는 벽에 드리워지는 것이 가장 강하며 그림자가 드리워지는 배경이 어두울수록 그림자 효과가 감소된다. 그림자 윤곽에 따라 그것이 주는 효과도 다른데 일반적으로 윤곽이 뚜렷할수록 그림자가 어둡게 보인다. 그림자 크기는 항상 피사체보다 큰데 라이트와 피사체 간 거리가 가까울수록 그림자는 커지고 그림자 길이는 라이트가 떨어지는 각도가 작을수록 길어지며 라이트와 배경을 이루는 기울기 각도가 클수록 길어진다. 그림자는 확실하고 분명하게 드러나야 하며 모호해서는 안 된다."

시간 / 신 영

멈추었다
멎은 심장의 그 거리만큼
공간 안과 밖의 시간

어디쯤에서 기억할까
그 멈추었던 시간을
언젠가 보았던 얼굴
얼룩진 시간의 그림자

가고 있다
오래 전 떠나왔던 그 길
그 길 따라 오늘도

너의 시간 속에
내가 머문다
내 가슴속에
너의 시간이 흐른다

　시간은 결국 순간의 결합체이다. 우리의 삶 속에서의 찰나의 점들이
만들어 낸 과거와 현재와 미래의 것을 의미한다. 시간의 길이는 모두
가 다를 것이다. 각자 삶에서 경험한 만큼의 너비와 높이와 깊이의 차
이가 있을 것이기 때문이다. 5월은 가정의 달이기도 하지만, 우리들의
가슴에서 지울 수 없는 상처의 달이기도 하다. 세월이 흘렀다고 기억

마저도 지워지는 것은 아니다. 어쩌면 시간이 쌓여갈수록 더욱더 깊어
지는 어두운 그림자도 있는 것이리라. 혼란스러웠던 80년대를 지나온
우리 최루탄 냄새를 아는 세대만큼은 적어도 잊지 않았으리라. 그날의
그 아픔과 혼돈을.

'잊지 말자'라는 말보다 '기억하자'라는 쪽의 마음을 두고 싶다. 누군
가에 의해 잊지 않으려 애쓰기보다는 시간을 거슬러 올라가 적어도 핏
내 짙은 비린내 서린 5월만큼이라도 기억할 수 있기를 바라는 마음이
다. 역사는 언제 어느 시대나 그렇게 흘렀다. 그러나 적어도 동시대에
서 겪은 내 조국의 서린 아픔을 어찌 잊을 수가 있겠으며 기억하지 않
을 수 있겠는가. 그저 입 밖으로 말하지 않더라도 가슴 저 밑바닥의 슬
픔의 요동침을 느끼면 좋겠다. 지금 내가 아무리 편안하고 평안한 오
늘을 살더라도 말이다. 가슴 깊이 묻혀 있는 짙푸른 그림자를 다독여
주면 좋겠다.

5·18 광주 민주화 운동은 1950년 6·25 전쟁 이후 가장 많은 사상자
를 낸 정치적 비극이었으며, 한국의 민주화 과정에 있어 가장 큰 사건
의 하나였다고 할 수 있다. 광주민주화운동을 계기로 한국의 사회운동
은 1970년대 지식인 중심의 반독재민주화운동에서 1980년대 민중운
동으로의 변화를 가져왔다. 집권세력에 대항해 최초로 무력항쟁을 전
개하였다고는 하지만 1970년대 저항 운동의 수준과 한계에서 크게 벗
어난 것은 아니었다. 5·18 광주 민주화 운동(五一八光州民主化運動) 혹
은 광주민중항쟁(光州民衆抗爭)은 1980년 5월 18일부터 5월 27일까
지 광주시민과 전라남도민이 중심이 되었다.

시간은 흘러 훌쩍 40년이 다 되어간다. 아직도 잠들지 못한 영혼들

과 그 유가족들의 아픔에 애도의 마음을 드린다. 그렇다고 특별히 무엇인가 할 수 없는 나는 그저 5월의 슬픔과 쓸쓸함에 그들을 기억할 뿐이다. 처절하게 스러져간 그들의 주검들 속에서 오열하는 유가족들의 찢긴 가슴의 한 조각을 주워내 가슴 한켠에 묻어놓는다. 그 슬픔이 다 마르는 날까지 잊지 않고 기억하리라고 다짐하면서 말이다. 시간 속 아픔들이 스멀거리며 올라온다. 가슴 아픈 영혼들의 울음이 가슴을 오열 터뜨리며 울부짖는다. 기억하자, 시간 속 그 5월을.

홀로 설 수 있어야 마주 설 수 있음을

각양각색의 인생을 마주하다 보면 잠시 나를 돌아보는 시간을 갖게 한다. 그렇다, 모래알처럼 셀 수 없이 많은 얼굴들이 그 하나 같은 것이 없는 것처럼 삶이나 인생도 그 하나 같은 것이 없다는 것이다. 때로는 내게 지금 처한 상황이 어렵다고 나의 환경을 탓하며 가까이에 있는 배우자를 탓하거나 부모를 원망하며 살 때가 있지 않은가. 그것이 옳으냐 그르냐를 따지기 이전에 우리는 모두 남의 일보다는 내 일이 언제나 가장 큰 문젯거리고 제일 커다란 아픔이고 고통이고 불행이라고 여기기 때문이다. 물론 기쁨과 행복마저도 자신의 것이 제일 중요하고 우선인 까닭이다.

엊그제는 교회에서 20여 년을 곁에서 보면서 언니처럼 편안하고 그러나 깔끔한 성격에 차가움마저 감도는 그래서 더욱 내 맘에 좋은 사람을 오랜만에 만났다. 언제부터인지 무엇이 시작이었는지 모르지만, 교회와 조금씩 멀어지기 시작해 벌써 만 3년을 나가지 않고 있다. 교회에서 친하게 지내던 몇몇 권사님들의 전화가 있었지만, 시간이 내게 필요하다는 이유를 대며 전화를 마무리짓곤 했다. 그렇게 잊지 않고 챙겨주시는 분들이 고맙고 감사했다. 하지만 쉬이 발길이 옮겨지질 않아 미루다 보니 지금에까지 와 있는 것이다. 세상에 억지로 되는 일이 몇이나 있겠는가.

사람은 지극히 상대적인 동물이다. 그래서일까. 억지로 누군가와 가까워지고 싶다고 가까워지는 것이 아니고 멀어지고 싶다고 멀어지는 것이 아님을 이제는 알 것 같다. 그래서 이제는 누구에게나 먼저 다가가기보다는 기다리는 편이다. 어쩌면 그 기다림을 즐기는지도 모를 일이다. 나의 삶에서 지천명의 언덕을 오른 이 나이쯤에 배운 것이 있다면 아마도 '기다림'과 그 기다림을 '즐기는 법'이 아닐까 싶다. 그 어떤 관계나 일에서 보채지 않고 안달하지 않고 지루하지 않을 만큼에서 기다림으로 있는 나를 만나는 일 생각하면 내게 참으로 오롯하고 행복한 시간이다.

지금 생각하면 삶에서 가장 어둡고 힘들었던 절망의 시간이 나 자신을 깊이 들여다볼 수 있게 만들었던 시간이었음을 고백한다. 그 시간은 나 자신이 원하지도 않았을뿐더러 갑자기 들이닥친 불청객에게 문틈조차 열어주기 싫었던 시간이었다. 하지만 그 아픔과 고통이라는 시간은 그 어둠의 불청객은 나와 상관없이 찾아왔고 또 홀연히 말도 없이 떠났다. 다만, 떠나고 난 후에야 그 시간이 내게 얼마나 값지고 귀하고 소중한 시간이었는지 알게 된 것이다. 그 어둡고 깜깜한 긴 터널을 빠져나와서 만나는 빛은 참으로 말로 표현할 수 없는 기쁨이고 환희이다.

이렇게 우리는 서로의 아픔과 슬픔과 고통을 나눌 때만이 더욱 소중하고 귀함을 깨닫는 존재다. 내게 닥친 불행이 나 혼자 바라보고 있을 때는 나 외의 다른 사람이 미움의 대상이 되기도 하고 원망의 대상이 되기도 한다. 하지만 나 이외의 또 다른 나를 만난 경험을 하게 되면 내가 생각했던 불행은 불행이 아님을 고백하게 된다. 다른 사람의 아픔과 고통과 불행이 나의 기쁨과 행복이 아니듯 나의 아픔과 고통과 불행 그 누군가에게 행복이 아닌 삶의 희망이 되어 나눔이 되는 것이다. 그렇다, 우리는 그렇게 나눔으로 마주할 때 더욱 삶의 기쁨과 행복이 되는 것이다.

엊그제 만나고 돌아온 이가 바로 내게 이런 사람이었다. 내가 너무 힘들 때 얼굴을 마주하지 않아도 늘 가슴에서 떠나지 않던 사람. 어느 날엔가 문득 보고 싶어지면, 자연스럽게 텔레파시가 통했는지 연락이 이어지는 사람. 그렇다고 우리는 호들갑스럽게 만나지도 않았다. 서로 말 없는 기도로 늘 교감하며 교통하고 있었던 것이다. 그래서 그 무엇에 서로 쫓기어 본 기억도 없다. 그렇게 아주 가깝지도 그렇다고 아주 멀지도 않을 그 거리만큼에서 서로를 위해 늘 버팀목이 되어주고 있다. 그 사람이 그랬듯이 나 역시도 그랬다. 그저 기다림으로.

서로 만나 얼굴을 마주하고 담소를 하며 나누고 돌아온 길은 어린아이가 오랜만에 엄마의 품 안에 안긴 것처럼 포근했다. 그러나 참으로 신기하게도 아쉬움이 남지 않는 것은 늘 함께 교감하고 있음을 증명해줬다. 서로에게 깊이 묻지 않아도 이미 서로를 안 까닭일 게다. 서로 긴 아픔과 고통의 시간을 알기에 말이 없이도 서로를 느낄 수 있는 그런 우리로 있는 것일 게다. 홀로 있어도 외롭지 않을 든든한 버팀목 같은 그 사람에게서 나는 가끔 그 사람의 버팀목이 되고 싶을 때가 있다. 그렇게 누구나 서로 홀로 설 수 있을 때야 비로소 서로 마주 설 수 있음을 깨닫는 오늘이다.

Mt. Zealand와 들꽃향기

뉴잉글랜드 지방 매사추세츠주 보스턴과 뉴햄프셔주 인근에 산다는 것이 참으로 감사한 날이다. 1시간 남짓 운전으로 가면 바다가 있고 2시간 정도 가면 산을 만난다. 매사추세츠주 동쪽으로 대서양과 접하고 북쪽으로 버몬트주와 뉴햄프셔주, 남쪽으로 로드아일랜드주와 코네티컷주, 서쪽으로 뉴욕주와 접한다. 영국 청교도들이 정착했던 탓에 그들의 정신문화가 깊이 박혀 있으며 매사추세츠주는 유서 깊은 교육의 고장이기도 하다. 그러나 무엇보다도 더욱더 좋은 것은 자연과 가까이 만날 수 있는 우거진 숲과 산과 바다가 많다는 것이 참으로 축복이라고 생각한다.

지난주 토요일 〈보스턴산악회〉 정기산행이 있어 다녀왔다. 산악회에서는 닉네임을 정해 부르고 있다. 그 이유는 그 어떤 모임에서처럼 그는 누구(학연, 지연, 지위 등)라는 수식어의 필요성을 접고 산(자연)이 좋아 만나고 나누는 그저 자연의 한 사람으로 만나자는 취지에서의 시작이라고 한다. 내 닉은 '하늘'이다. 그리고 이번 정기산행을 주관했던 분의 닉은 '들꽃향기'였다. 들꽃향기님은 산을 오른 지 10년이 된 산사람이고, 나는 2011년부터 시작했으니 만 8년차의 산사람이 되었다. 이렇게 10년이 가깝도록 함께 산을 오르내리니 나이와는 상관없이 편안한 친구가 되었다.

10여 년이 다 되도록 산을 오르내리다 보니 '서당 개 삼 년이면 풍월을 읊는다'는 옛말이 있듯이 뉴햄프셔주 화이트 마운틴 지역을 지나칠 때면 산들이 눈을 통해 마음으로 들어온다. 부르지 않아도 익혀진 이름으로 가슴을 파고든다. 그 계절마다에서 만났던 아름다운 추억과 버거웠던 산행의 힘듦 속에서의 추억들이 곰실거리며 가슴을 헤집고 파고드는 것이다. 이렇듯 정해놓고 오른 것은 아니었지만, White Mountains 안에 4,000피트 넘는 산이 48개가 된다고 하는데 내가 35개 이상을 올랐다는 사실에 깜짝 놀라고 말았다.

  화이트 마운틴 안에 4,000피트(The state of New Hampshire 4,000 Footer mountains)가 넘는 산이 48개가 있다. Mt.Washington, Adams, Jefferson, Monroe, Madison, Lafayette, Lincoln, South Twin, Carter Dome, Moosilauke, Eisenhower, North Twin, Carrigain, Bond, Middle Carter, West Bond, Garfield, Liberty, South Carter, Wildcat, A peak, Hancock, South Kinsman, Field, Osceola, Flume, South Hancock, Pierce, North Kinsman, Willey, Bondcliff, Zealand, North Tripyramid, Cabot, East Osceola, Middle Tripyramid, Cannon, Hale, Jackson, Tom, Wildcat, D Peak, Moriah, Passaconaway, Owl's Head, Galehead, Whiteface, Waumbek, Isolation, Tecumseh.

  지난해 가을이었던가. 가을 산을 오르며 들꽃향기님이 말씀을 하신다. '하늘, 우리 4,000ft 이상의 48개 산행을 마무리해 보면 어떻겠냐'고 말이다. 그래서 그것 참 기분 좋은 일이겠다고 말씀을 드렸다. 그렇게 지내다 이번 산행지 Mt. Zealand(4,260ft/11.2 miles)

는 〈보스톤산악회〉에서 10년 만에 두 번째로 오르는 산이라고 했다. 산 높이는 그리 높지 않았지만, 거의 7시간이 넘게 걸릴 수 있는 긴 산행지였기에 선뜻 정하지 못했던 산행지였다. 겨울 계절이면 엄두도 못 낼 산행지였지만, 여름 계절이라 가능했던 곳이다. 이렇게 또 하나의 산을 올랐다.

산은 정상이 목표가 아니라는 것을 산을 하나둘 오르면 오를수록 깨달아 간다. 산을 오르며 만나는 너무도 광활하고 신비로운 자연에서 크신 창조주를 만나고 너무도 작은 피조물인 나를 만나게 되는 까닭이다. 그래서 산을 오르면 더욱더 겸손한 마음이 절로 차오르고 삶에서 다른 사람의 탓이 아닌 나의 탓을 깨닫게 되는 까닭이다. 그것은 우리 모두는 자연의 한 일부분인 이유일 것이다. 계절마다에서 만나는 바람은 내 배꼽 밑의 오랜 신음마저 끌어올려 주어 깊은 호흡을 만나게 한다. 새로운 호흡으로 정신이 맑아지는 것이다.

이번 산행지인 Mt. Zealand를 오르며 4.6마일 지점에서 Zealand Fall(AMC Hut)을 만났다. 이때부터는 험하고 가파른 길이 시작되었다. 그리고 힘겨운 걸음으로 한참을 올라 갈림길 사이 Zea-cliff(7.0 miles) 지점에 도착했다. 눈 앞에 펼쳐진 진분홍 들꽃(철쭉과)들이 우리를 환영해 주었다. 우리는 또다시 가쁜 숨을 몰아쉬며 Mt. Zealand 정상에 도착했다. 간단히 점심을 먹고 빠른 걸음으로 산에서 내려오니 7시간 만의 산행이었다. 또 하나의 '소중한 추억'이 된 Mt. Zealand와 들꽃향기님!

'비빔 콘서트'에 다녀와서

지난 2019년 6월 22일(토) 뉴튼에 위치한 보스톤 한인 천주교회에서 '비빔 콘서트(지휘:권정규)'가 개최되었다. 다양한 장르의 합창곡과 명상곡 연주, 가곡, 여성 중창과 남성 중창 그리고 독창과 함께 사이에 즐거운 토크도 함께 있었다. 특별히 바이올린 솔로 연주(권지민)의 Meditation 명상곡(오페라 Thais 중에서)은 마음의 깊은 감동과 함께 전율을 느끼게 했다. 1부 순서는 시작기도 & 노래 '주님께 모든 것을 맡깁니다'로 시작이 되었으며, BKS(Boston Korean Singers)의 'A Little Jazz Mass' 노래가 이어졌다. 조용한 성당 안에서의 기분 좋은 느낌이었다.

이번 '비빔 콘서트' 합창 단원은 지휘자 권정규 씨와 피아니스트 박주화 씨를 비롯해 모두 25여 명 정도 되었다. 한인 성당에서 개최하는 음악회라 카톨릭 신자들의 음악회가 아닌가 싶었지만, 그것은 아니었다. 그 어떤 종교나 나이 성별에 관여치 않고 음악을 좋아하고 노래를 좋아하는 이들이 모여 마음을 나누고 서로의 삶의 모습을 함께 나누게 된 것이 바로 '비빔 콘서트' 단원들의 이야기였다. 권정규 씨가 지휘자로 있는 BKS(보스톤 코리안 싱어스), 합창단, 남성, 여성 중창 그리고 한인 성당 성가대 등이 함께 모인 것이다.

'비빔 콘서트'를 만나러 온 관람객의 수는 40~50여 명이었지만, 그래서 더욱더 오붓한 음악회가 되었다. 이렇게 좋은 음악회를 더 많은 이들이 함께 만날 수 있었더라면 하는 아쉬움이 남았다. 해마다 이와 같은 콘서트가 열린다면 보스턴 주변에 사는 한인들이 많이 참석하여 즐거운 음악과 노래도 듣고 응원도 해주고 후원도 해주며 서로에게 기쁨과 행복이 되는 음악회가 되길 소망하며 기원한다. 물론, 음악이라는 것은, 예술은 한인들에게 국한될 필요는 더욱이 없지 않던가. 외국인들에게도 많은 광고가 되어 이처럼 귀한 음악회가 오래도록 이어가길 바라는 마음이다.

 이번 음악회에 다녀오게 된 것은 합창 단원 중 산을 함께 오르는 산우님 부부가 계시기에 초대를 받아 다녀오게 되었다. 한인 성당에는 아주 특별한 행사가 있을 때 한두 번 간 기억이 있다. 개신교와는 달리 캐톨릭 성당을 들어서면 뭔지 모를 엄숙함이 밀려와 그 느낌이 참 좋다는 생각을 하곤 했다. 그래서 그날도 일부러 조금 일찍 성당 안을 들어가 앉아 잠시 기도를 했다. 단원들이 마무리 연습을 하는 중이었다. 그 후 한두 사람들이 성당 안에 자리를 찾아 앉기 시작했다. 나중에 뒤를 돌아보니 산행을 함께 하는 산우님도 보여 반가웠다.

 이어서 합창단원들의 합창으로 '비목', '청산에 살으리라'가 불렸으며, 싱어롱으로 '바위섬/희망의 메들리'가 계속 이어졌다. 바위섬의 노래가 시작되며 과객들이 '국민노래'처럼 여기던 노래인 만큼 열심히 함께 따라 불렀다. 콘서트 분위기는 서로가 서로에게 눈빛을 건네며 손에 손을 잡고 부르는 듯싶은 따뜻함이 감돌았다. 모두가 다른 얼굴로 서로 다른 일을 하면서 '음악'이라는 단 하나의 공통분모로 찾아온 것이다. 이것만으로 충분하지 않던가. 음악은 그 어느 것보다 힘이 있지 않던가. 인종과 문화를 넘고 남녀노소 연령을 넘어 하나 되게 하지 않던가 말이다.

　2부 순서의 마지막 노래의 차례가 되었다. 채정은 작사/한태수 작곡/이민정 편곡의 '아름다운 나라'를 들으며 마음이 숙연해지게 되었다. 참으로 아름다운 곡이고 노래였다. 그렇게 순서를 마치며 순서지 맨 아래에 붙인 글이 눈에 들어왔다. "연주회 장소 사용을 허락해 주신 박효재 하비에르 신부님께 감사합니다. 음식을 준비하느라 수고하신 루갈다 자매님께도 감사합니다. 바쁜 시간 내주셔서 와주신 관객 여러분들 모두에게 감사합니다. 비빔밥 한 그릇씩 드시고 가시기 바랍니다." '비빔 콘서트'의 그 의미를 깊이 깨닫게 되었다.

　이렇게 1부 순서 중 여성 중창의 '사랑은 영원하네', '꽃밭에서' 그리고 남성 중창의 '세상을 사는 지혜', '빨간 구두 아가씨/아빠의 청춘'에서는 관객들과 함께 노래 부르고 손뼉도 치며 합창단과 관객들이 하나가 되었다. 참으로 아름다운 순간이었다. 이렇게 1부 순서가 마무리되고 2부가 시작되었다. 유인지씨의 '온 맘 다해' 노래가 시작되었고 한인 성가대의 '그 사랑' 노래가 이어졌다. 그 다음 순서로 지휘자 권정규 씨의 독창의 무대가 시작되었다. 시편 23편과 Core'ngrato(무정한 마음)의 노래는 말로 다 표현할 수 없는 참으로 아름다운 감동이었다.

'시인과 촌장' 하덕규 목사의 삶과 노래

지난 2019년 6월 29일(토), 30일(일) North Andover 소재 '다문화 선교교회(Intercultural Mission Church)'에서 '시인과 촌장'으로 널리 알려졌던 음유시인 '가시나무' 작시/작곡자인 하덕규 목사를 초청해 찬양과 더불어 간증 집회가 있었다. 가시나무 노랫말이 좋아 꼭 참석하고 싶었는데, 6월 30일(일)에 남편과 친구 부부들과 함께 메인으로 2박 3일 〈부부골프〉 여행을 다녀오기로 했기에 참석이 어려울까 염려가 되었다. 다행히도 토요일 저녁에는 다녀올 수 있어서 참으로 감사했다. 사람들이 모여들기 시작했고 조용한 가운데 차분한 목소리의 하덕규 목사의 인사가 있었다.

첫 노래는 '사랑해요'라고 쓴다. 이 노래의 노랫말도 곱지만, 삶 속에 깊이 녹아 있는 얘기들을 보석처럼 꺼내어 모두에게 나눠주는 것이다. 시절이 어려울 때라 삶이 고달프지만, 어린아이들의 천진스러운 웃음과 눈망울 속 말간 세상을 보신 모양이다. 그래서 어린아이들의 이마에도 '사랑해요'라고 쓰고, 긴 여행을 마치고 돌아오는 나그네의 늘어진 어깨에도 '사랑해요'라고 쓴다고 말이다. 동시처럼 맑고 청아한 짤막한 시어들 속 깊은 여운은 가슴 속 깊은 영혼의 샘터에 동심원을 그리며 며칠을 내 속에 머물러 나를 울렁이게 했다.

가시나무 / 하덕규(작시/작곡)

내 속엔 내가 너무도 많아
당신의 쉴 곳 없네
내 속엔 헛된 바램들로
당신의 편할 곳 없네
내 속엔 내가 어쩔 수 없는 어둠
당신의 쉴 자리를 뺏고
내 속엔 내가 이길 수 없는 슬픔
무성한 가시나무 숲 같네
바람만 불면 그 메마른 가지
서로 부대끼며 울어대고
쉴 곳을 찾아 지쳐 날아온
어린 새들도
가시에 찔려 날아가고
바람만 불면 외롭고 또 괴로워
슬픈 노래를 부르던
날이 많았는데
내 속엔 내가 너무도 많아서
당신의 쉴 곳 없네

'내 속엔 내가 너무도 많아' 작은 기타 음으로 시작되는 '가시나무'의 노래 첫 가사이다. 가끔 이 노래의 제목이 '내 속엔 내가 너무도 많아'라고 생각할 정도로 많이 들었던 노래이다. 물론 미국에 살았던 내게 그 노래를 그리 접할 기회가 없었지만 15여 년 전쯤이었을까 싶다. 한국을 방문해 〈명상테라피〉 그룹에 참여해 며칠 공부를 할 때였다. 그 수업 시작의 날과 끝나는 날까지 이 '가시나무' 노래를 수십 번 들려주었던 기억이다. 그래서 더욱이 '가시나무' 노랫말에 가슴이 먹먹해질 만큼 내 영혼 깊이 박힌 영혼의 숲 같은 느낌으로 남아 있다.

하덕규 목사는 이날 기타와 연주 노래와 찬양 간증 집회에서 '가시나무'를 쓰게 된 이야기를 들려준다. 예수를 믿기 시작한 지 3년쯤 되었을 때, 내 속이 너무도 훤히 보이는 것 같았다고 한다. 예수를 믿는다고는 하지만, 내 안의 죄성을 내가 어쩌지 못하는 것을 알았을 때의 그 괴로움을 밖에 있는 숲을 보면서 그리고 내 안을 보면서 깊은 생각과 마주했다고 한다. "그분이 내 안에 오셔서 가시나무와 같은 나를 버리지 않으시고 내 가시에 찔리면서 가시를 뽑아주시고 끝까지 품어주셨다고 말이다." 내 안의 '죄성'이 바로 '가시'라고 말이다.

'가시나무' 노래는 가시나무 덩굴 속 피 흘리고 계신 예수님이 떠올라 곡을 쓰기 시작한 지 30분 안에 곡을 마무리할 수 있었다고 한다. "하나님께서 이 곡을 내게 주셨다."고 간증하는 것이다. 노랫말이 어찌나 좋던지 간증 집회를 마치고 돌아와서 유튜브에 있는 '가시나무' 노래를 다시 찾아 들었다. 그리고 하 목사는 9년 전 '위암' 진단을 받는데, 믿기지 않았지만 2~3기 정도였다고 한다. 병원의 진단을 받고 온 남편에게 묻는 아내에게 "내가 암이래!"라고 얘기를 했더니 펑펑 울더란다. 우는 아내를 다독이며 몇 년만 투병하면 괜찮을 거라고 달래주었다고 한다.

"하나님보다 하나님의 것들을 너무 많이 사랑했다."고 그는 간증

한다. 그저 '선물'만을 기다리고 좋아했다고 말이다. 하나님과의 깊은 관계보다는 '종교생활'을 열심히 했지만, 하나님께 마음을 두지 않고 선물만 좋아했다고 말이다. 하 목사의 간증은 나와 더불어 우리가 하나님을 믿는다고 하면서 때로는 하나님을 자신을 위해 필요에 따라 치장하는 악세서리처럼 여기는 것은 아닐까 싶은 마음이 들었다. '내 속엔 내가 너무도 많아 당신의 쉴 곳 없네 내 속엔 헛된 바램들로 당신의 편할 곳 없네!' 귀한 간증을 통해 내 속의 깊은 나를 들여다본 소중한 시간이었다.

메인의 'Samoset Resort'
〈부부골프〉 여행을 다녀와서

참으로 오랜만에 우리 부부가 함께한 여행이었다. 지난 2019년 6월 30일(일)부터 7월 2일(화)까지 메인의 'Samoset Resort'에 남편 친구 커플들과 〈부부골프〉 여행을 2박 3일 일정으로 다녀왔다. 즐겁고 행복한 시간이었다. 여자들끼리도 서로 잘 아는 친구들이라 편안하고 즐거운 여행이 되었다. 집에서 3시간 남짓 가서야 도착하게 되었다. 다른 커플들은 10여 년 전 'Samoset Resort'에 한두 번씩 다녀간 곳이라고 했다. 우리 부부는 이곳은 처음이었다. 약속 시간이 되니 부부들이 한둘 도착했다. 도착해 둘러보니 저 멀리 수평선의 바다가 보였다.

10년 전 시간들을 되돌아보니 여행은 참 많이 다녔는데 남편이랑 함께했던 여행의 기억이 별로 없다. 그저 형님댁에 갈 때나 시댁 행사가 있을 때 함께했던 기억뿐이다. 나름대로 열심히 재미있게 보냈다고 생각하면서 왠지 꽉 차지 않은 이 느낌은 무엇일까. 이번 여행을 통해 그동안에 혼자 했던 여행이 즐거웠지만, 무엇인가 아쉬움이 남았다는 생각이 이제서야 든 것이다. 남편은 남편대로 친구들과 골프여행을 빠지지 않고 해마다 다녀왔다. 그래서 남편이 일 년에 한 번인 골프 여행을 준비하며 즐거워하면 바로 그것이 나의 즐거움이고 행복이라고 생각했다.

오십 중반을 올라 육십을 바라보는 이 나이가 되니 골프 라운딩을 마치고 만나서 나누는 이야기들이 가볍지만은 않았다. 그것은 각 가정마다 건강도 걱정해야 할 나이가 되었기 때문이다. 와이프들끼리 모여 이야기를 나누며 남편 이야기와 함께 남편을 알뜰히 챙기는 와이프가 그렇게 예쁘고 사랑스러워 보일 수가 없었다. 그래 바로 저런 모습이 우리 나이쯤에서 볼 수 있는 아름다운 부부의 모습일 거란 생각을 해봤다. 서로를 챙겨주는 모습에서 다시 한번 나를 돌아볼 수 있는 시간이 되었다. 나는 내 남편의 어디쯤에 서 있는 것일까.

　　2019년 올해는 유독 여행이 많은 해라는 생각이다. 1월에는 한국에서 살고 계시는 시부모님께서 다녀가시고 2월에는 과테말라에 일주일 선교여행을 다녀왔고 3월에는 그랜드캐니언 하이킹을 다녀왔으며 4월 말에는 2주 동유럽 여행을 다녀왔다. 그리고 7월 초에 메인의 〈부부골프〉 여행을 2박 3일 다녀왔고, 큰 녀석이 6월에 와싱턴 디시로 로펌을 옮겨 7월 말에는 운전으로 다녀올 계획이다. 또, 8월에는 시댁 가족들 모임으로 누나(시누이)가 사는 프랑스에서 시부모님과 형님네 내외 그리고 우리 부부가 만나기로 했다. 그리고 10월에는 내 강의 일정과 함께 한국 방문 계획이 있다.

　시간이 너무도 빨리 지나간다. 지나간 시간들을 챙겨볼 겨를없이 그렇게 말이다. 이번 여행을 통해 참으로 감사한 시간을 보냈다. 그것은 다름이 아니라 부부 여행을 가까운 곳 국내에도 많은데 멀리 국외를 많이 생각했다. 우리 나이쯤에는 이제 부부가 함께 여행하는 연습이 필요하다는 생각을 한다. 한 이틀 여행하다 보면 말다툼이 시발점이 되어 여행을 망칠 때가 있었다. 이런저런 생각을 하다 보면 적어도 은퇴를 한 후에는 부부가 함께할 수 있는 시간이 많아진다는 것이다. 그때를 위해 서로 배려하고 양보하는 연습도 필요하겠다는 생각이다.

　이번 여행에서 함께했던 부부들에게서 배운 것이 있다면 남편과 아내를 서로 존중하고 챙겨주었다는 것이다. 그것이 당연한 일이라고 생각을 하지만, 때로는 여럿이 모이는 곳에서 민망할 정도로 아내에게 함부로 대하는 이들도 있다는 것이다. 내가 먼저 존중하고 챙겨줘야 나도 그 대접을 받는 것이 아니겠는가. 평생을 서로 기대며 살면서 추울 때는 서로 부둥켜 안아주다가 무더운 날에는 뜨거워 훌쩍 밀어냈던 일은 없었는지 잠시 생각을 해 본다. 서로가 서로의 그늘이 될 수 있는 뿌리 깊은 나무, 파란 하늘 아래 잎이 푸르른 나무로 서 있으면 좋겠다.

　남편과 둘이 메인의 'Samoset Resort' 〈부부골프〉 여행을 위해
집에서 운전으로 3시간 30분 정도 왕복 약 7시간을 오가면서 그 시
간마저도 행복했다. 세 아이가 어려서는 가족 여행을 많이 했었다.
디즈니 월드에도 몇 번이나 가고, 크루즈도 여러 번 타고, 가까운 케
잎 캇과 메인도 몇 차례씩 다녀왔던 기억이다. 오가는 차 안에서 남
편과 함께 아이들과 함께 여행했던 이야기들을 많이 나누었다. 이제
는 훌쩍 커버린 아이들의 추억을 함께 퍼즐조각 맞추듯 그렇게 둘이
서 주고받으며 함께 행복해했다. 그렇게 서로 이야기를 나누다 보니
훌쩍 집에 도착했다.

2부

큰아들이 워싱턴 DC로 로펌을 옮기고 메릴랜드에 형님이 계시니

큰아들이 3년 차 Lawyer로 일하고 있다. 플로리다에서 일하다가 지난 6월부터 Washington DC로 로펌을 옮겼다. 직장을 옮겼으니 엄마, 아빠가 한번 찾아봐야겠다고 생각을 하면서 지냈다. 그러던 차에 지난 주일 아침 일찍 자동차로 보스턴에서 출발하여 9시간을 가서 워싱턴 DC와 메릴랜드에 도착했다. 메릴랜드에는 아주버님과 형님이 살고 계시고 큰 조카와 조카며느리가 살고 있다. 때마침 프랑스에 사는 누나가 오빠(시아주버님) 집에 방문한 터라 겸사겸사 가족들의 모임이 이어졌다. 도착해서 형님댁에서 맛난 저녁을 먹고 큰아들은 제 집으로 돌아갔다.

큰아들과 더 많은 시간을 함께하고 싶었지만, 일해야겠기에 아쉬움을 남겼다. 그러나 형님댁에서 남편의 삼남매들의 즐거운 시간이 이어졌다. 미공군 대령으로 외교관 무관을 지냈으며 한국 근무를 마치고 예편하셨다. 그리고 신학박사를 받은 후 목사가 되었다. 지금은 영어 목회를 하고 있으며, 한국어 목회는 가깝게 지내는 강 목사님이 담당하고 계신다. 지금은 교인의 숫자도 30여 명이 되었다고 한다. 처음 개척교회를 시작할 때는 어려움도 많았으며, 아주버님과 형님의 눈물겨운 기도가 열매를 맺은 것이다. 참으로 감사한 일이다.

첫날 도착해서는 아주버님 교회의 교인 중 우리 집 남편이랑 동갑내기 집사 부부랑 좋은 시간을 가졌다. 물론 한국말이 서툰 교포 2세라 서로 더욱이 잘 통했다. 교회에서 신앙생활도 열심이지만, 비지니스도 열심히 하는 친구라 남편과 주고받는 대화가 더욱더 재미가 있었다. 그 친구의 누나가 코넬을 졸업했는데, 우리 집 누나(시누이)와도 동기 동창이라며 서로 대학 시절 이야기에 시간 가는 줄 모르고 즐겁게 보냈다.

플로리다에 큰아들이 머물 때는 주말에 너무 심심하지 않을까 싶었다. 그런데 워싱턴 DC로 오니 디씨에서 메릴랜드까지의 운전 거리는 40여 분 정도 걸리지만, 큰아빠 큰엄마가 계시다는 것이 얼마나 큰 위안이 되는지 모른다. 주말에 가끔 놀러 가서 주말을 함께 보내고 교회도 출석한다니 더욱더 감사한 일이었다. 이 모든 것들은 사실 생각지 못했던 부분이었다. 그런데 얼마 전에 기도회 모임에서 이야기를 하다가 함께 기도해달라 부탁을 드렸었다. 이번 여행은 가족 안에서의 신뢰의 확신과 믿음 안에서의 감사와 찬양이 함께 했던 시간이었다.

이렇듯 믿음 안에서 좋은 분들을 많이 만날 수 있어 감사했다. 아주버님 교회의 한국어 담당 목사인 강 목사님은 25여 년 전 뵈었던 분이다. 프린스턴 신학대학교를 졸업하신 엘리트시며, 강한나 사모님도 찬양 CD를 출판할 정도의 멋진 분이시다. 몇 년 전에 뵌 적이 있지만, 오랜만에 뵈니 더욱더 반가웠다. 우리 부부가 메릴랜드에 방문했다고 맛난 일식집에서 식사 대접을 해주신다. 남편과 동갑내기 친구가 된 마이클 집사 부부도 우리 부부에게 귀한 인연이 되었다. 신앙이 바탕이 되어 비즈니스 이야기도 잘 통해 즐겁고 행복했다.

보스턴에서 살던 내게는 워싱턴의 메릴랜드는 더 넓은 한국처럼 느껴졌다. 가는 곳마다 한국 사람을 만날 수 있으니 말이다. 무엇보다 떡집과 곡물이 가득한 곳을 만나니 구경하느라 재미가 있었다. 또한, 지난가을 새벽 골프로 오른쪽 다리에 무리가 와서 두 달 정도를 고생했었다. 그런데 이번 여행 중에 형님이 가깝게 지내는 분이 한의원을 하신다는 것이다. 그래서 〈명문한의원〉 최 선생님을 찾았었다. 자상하신 진찰과 치료를 두 차례 받고 왔다. 프랑스에서 온 누나와 남편도 떠나오기 전 한의원에 내원해 진찰과 치료를 받고 왔다.

이번 큰아들이 Washington DC로 로펌을 옮긴 덕분에 겸사겸사 디씨와 메릴랜드에 다녀온 것이 내게는 큰 감사와 축복이었다. 오가는 운전 시간을 위해 기도해 주신 목사님이신 시아주버님과 형님 그 외의 강 목사님과 사모님 마이클 친구 부부에게 감사를 전한다. 우리 교회의 최 목사님과 사모님 그리고 정 목사님과 이 목사님 〈화요기도회〉 권사님들과 집사님들께 깊은 감사를 전한다. 이번 여행을 통해 많은 감사를 더 깊이 생각하게 되었다. 내 곁에 이처럼 많은 이들이 기도로 함께하고 있다는 것이 큰 힘이고 용기이고 축복이라는 것을 또 깨닫게 되었다.

프랑스 캔(Cannes)에서 시댁 가족 모임을

프랑스에는 누나(시누이)가 살고 있다. 프랑스에서 1시간 남짓 비행을 하면 캔(Cannes)에 도착한다. 프랑스에서도 30여 년이 다 되도록 살았지만, 캔의 별장은 거의 20년 정도 되었다는 생각이다. 우리 집 세 아이들이 어려서 여름방학이면 프랑스의 고모 별장에 놀러 갔다가 아주 즐거웠다는 이야기를 몇 번 했었기에 기억을 한다. 프랑스 여행은 오래 전 다녀왔고, 산티아고 여행을 하며 지나쳤던 기억 그리고 이번 여행은 아주 오랜만의 여행이었다. 남편의 경우는 나와는 달랐다. 비즈니스를 한다는 핑계로 시간을 내기 어려워 가족모임에도 함께하지 못했었다.

이렇듯 시댁가족 모임이 프랑스 누나 집에서 몇 차례 있었지만, 남편

은 참석하지 못했었다. 이번 여행이 처음으로 참석한 여행이 되었다. 한국에 가서 10여 년이 넘도록 살고 계시는 시부모님이 한국에서 오시고 와싱턴 메릴랜드에서 목회를 하고 계시는 시아주버님과 형님 그리고 조카와 조카며느리가 함께 왔다. 또한, 공군 소령을 앞둔 조카도 휴가를 얻어 할아버지 할머니를 뵈러 왔다. 그리고 프랑스에 사는 누나의 조카 둘이 모이는 12명이 되었다. 우리 집 세 아이가 일이 바빠 참석하지 못해 서운한 마음이 있었지만 그래도 가족이 모이니 행복했다.

남편은 일주일 일정의 여행이었고, 나는 2주 일정의 여행 계획으로 왔다. 아이들이 어려서 고모의 별장에 다녀오면 참으로 넓고 아름답고 좋다고만 했었는데, 내가 직접 와 보니 정말 크기도 하고 너른 정원이 그렇게 아름다울 수가 없었다. 도착하자마자 정원 여기저기를 돌며 모바일 폰으로 사진을 담느라 정신이 없었다. 누나는 올케가 둘이나 있는데도 손수 시장을 봐다가 맛난 음식을 만들어 주었다. 맏동서와 나는 시누이의 그 따뜻하고 다정스런 마음을 알기에 더욱 서로에게 좋은 친구로 있는 것이다. 삼남매와 며느리들을 보시며 시부모님은 행복해하신다.

여느 가정의 자녀들보다 우리 시댁의 삼남매는 서로를 챙기는 마음이 남다르다는 생각을 한다. 서로 자주 연락을 하며 안부를 묻고 서로의 걱정거리를 의논하며 기도하는 것이다. 참으로 감사하다는 생각을 한다. 이렇게 부모의 형제.자매들이 서로에게 관심을 갖고 챙겨주는 것을 보며 자란 우리 집 아이들과 사촌들과는 가깝게 지내는 편이다. 일년에 한두 번을 서로 만나기도 하지만, 자주 연락을 하며 지낸다. 무엇보다도 가족이라는 의미를 가까운 곳에서 찾고 삶에서 또한 얼마나 중요한 것인지 깨닫게 되는 것이다. 가족이라는 참

의미를 말이다.

프랑스 남부의 캔 지역에서 1시간 여 운전을 하면 모나코와 이태리 롬을 다 만날 수 있다. 예술가들이 사랑한 프랑스 니스라고 하지 않던가. 참으로 항구를 사이에 두고 겹겹이 둘러쌓인 숲과 산을 넘고 또 넘는 빨간 지붕의 아름다운 풍경은 가슴을 출렁이게 한다. 끝없이 늘어진 해변가를 따라가면 지중해의 햇살이 가득한 해변과 찬란한 빛의 출렁임 그리고 잔잔히 흐르는 파도 예술가가 아니더라도 이곳에 있으면 모두가 예술가가 되는 것이다. 푸른 하늘에 두둥실 흰구름 너울대고 따가운 햇살 아래 간간히 흐르는 바람은 참으로 잊지 못할 추억이 되었다.

누나의 별장은 산의 제일 높은 곳에 자리하고 있었다. 항구를 사이에 두고 반대편에는 캔의 구시가지의 모습이 그대로 보여지는 것이다. 두 번 캔의 구시가지를 돌아보게 되었는데, 하루는 가족들과 함께 움직였고 또 하루는 혼자서 카메라를 들고 천천히 골목과 골목들 사이의 매혹적인 거리를 돌아보았다. 빛이 들 듯 말 듯한 그래서 더욱 아름답고 매력적인 작은 골목길을 천천히 걸어보았다. 좁은

거리의 사이에는 빛에 반짝이는 테이블 위의 세팅된 와이잔이 그렇게 아름답게 보일 수가 없었다. 작고 좁아서 더욱 서로의 냄새를 느낄 수 있는 곳이었다.

하루는 샤갈이 사랑한 마을 Saint Paul de Vence(생폴드방스)를 돌아보게 되었다. 조카 셋과 조카며느리와 함께 움직이게 되었는데 우선 도착해 먼저 점심을 먹게 되었다. 음식의 맛은 둘째이고 오랜 플라타너스 나무 아래서의 식사는 그 무엇으로도 채울 수 없는 감동이었다. 시간을 절약하느라 점심 후 각자 움직이기로 했다. 작은 골목에는 아기자기한 갤러리들이 줄지어 있었으며 구경하기에도 시간이 바빴다. 예술가들의 숨결이 그대로 느껴졌다. 샤갈은 97세로 생을 마감하였는데, 말년 20년을 이곳에서 지냈으며 이곳 공동묘지에 잠들었다고 한다.

흔들리며 피는 꽃

도종환 님의 '흔들리며 피는 꽃' 시편을 읽고 또 읽으며 며칠을 깊은 생각에 머물러 있다. 그래 시인의 가슴이 아니더라도 인생의 여정에서 만나는 삶은 생각처럼 그리 만만치 않음을 깨닫는 오늘이다. 서로 부딪히면서 스치는 인연에 웃음과 울음을 내고 생채기도 그어가며 그 상처를 보듬으면서 그렇게 서로 치유하며 사는가 싶다. 이 세상에서 홀로이지 않은 것이, 외롭지 않은 것이 그 무엇 하나라도 있을까. 서로 마주 보고 있어도 외롭고 고독한 것은 애써 변명하지만, 세상과 마주할수록 사람과 마주할수록 더욱 깊이 사무치는 것은 어쩔 수 없는 지병인가 싶다.

흔들리며 피는 꽃 / 도종환

흔들리지 않고 피는 꽃이 어디 있으랴
이 세상 그 어떤 아름다운 꽃들도
다 흔들리면서 피었나니
흔들리면서 줄기를 곧게 세웠나니
흔들리지 않고 가는 사랑이 어디 있으랴
젖지 않고 피는 꽃이 어디 있으랴
이 세상 그 어떤 빛나는 꽃들도

다 젖으며 젖으며 피었나니
바람과 비에 젖으며 꽃잎 따뜻하게 피웠나니
젖지 않고 가는 삶이 어디 있으랴

사람으로 상처받고 고통을 받는다고 할지라도 또한 그 상처를 치유받을 수 있는 것은 다름 아닌 사람 속에 있는 따뜻한 사랑이다. 우리는 어쩔 수 없이 이처럼 부대끼며 살고 쓰러지고 일어서고 일으켜주며 사는 것이다. 혼자서는 살 수 없는 이 세상 네가 있어 내가 있고, 내가 있어 네가 있는 우리의 세상인 까닭이다. 그래서 살 만한 세상 살아볼 만한 가치가 있는 세상이 아닐까 싶다. 저 들꽃을 보면 마음이 평온해져 오지 않던가.

삶이 버겁다고 느껴질 때는 언제나처럼 하늘을 본다. 그 무엇과도 경계 짓지 않아 좋은 파란 하늘과 하얀 뭉게구름을 보면 마음의 평안을 찾는다. 내 곁에 있는 것들도 모두가 하늘을 향해 얼굴을 마주한다. 바람에 흔들리는 나무도 들꽃과 들풀도 햇살 가득한 하늘을 향해 고개를 든다. 자연과 함께 마음을 마주하면 속에 가득 찬 욕심이 조금씩 녹아내린다. 그들과 함께 호흡하는 나의 숨결을 느낄 때면 더 바랄 것이 없는 깊은 평안을 만난다.

"흔들리지 않고 피는 꽃이 어디 있으랴" 참으로 고운 시어에 눈물이 고인다. 하도 맑아 시린 느낌이다. 아, 시인은 행복하구나! 어찌저리도 맑디맑은 영혼을 노래했을까. 지금까지 살아오면서 흔들리는 들꽃을 얼마를 보았던가. 저 흔들리는 꽃에서 바람을 보고 비구름을 보았을 시인의 맑은 영혼이 가슴 속을 파고든다. 그래 피고 지는 꽃을 보면 우리네 삶과 어찌나 닮았던지! 가끔 들꽃과 들풀과 마주하면 인생의 긴 여정을 미리 그림으로 그려본다.

"흔들리지 않고 가는 사랑이 어디 있으랴" 어찌 이리도 사유 깊은 노래를 부를 수 있을까. 그래 사랑이란 이처럼 가슴 아파 견딜 수 없어 죽을 것만 같은 것이리라. 그래도 죽지 못하고 살아 또 마주하는 삶이 인생이 아니겠는가. 사랑이란 보내는 가슴이나 남아 있는 가슴이나 떠나는 가슴이나 모두가 아픔인 것이다. 살면서 가슴 한편에 시린 사랑 하나쯤 남겨두지 않은 사람이 어디 있을까. 그렇게 시린 가슴 다독이며 가다 보면 또 다른 사랑이 찾아오고 행복에 겨워하는 그런 것이 진정한 사랑은 아닐까.

"젖지 않고 가는 삶이 어디 있으랴" 모두가 행복을 원하고 달라고 한다. 도대체 행복이란 것이 무엇이기에 모두가 원하는 것일까. 행복의 색깔은, 모양은 도대체 어떤 것일까. 이제는 인생이란 것이 어떤 빛깔인지를 어렴풋이 알아간다. 그 어떤 삶일지라도 평범한 삶이란 어렵다는 것을 이제야 깨닫는다. 내가 원하든 원치 않든 간에 느닷없이 들이닥치는 삶이 누구에게나 있다는 것이다. 삶은 그래서 슬픔도 행복도 따로이지 않다는 생각을 한다.

그 누구보다 '나 자신'에게 진실하기를

이 세상에 내 마음대로 할 수 있는 것은 정말 아무것도 없다는 고백을 가끔 한다. 그것이 내 안에 있는 그 어떤 神, 창조주에 대한 피조물의 고백이기도 하지만, 어떤 특별한 종교인이 아니더라도 삶을 살아오면서 겪는 경험에서의 일일 것이다. 생각지도 못했던 일(건강이나 직장의 문제, 사업의 문제 등)들이 닥쳐 캄캄하고 암담한 터널을 지날 때도 있을 것이며, 때로는 자식도 내 마음대로 말을 들어주지 않아 고민하는 때도 있기 때문이다. 이렇듯 불안한 사회와 세계 속에서 나를 든든히 지키며 걸어갈 수 있는 것은 바로 다름 아닌, '신독(愼獨)'이 아닐까 싶다.

살면서 쉽지 않지만 혼자 있을 때에도 여럿이 있을 때처럼 나 자신을 돌아보며 생각하고 행동할 수 있어야 할 것이다. '안으로 성실하면 밖으로 드러난다'는 옛말처럼 늘 같은 마음의 중심과 무게로 나를 들여다볼 수 있어야 한다는 말일 게다. 혼자 있을 때에도 혼자가 아님을 깨닫는 참 神을 믿는 신앙인이길 마음을 모아본다. 그것은 그만큼 나 자신을 추스르고 다스리며 산다는 것이 어렵다는 것이다. 하지만 하루아침에 무엇이 갑자기 변할 수야 없겠지만, 매일 매일의 자신을 돌아볼 수 있는 성찰이 필요한 것이다. 나를 들여다보지 않으면 늘 내 탓이 아닌 남의 탓이 되기 쉬운 까닭이다.

'남이 알지 못하는 자신의 마음속에서 인욕(人欲)과 물욕(物欲)에 빠지지 않고 삼간다'라는 뜻을 지닌 '신독(愼獨)'은 나 자신에게나 오늘을 사는 우리에게 귀한 묵상으로 안내한다. 여럿이 있을 때는 남을 의식하기에 자기 자신을 자중하기도 하고 다스리기가 쉽지만, 혼자 있을 때의 자신의 숨은 '욕심과 욕정'들은 끊을 수 없는 또 하나의 죄의 씨앗이 되는 것이다. 현대 사회를 살아가는 우리에게 물질(돈)은 필요하기도 하고 아주 중요한 것이다. 물론 '물질에 대한 가치관'을 어디에 두느냐가 더욱 중요한 일이지만, 혹여, '물질의 노예'가 될까 염려스러운 것이다.

요즘 아이들을 키우면 더욱이 피부로 느낄 수 있는 것이 요즘 부모들의 입장일 것이다. 그것은 물질만능주의 시대를 살아가며 삶의 편리함과 함께 그에 따른 손해(피해)를 얻게 된다는 것이다. 특별히 청소년 아이들을 둔 부모들은 더욱이 아이들이 공부하는 시간 외에 무엇을 하는지 살피지 않으면 불안해지는 이유가 바로 여기에 있다. 너무도 급속도로 달려가는 현대과학기술의 발달과 함께 모든 것이 편리한 만큼 무엇인가 잃어버리는 것 같은 상실감에 사로잡히기 쉽기 때문이다. 요즘의 아이들을 키우며 부모들은 불안한 마음에 더욱이 마음과 정신과 육체가 바빠진 것이다.

삶에서 다른 사람을 의식하지 않을 수 없지만, 남을 의식해야 하는 그 어수선한 마음으로부터 조금은 자유로워질 필요가 있다. 그래야 자신의 삶을 조금이라도 더 들여다볼 수 있고 자신과 제일 가까운 삶을 살 수 있는 것이다. 이것저것 재어보고 이런저런 남의 눈치를 보면서 언제 제대로인 나를 살 수 있을까 말이다. 모든 사람이 다 그렇지는 않지만, 그 어느 한 무리에 속한 단체라는 곳에는 알게 모르게 보이지 않는 나를 속박하는 부분이 있기도 하다. 다른 사람의 명품 치장에서 자유로울 수 있어야 자유로운 사람인데 알면서도 마음과 생각과 행동은 각각일 때가 많다.

요즘 가끔 우스갯소리로 '부러우면 지는 거야!'란 얘기로 웃음을 나누기도 하지만, 정말 자신의 중심이 없는 사람이 가끔 있다. 가끔 어느 모임을 가더라도 때와 장소에 맞게 잘 차려입어 눈에 띄는 사람들이 간혹 있다. 그 사람 자신에게 맞게 차려입은 모습이 참으로 멋스러워 보이면 부럽기도 하다. 하지만, 그렇다고 그 사람에게 어울리는 옷차림을 내가 입는다고 해서 그 사람의 멋스러움이 내 것이 되는 것은 아닐 것이다. 멋이란, 내게 가장 잘 어울리는 것이 '멋'이며 나의 장단점을 가장 잘 알고 그에 맞게 연출하는 것이 바로 '멋스러움'이 아닐까 싶다.

이렇듯 밖으로 연출된 모습도 이렇듯 각양각색의 모습일진대, 마음 안에 자리한 마음의 색깔과 모양과 소리는 얼마나 갖가지로 쌓였을까 말이다. 이제는 지천명을 올라 오십 중반을 걸어가는 입장에서 마음속의 것들을 하나씩 덜어내고 싶어지는 것이다. 남의 것을 흉내 내는 그런 '멋'이 아닌 내 안의 것을 갈고 닦아 저절로 차오르는 '참 멋'을 연출하고 싶어지는 것이다. 아니 연출이 아닌 자연스러움으로 그저 흘러넘치는 삶이길 바라는 것이다. 삶의 작은 일상에서부터 시작해 하루를 맞고 보내고 또 한 계절을 맞고 보내며 그렇게 그 누구보다 '나 자신'에게 진실하기를….

이슬 같은 그녀

"나는 그림이랑 결혼했는걸!"

"언니, 정말 제대로 된 연애는 해보긴 해본 거야?"

이렇게 열정적인 두 여자의 대화는 시작된다. 어떤 일에 있어 거침이 없는 한 여자와 다소곳하지만 깊은 우물 속 샘물 같은 속 깊은 한 여자가 만나면 둘이는 그렇게 행복할 수가 없다. 세상 나이 오십 중반에 있는 멋진 미혼인 아가씨 한 사람이 내 곁에 있다. 나이 든 노(老)처녀가 아닌 언제나 이슬 같은 노(露)처녀다. 언제나 환한 웃음으로 아이처럼 해맑고 순박한 순백의 영혼을 가진 화가 유수례 님이 바로 그녀이다.

처음에는 그림이 좋아 화가인 그녀를 그렇게 관람자로 만났다. 그렇게 서로를 천천히 알아가며 그녀가 살아온 어린 시절의 얘기와 한참 잘나가던 때의 얘기는 지금의 그녀를 있게 한 원동력이었다. 평상시에는 말이 없고 조용한 성품의 그녀가 그림 얘기만 나오면 아니 그림과 하나가 되는 순간의 그녀는 광기마저 느껴진다. 그녀에게서는 알 수 없는 매력이 있다. 가끔은 그 매력이 지나쳐 마력마저 느껴지는 묘한 에너지가 그녀에게 숨어 있다. 그래서 글쟁이인 나는 평범하지 않은 오십 중반에 있는 노처녀 화가의 보이지 않는 속내가, 그녀의 깊은 생각이 궁금해지는 것이다.

그녀의 유년 시절과 청소년 시절은 참으로 가난했다. 어쩌면 그래서 더욱 깊어 맑은 영혼을 가졌는지도 모른다. 그녀의 인생에서 잊을 수 없는 한 사람이 있다. 그 사람은 다름아닌 한국에서 유명한 꼽추 화가 손상기 화백이었다. 그녀는 그의 수제자였고, 가르치는 스승과 배우는 제자는 닮은꼴이랄까 예술가로서의 자부심과 자존심이 대단했단다. 그녀는 자신의 삶이 가난했던 만큼 그녀의 그림에서도 떨쳐버릴 수 없는 외로움과 깊은 고독이 느껴지기도 한다. 그렇게 그녀는 자신의 삶에서 움츠러들지 않고 도망치려 하지 않았으며 스스로 자신의 삶을 받아들이고 그림으로 표현하며 승화시켜 온 것이다.

　그녀는 오래전 한국에서 손 화백과 함께 한국의 달동네를 처음 화폭에 담아냈던 화가라고 한다. 그 달동네의 그림을 그리기 위해서 밤낮 가리지 않고 수십 번 수백 번씩 달동네를 수없이 오르내렸다는 것이다. 그녀는 그렇게 사람과 삶을 솔직하고 진실하게 캔버스에 담아 그대로 그림으로 옮겨놓는 작업을 시작했다. 그녀는 이처럼 처음에는 사실화로 출발하여 구상화까지 많은 달동네를 탄생시켰으며 활발한 활동을 펼치고 있었다. 그리고 그녀의 작업실에는 입시생들이 많았으며 가르치던 제자들 중 원하던 대학교에 입학했을 때의 그 감격이란 정말 잊을 수 없는 감동이었단다.

　여느 사람들보다 예술가들에게서 느껴지는 특별한 한 가지가 더 있다면 멈추지 않는 아니 멈출 수 없는 타오르는 창작의 열정 활활 타오르는 그 열정의 불꽃일 것이다. 설령 그 불꽃에 제 살갗이 데일지언정 그 데인 상처 자국으로 더 깊은 영혼의 불꽃 심지를 만드는 그 예술혼은 가히 보는 이로 하여금 말문을 닫게 한다. 그녀도 마찬가지로 열심히 창작에 대한 불꽃으로 있으면서도 가끔은 무엇인가 덜 채워진 것 같은 허기를 느끼고 있었던 차에 미국에 친지들도 있고 몸도 마음도 식힐 겸 여행을 왔다가 그만 그림 공부를 더 시작하게 되었단다. 그렇게 공부를 마치면 돌아가자던 것이 10년이란 세월이 훌쩍 흘렀다.

언젠가 둘이서 바닷가에서 데이트를 즐기던 하루였다. 시원한 바닷바람과 철썩거리는 파도 소리에 눈 감고 귀 기울이고 가만히 앉아 있어도 기분이 맑아지는 그런 인적이 드문 어느 하루의 오후였다. 그렇게 한참을 앉았다가 우리 둘이는 고운 햇살 아래 반짝이는 하얀 모래밭을 걷게 되었는데 언니는 걷던 발걸음을 멈추고 잠시 고개를 숙이더니 들락거리는 바닷물과 이리저리 휘도는 바람과 사정없이 내리붙는 땡볕에 씻기고 깎이고 바랬을 볼품없는 나무 조각을 주워들었다. 그리고 며칠 후 언니의 갤러리를 들르게 되었는데 참으로 신기하게도 그 허름했던 나무 조각이 작품이 되어 갤러리를 지키고 있지 않던가.

눈으로 보이는 것으로 보자면 가진 것보다 없는 것이 더 많은 그녀다. 하지만 가지지 않아 더욱 많이 가진 그녀이기도 하다. 그만큼 그녀는 욕심이 없는 '가난한 부자'인 까닭이다. 남들이 쉬이 가질 수 없는 넉넉하고 풍족한 마음의 소유자이기에 가능한 일이다. 그녀에게서는 어머니 품처럼 푸근함이 있는가 하면 한겨울 처마 밑의 고드름처럼 차갑고 냉정한 구석도 함께 있다. 그녀에게서는 알 수 없는 남다른 매력이 있다. 조용하면서도 활달하고 천상 여자 같으면서도 때로는 호탕한 남자 같은 그런 매력이 있는 그 매력이 깊어 마력이 있는 아주 멋진 이슬 같은 노(露)처녀인 그녀다.

대략난감(大略難堪)

당황하다 못해 황당한 때를 일컫는 것일 게다. 바로 어제 아침 그런 일을 겪었다. 한국 방문 중에 인천 송도에 사시는 시댁에 머물까 싶었는데, 시부모님께서 중국 여행 중이시라 일산의 작은 언니 집으로 정하고 조카와 조카며느리 그리고 언니가 공항에 픽업을 와 주었다. 며칠 그렇게 일산에 머무르다가 친정 부모님 산소에 가서 인사를 드리기 위해 경기도 북쪽(의정부)으로 향했다. 며칠 막내 언니 집에서 머무르다 10월 28일(월) 예비전도사 상담학 특강이 있어 1호선 전철을 타고 시청에서 내려 사당역을 가기 위해 2호선 순환선으로 환승하는 때였다.

아뿔싸!! 작은 여행용 가방(캐리어)의 지퍼가 퍽~ 터진 것이다. 보통때는 편안한 차림으로 다니는데 특강이 있는 날이라 정장을 차려입고 구두도 챙겨 신은 상태였으니 여러 가지 조건이 부자연스럽고 불편한 상황이었다. 작은 캐리어를 챙겼던 이유는 29일, 30일 한국에서 1박 2일 건강검진을 받고 싶어서 예약을 해놓은 상태였다. 옷가지를 몇 챙기고 신학공부를 하는 예비 전도사들과 두 교수님께 내 산문집 몇 권을 전해드리고 싶어 욕심을 냈던 것이다. 그리고 랩탑과 편안한 부츠를 넣고 있었으니 가방 속은 여유 없는 폭발 직전이었던 것이다.

계단을 몇 내려가다가 퍽 소리와 함께 더 움직일 수가 없었다. 정말 '대략난감(大略難堪)' 상황이었다. 누구한테 도움을 받을 수도 없는 상황이고 잠깐이지만, 멍하니 서 있었다. 그러자 한 학생이 도움을 주겠다며 지퍼가 열린 무거운 가방을 애써 들고 계단을 내려왔다. 계단을 내려와 급하게 가방 안에 있던 산문집 『자유로운 영혼의 노래를 부르며』를 고맙다는 인사로 전해주었다. 그렇게 그 학생은 끝까지 도움을 주며 2호선 순환선에 내 가방을 실어주고 떠났다. 고마운 마음이 스쳐 지났다. 이렇게 급한 상황에서 도움을 준 그 마음과 행동에 감사했다.

2호선 순환선이 사당역을 향해 가고 있는 동안 많은 생각이 스쳐 지났다. 사람이 앉을 좌석에 올려진 툭 터진 저 가방을 또 어떻게 사당역에서 내릴까를 머릿속에 되뇌며 눈을 감고 마음을 가라앉히고 있었다. 우선 내리는 것이 우선이니 내 힘으로는 어려울 것 같고 누군가에게 부탁을 해야 할 것 같아 눈을 뜨고 두리번거리기 시작했다. 바로 옆에 한 젊은 남자분이 있었다. 때마침 사당역 도착 전 안내방송이 나오는데 그 남자분이 내릴 준비를 하는 것이 아닌가. 좌석에 놔둔 가방을 그대로 둔 채로 그분에게 가서 도움을 청하니 흔쾌히 받아주었다.

그나마 사당역에서 내린 곳은 에스컬레이터가 있어 다행이었다. 도움을 준 분에게 산문집 한 권을 챙겨드리려니 괜찮다며 그 자리를 떠났다. 그리고 오가는 인파들 속에서 가방을 바라보며 잠시 생각에 머물렀다. 일단 밖에 나가면 캐리어를 찾아 옮겨 담아야겠다는 생각이 있었지만, 그것도 그 나중의 일이다. 지금의 지하에서 지상을 오르는 저 짧은 거리까지의 이동이 중요한 것이다. '대처능력'의 순간이 필요한 때였다. 문득, 가방을 묶을 양말이 떠올랐다. 양말과 래깅스를 이용해 십자로 묶었다. 참으로 급한 상황에서의 대처법이 그럴싸하지 않은가.

이렇듯 우리의 삶에서 생각지 못한 일들이 일어나지 않던가. 일어난 일이 중요한 것이 아니라, 어떻게 일어난 일을 대처할 것인가가 중요하다고 생각한다. 또한, 넘침은 모자람만 못하다는 과유불급(過猶不及)의 사자성어처럼 우리의 삶에서나 인생에서도 과욕은 무리라는 것을 또 깨달았다. 작은 여행용 가방에 욕심을 내어 많은 물건을 넣은 이유였다. 하지만 또 그 난감하고 황당한 상황에서 하나를 배웠으니 감사한 하루였다. 특강을 마치고 학생 한 분이 여기저기 셀폰으로 검색을 해보더니 홈플러스가 가까운 곳에 있다고 안내해 주어 또 도움을 받았다.

1박 2일 강남에 위치한 병원의 건강검진을 위해 움직여야 하니 강의를 마친 저녁은 병원과 가까운 호텔에서 하루 묵었다. 그리고 건강검진을 마친 후 화곡동의 큰 언니 집으로 이동할 계획이고 아직 남은 일정은 캐리어의 도움을 계속 받아야 하는 까닭에 캐리어의 바퀴가 튼튼해야겠다고 생각을 했다. 그래서 홈플러스에서 물건을 고르다 제일 비싼 가격의 캐리어를 구매했다. 오래도록 나와 동행할 수 있었으면 하는 바람을 가지며 캐리어 바퀴를 찬찬히 들여다 본다. 이렇듯 늘 함께 동행하는 가족이나 친구 등 삶에서의 관계를 생각해보는 시간이었다.

인천 송도에 사시는 시부모님과
〈노인정〉 어른들과 함께 점심식사를

한국을 방문하면 내 일이 바쁘다는 핑계로 시댁에 잠깐 인사만 드리고 돌아다니곤 했었다. 지난 1월 시부모님께서 워싱턴 메릴랜드에 사는 큰아들 집에 들르셨다가 보스턴 막내아들 집에 다녀가셨다. 일주일 정도의 짧은 일정 동안 함께 있으며 어른들께서 이제는 많이 연로해지셨다는 것을 몸소 느낄 수 있었다. 두 분께서 한국으로 돌아가신 후 마음이 그렇게 짠할 수가 없었다. 표현이 서투른 남편은 특별한 얘기를 하지 않았지만, 부모님을 뵈면서 많이 마음이 아팠으리라는 짐작을 했다. 며느리인 나도 이렇게 마음이 아린데 아들의 마음이야 더하지 않았겠는가.

시부모님께서 다녀가신 후 마음으로 다짐했다. 다음 한국 방문 때에는 일주일 정도는 시부모님댁에서 머물며 지내다 와야겠다고 말이다. 그리고 이번 한국 방문 중에 도착하니 시부모님께서는 중국에 방문 중이라 친정 언니들 집을 찾아 인사를 드리고 며칠씩 머물다가 볼일을 보곤 했다. 11월 초에 시부모님께서 한국에 도착하셨기에 그에 맞춰 인천 송도에 살고 계시는 시댁에 일주일 머물며 시부모님과 함께 이런저런 이야기들도 나누고 맛난 음식도 먹고 즐거운 시간을 보내고 있다. 두 분 모두 84세의 연세에 비해 강녕하시니 더욱이 감사했다.

시아버님께서는 10여 년 전부터 중국어 공부를 시작하셨었다. 미국에 사시다가 14년 전 한국에 오셔서 살고 계시는데 그때쯤부터 공부를 시작하셨다는 생각이 든다. 그 후 5년 전 방송통신대학교 〈중어중문학과〉에 입학하시고 올해 2월에 졸업하셨다. 젊은이들도 어렵다는 졸업을 4년만에 하신 것이다. 나 개인적으로도 참으로 놀랍고 존경스럽고 자랑스러우셨다. 아들, 며느리, 손자, 손녀, 손자며느리에게까지 자랑스러운 할아버지셨다. 어찌 그 졸업이 끝일까. 졸업하신 후 3월부터 〈영어영문학과〉에 편입하셔서 공부를 하고 계신 것이다.

우리 동네의 어른들 모임에 가끔 참석하면서 어른들을 뵐 때마다 마음이 송구스러울 때가 있었다. 멀리 계시니 제대로 자식의 도리를 하지 못하는 것 같은 마음에 마음이 무거울 때가 가끔 있었다. 시아버님께서는 학교 공부로 바쁘시고 여행을 좋아하시는 편이니 조금은 마음이 놓이지만, 시어머님께서는 친구들도 많이 사귀지 않으시는 성격이심을 알기에 어머님이 많이 외로우실 것 같아 마음이 편치 않았다. 늘 며느리인 내게도 잘해주셨지만, 우리 세 아이 자랄 때 베풀어 주신 할머니의 따뜻하고 크신 사랑을 잊을 수가 없는 것이다.

인천 송도의 시댁에 와 있으며 어머님께서 가끔 참석하시는 〈노인정〉 어른들을 모시고 점심 대접을 해드리기로 했다. 시댁 가까운 곳에 맛나게 하는 갈빗집이 있다고 어머님께서 귀띔을 해주시기에 그곳에서 식사를 하기로 했다. 〈노인정〉 회장님께 몇 분 정도 오실 수 있느냐고 여쭈니 열다섯 분 정도 오실 거라며 예약을 당신께서 하신다고 말씀해 주신다. 갈빗집에서 밴을 보내어 어른들을 모시고 간다는 것이다. 약속 날짜와 시간에 맞춰 시부모님과 셋이서 갈빗집으로 향했다. 평일 낮시간대인데도 손님이 많았으며 음식도 맛있었다.

점심 식사를 마치고 나니 커피를 마실 수 있는 공간도 있어 함께
둘러앉아 이런저런 이야기도 나눌 수 있어 참으로 좋았다. 열다섯
분 정도 오실 거라더니 그날 갑자기 날씨가 쌀쌀한 탓에 열 분 정도
만 참석을 하셨다. 커피를 마시는 시간에 〈노인정〉 어른들께 내 산
문집 『자유로운 영혼의 노래를 부르며』를 한 권씩 선물로 드리니 다
들 좋아하신다. 시부모님 계신 곳에서 막내며느리 칭찬을 어른들이
한껏 해주신다. 책을 받으시고 반갑고 고마워하시는 모습에 내가 더
욱 감사했다. 이렇듯 시부모님과 어른들의 환한 모습을 뵈니 더욱
이 행복했다.

식사 한 번 대접해드리는 것이 뭐 그리 대수일까마는 시부모님께
서 고맙다고 말씀해주신다. 시아버님께서는 학교 공부가 바빠 〈노
인정〉에 참석하지 못하시지만, 시어머님께서는 참석하시어 노래교
실, 난타, 장고 등 즐겁게 보내고 계신단다. 〈노인정〉에 참석하시면
식사를 담당하는 어르신들보다 조금 젊은 분이 계시는데 마침 점심
식사 대접해드리는 날이 당신 생신이라는 것이다. 모두가 그분께 축
하한다는 인사와 함께 더욱이 분위기는 즐거워졌다. 〈노인회〉 회장
님은 교회의 장로님이셨는데 어찌나 어른들께 자상하시던지 마음에
오래도록 남는다.

기대 대신에 감사를 연습하자

  우리는 가까울수록 바라는 마음이 큰가 보다. 가장 가까운 남편이
나, 아내에게서의 기대감 그리고 자식이나 부모에게서의 기대감 등,
또한 가장 가까운 친구에서의 기다림이 있다. 사람마다 성격의 색깔
과 모양이 있겠지만 나와 다르기 때문에 '너는 틀렸어!'라고 얼마나 많
이 마음에서 내뱉었는지 모른다. 어느 한 날, 교회에서 목사님의 주일
설교 중의 얘기이다. "기대 대신에 감사를 연습하자"라고 말씀 중 여
담으로 들려주신다. 마음에 깊은 묵상의 말씀이 되었다. 그렇게 마음
에 깊이 남아 그 후로 나의 삶의 큰 방향과 가치관을 제시했으며 내 인
생에도 큰 디딤돌이 되었다.

  친구에게나 어려운 상황에 놓여 있는 이들과 나눌 때는 '준 것으로
만족하리라' 생각을 하며 살지만, 때로는 그 마음 깊은 곳에는 친구에
게서 바라는 마음이 있음을 고백한다. 바라고 무엇을 준 것은 아니지
만, 적어도 '너는 나를 위해 이렇게는 할 수 있었는데…' 하는 아쉬움
의 마음이 남는 것이다. 이 마음을 얼른 알아차리고 씻어버릴 수 있으
면 좋겠지만, 그 마음이 오래가서 앙금이 남으면 섭섭함이 되는 것일
게다. 사람의 마음을 가만히 들여다보면 심리학 전문가들의 한 예를
들면 그렇다고 한다. '기대'를 하게 되면 '보상'에 대한 마음이 들게 되

고, 그 마음에 충족이 없으면 '원망'이 된다는 것이다.

그러니 우리들의 마음은 얼마나 많은 '변화/변덕'을 요구하는지 모를 일이다. 늘 마음을 씻고 묵상(명상)으로의 여행을 매일 연습해야 할 것이다. 내게 무엇인가 가진 것이 있는데 주어야 할 대상이 없다고 생각하면 어찌 슬프지 않겠는가. 무엇보다도 내게 줄 것이 있는 것이 첫째의 감사이고 줄 사람이 있는 것이 둘째의 감사인 것이다. 꼭, 물질적인 것이 아니더라도 마음도 마찬가지라는 생각이다. 이 넓은 세상에서 나를 끔찍이 사랑해 줄 수 있는 친구가 곁에 있다는 것은 더 없는, 아마도 더 없을 축복이다. 그것만으로도 충분한 감사인 것이기 때문이다.

내 사랑을 줄 수 있는 사람이 곁에 있다는 사실, 그 사실 하나만으로도 얼마나 큰 축복을 받은 사람일까. 내게 있는 사랑을 나눌 수 있는 가슴이 '감사'이고, 이 감사를 나눌 수 있는 사람들이 곁에 있으니 더 없을 '큰 감사'인 것이다. 타고난 마음은 늘 저울질을 하고 있다. 나 자신은 그렇게 하지 않는다고 하면서도 가슴에는 '두 마음'이 늘 저울질을 하는 것이다. 맑고 밝은 마음이어야 이 저울질의 눈금을 확실히 볼 수 있을 것이다. 말갛고 밝은 마음의 빛으로만 볼 수 있는 영안이 열리고 혜안이 열리리라. 감사의 마음을 갖다 보면 매일의 생활 속에서 감사의 일이 생기곤 한다.

이미 마음에서의 감동이 출렁이기 때문이다. 하늘과 땅 그리고 그 사이에 있는 생명을 가진 우리들(사람과 자연, 동물, 생물 등)의 숨소리를 가만히 귀 기울이면 감사하지 않을 것이 그 무엇 하나 없음을 깨닫게 되는 것이다. 너무도 세상에는 볼 것이 많아서 귀로 들을 것들이 많아서 그만 그 마음의 깊은 소리를 듣지 못하고 놓쳐버리고 잃어버리고 사는 때가 많다. 조용히 혼자만의 묵상(명상)의 시간이 필요하다. 나를 들여다볼 수 있는 마음의 묵상의 시간이 "나도 나를 잘 모르는데, 어찌 나 아닌 남을 안다 말할 수 있겠는가?" 어느 대중 가수의 유명한 노랫말을 빌리지 않더라도 말이다.

내 속에서 요동치는 나의 또 다른 내 모습을 바라보고 느낄 수 있다면 다른 사람의 부족함이나 잘못을 어찌 탓만 할 수 있을까. 그저 어우러져 나눠 가는 '세상살이'에서 만난 것으로 감사하는 오늘인 것이다. 나의 부족함을 탓하지 않고 감싸주고 품어주고 이해해 주는 가족이 있고 친지가 있고 친구가 있으니 얼마나 감사한 일인가. 그렇다면 나 역시도 다른 사람의 단점을 약점이라 여기지 않고 이해해주고 배려해주고 나와 다른 것을 틀린 것이라 여기지 않고 다른 것임을 인정해주면 내 마음도 편안하고 상대방의 마음도 편안해지는 것이리라.

'기대'의 마음에는 이미 '욕심'의 마음이 들어 있다. 진정 내게 있는 것들이 어찌 내 것일까. 참으로 너무도 많은 것들을 가지고 있는 나를 만난다. 셀 수 없는 나의 욕심들 속에서 나눌 수 있는 마음이 어찌 내 혼자의 힘으로 될까. 하늘이 주시는 그 사랑으로 내 마음이 열린 것을 나중에야 깨닫는 것이다. 오늘에 만난 사람들과 함께 만나고 나누고 누릴 수 있다면 더 없을 행복인 것이다. 누군가에게 기대를 하다 보면 실망도 커지기에 기대보다는 그 사람이 곁에 있는 것만으로 감사하는 마음을 키워보자. 감사의 마음을 열어 나눌 수 있다면 아마도 기대의 마음은 저절로 녹지 않을까.

세상과 마주하고 사람과 더불어 살다 보면

세상과 마주하고 사람과 더불어 살다 보면 때로는 생각지 않았던 일로 마음이 버거울 때가 있다. 그것이 사람이든 일이든 간에 마음의 혼란을 겪을 때가 있다. 그래도 잘 견디고 참아내면 좋은 일이 반드시 온다는 그 믿음으로 잘 견디며 사는가 싶다. 우리 부모님이 그랬듯이 내가 어려운 일을 겪어도 억울한 것 같은 마음을 잘 달래고 참아내면 내가 아니라도 내 자식에게 좋은 일이 있을 거라는 부모님의 '그 믿음'처럼 말이다. 나 역시도 세상을 살면서 얻은 것이 있다면 이런저런 사람을 만나고 일을 겪으며 그 경험을 통해서 '지혜'를 얻게 된 것이다. 잘 견디고 참아내면 복이 된다는 그 말씀처럼.

'호사다마'란 말이 있듯이 살면서 느끼는 것이지만 좋은 일을 앞두고 생각지 않았든 곳에서 생각지 못했던 사람으로부터 엉뚱하게 불편함을 마주할 때가 있다. 그럴 때는 잠시 멈칫하고 깊은 호흡으로 그 일과 사람으로부터 나와의 거리를 두고 깊은 묵상의 시간을 갖는 것이다. 그렇게 얼마 지나면 마음의 평정을 찾게 되는 것이다. 내 마음의 평정을 찾고 잘 다스리면 저절로 버거운 일, 힘든 일들은 시간이 해결해 주는 것이고 그 기다림으로 더 좋은 결과를 만나게 된다. 그래서 이제는 그 어떤 일을 만나도 급하게 서두르지 않는 법을 마음을 다스리며 기다리는 법을 배우며 사는 것이다.

세상을 살다 보면 '하필 왜 나에게 이런 일들이 일어나는 거야!' 싶은 일들이 너무도 많다. 그것은 내가 그 자리에 있지 않았으면 싶은 바람일지도 모른다. 특별히 신앙을 가진 사람이라 할지라도 이 세상에 살면서 내게는 좋은 일만 있게 해달라 빌면 그것은 '기복 신앙'이 아닐까 싶다. 그저, 세상과 마주하고 사람과 더불어 살면서 일어나는 일일 뿐이다. 그 일은 내 일이 될 수도 있고 다른 사람의 일이 될 수도 있는 것이다. 다만, 내 일이 아니기를 내심 바라는 '내 마음'만 있을 뿐이다. 편안한 삶을 살 것 같은 저 사람에게도 나와 똑같은 색깔과 모양은 아닐지라도 다른 아픔과 고통이 있음을 생각해야 한다.

사람의 심리 중에는 아마도 이런 마음이 작용하지 않을까 싶다. '남의 떡이 커 보인다'는 옛 속담이 있듯이 다른 사람과 늘 비교하며 사는 사람에게서 나타나는 상대적 박탈감이랄까. 어쩌면 자신 스스로 자신을 가둬버리는 버릇이 습관이 된 것인지도 모른다. 다른 사람의 삶과 비교하며 살다 보면 자신의 즐거움과 행복은 점점 작아지고 걱정과 근심과 고통만이 눈덩이처럼 불어나 자신 스스로 '불행의 웅덩이'에 빠지고 마는 것이다. 인생에서 잃어버리는 시간이 얼마나 안타까운 일인가 싶다. 자신에게 있는 '작은 행복'들이 얼마나 소중하고 넉넉한지 알아차리는 날이 그 사람에게는 행복의 날일 게다.

한 10여 년 전 내 삶에서 하늘이 무너질 것 같았던 일을 두 번 겪으며 삶을 바라보고 마주하는 태도가 많이 달라졌다. 어쩌면 무서운 일들이 가시기 시작했는지도 모른다. 하이스쿨에서 운동을 하다가 쓰러졌던 심장병을 앓고 있던 큰 녀석의 갑작스런 사고와 건강하던 남편에게 갑작스런 건강의 적신호는 내게 큰 충격을 안겨줬던 일이었다. 하지만, 하필이면 왜 나냐고 내가 믿는 신께 따져묻지 않았다. 그것은 이미 큰 녀석이 태어나자 병원에서 엄마와 하룻밤을 함께 지내지 못하고 큰 병원으로 실려가 핏덩이 어린아이와 울부짖었던 일이 있었기에 받아들였던 것이다.

그렇다, 그렇게 큰 녀석의 큰일을 겪으며 이것이 꿈이라면 좋겠다고 몇 번을 하늘을 올려다보며 뜨거운 눈물을 흘렸는지 모른다. 하늘을 올려다보며 '왜 하필이면 나냐고?' 그렇게 얼마나 하늘을 바라봤었는지 모른다. 그 아픔과 고통과 좌절 후에 오는 특별한 감사가 저절로 넘쳐흐르는 것이다. 그것이 바로 '믿음이고 신앙'은 아닐까 싶다. 설령, 잠시 내 삶에 대한 실망과 좌절과 고통으로 나 스스로 손을 내밀며 신을 거부할지라도 내 영혼 깊은 곳에 뿌리내린 나의 신의 손길에 속할 수밖에 없음을 안다. 그래서 삶에서 그 어떤 고통과 시련이 올지라도 그 후의 '절대적인 감사'를 고백하는 것이다.

세상과 마주하고 사람과 더불어 살다 보면 이런저런 일들로 기쁨과 행복도 있지만, 가끔은 실망도 하고 좌절도 하면서 사는 것이 우리네 삶이 아닐까 싶다. 다른 사람에게 닥쳐온 불행이 나의 행복이 될 수 없는 것처럼 나의 불행이 또한 다른 사람에게 기쁨이나 즐거움이 아닌 까닭이다. 누구에게나 보통 어려운 일은 겹쳐서 오게 된다. 그럴 때 '저 사람은 저 집은 왜 저렇게 안 좋은 일들이 계속되지?' 하고 말을 밖으로 내지 않기를 바라는 마음이다. 내 일 네 일이 어찌 따로 있을까. 돌고 도는 것이 세상이라 하지 않았던가. 그저, 우리는 하늘 아래 한 치 앞도 모르고 살아가는 나약한 존재들이 아닌가.

〈에피포도예술상〉 포토그래픽 어워드 상을
받고 돌아오며

지난 2019년 12월 21일 캘리포니아 브레아에 위치한 하늘꿈교회 내 '사모하는 교회당'에서 〈에피포도(대표:백승철) 12집 출판기념 및 제23회 예술상 시상식〉이 있어 다녀왔다. 지난 3월인가 공모 소식을 듣고 그동안 담아왔던 사진을 여럿 보냈다. 마음으로는 내심 결과가 좋았으면 하고 기도하는 마음으로 있었다. 그렇게 한참을 보내고 9월이 되었을까. 포토제닉 수상 통보 소식을 이메일로 전해 들었다. 얼마나 감사했는지 모른다. 사진은 내게 있어 또 하나의 놀랍고 신비로운 세상을 만나게 해주었기 때문이다. 가슴 벅차도록 떨리는 가슴으로 감사의 기도를 올렸다.

에피포도는 그리스어로 "사랑한다, 그리워한다, 사모한다"는 뜻을 가지고 있다. 에피포도는 1995년 샌프란시스코에서 시작해 캘리포니아 주정부 및 연방정부로부터 정식으로 허가된 비영리 종합예술 단체다. 세계적인 크리스찬 예술가들을 발견하고 육성하는 데 목적이 있으며 에피포도예술상은 전 세계적으로 한국어와 영어로 동시에 공모되고 있다. 에피포도와의 인연은 내게 친정과도 느낌으로 있다. 처음 2005년도에 시 5편으로 에피포도와 만났던 기억이다. 그리고 2008년에 수필과 2017년 5월에 〈제21회 에피포도예술상〉 문학상 본상 수상을 받게 되었다.

"〈수상소감〉 제23회 에피포도예술상 '포토그래픽 어워드' 수상 통보를 받고 먼저 하나님께 감사드립니다. 자연을 좋아하는 제게 뉴 잉글랜드 지방 보스턴의 4계절을 만나고 느끼고 표현할 수 있게 해 주시니 감사합니다. 사진을 시작한 지 10년이 되었습니다. 20여 년 전 글을 쓰면서 자료로 사진을 담기 시작했습니다. 그러다가 작은 렌 즈 속 세상이 어찌나 아름다운지 놀라웠습니다. 그리고 순간이 영원 임을 깨닫게 된 계기도 되었습니다. 순간을 놓치지 않는 지혜를 얻 게 된 것도 사진이라고 생각합니다. 사진은 제 인생의 또 하나의 큰 선물입니다. "어찌 이토록 아름다운지요?" 하고 자연을 통해 하나님 의 창조를 더욱더 깨닫게 되었고 작은 피조물임을 더욱더 깊이 고백 하게 되었습니다. 고맙습니다."

시상식이 있는 날짜가 크리스마스 시즌이라 비행기 티켓 값도 만 만치 않아 고민하고 있었다. 한국을 다녀온 지 얼마 되지 않았는데 또 남편한테 시상식이 있어 LA에 다녀온다 말하기가 미안하여 조심 스러웠다. 며칠을 고민하다가 마음의 결정을 내렸다. 아무래도 이번 시상식에는 다녀오는 것이 좋을 것 같다고 말이다. 남편이 어이없는 표정으로 내 얼굴을 바라본다. LA 호텔에서 하루를 묵고 그 다음 날 오후 행사를 마치고 밤 비행기로 보스턴으로 와야 하는 것이다. 보 통 때보다 3배나 비싼 비행기 티켓팅을 마친 후 남편에게 얼마나 미 안하고 고마웠는지 모른다.

이번 내 사진 작품 7점이 '에피포도 엽서' 표지로 나왔다. 참으로 감동과 감격의 순간이었다. 나 혼자서는 할 수 없었음을 다시 또 눈을 감고 창조주께 고백한다. 화씨 110°F(섭씨 40도)를 웃도는 무더운 열기 속 Death Valley에서 그 열기보다 더욱 뛰는 나의 심장 소리 차마 멈출까 두려울 만큼 흥분의 도가니에서 뛰쳐나올 수가 없었던 기억들 그리고 한국 방문 중 새벽 3시에 출발 가쁜 숨을 다독이며 북한산을 올라 인수봉을 바라보며 일출을 기다리던 그 추억과 감동과 감격은 이루 말할 수 없는 큰 기쁨이고 감사였다.

창조주가 피조물에게 주신 달란트는 얼굴 생김새만큼이나 다르고 필요와 목적도 각양각색이다. 우리는 나 자신에게 어떤 것을 선물로 주셨는지 빨리 알아차리는 것이 지혜라는 생각을 한다. 이 세상에 살면서 나 자신에게뿐만이 아니라 내 가족과 친구 그리고 사회의 공동체 안과 밖 울타리를 허물고 내게 특별히 주신 달란트(선물)를 함께 나누는 것이 곧 기쁨이고 감사이고 행복이라는 생각을 한다. 삶의 여유가 생길 때 그때 할 거라고 미루다 보면 우리에게는 그 시간이 나를 기다려주지 않는다는 것이다.

에피포도 제12집 책 제목은 '에피포도 엽서'이다. 제23회 에피포도예술상 수상 작가들의 작품(시와 수필과 사진과 그림)과 함께 제5회 세계한인기독언론인협회 주최 독후감 공모 수상작도 담겨 있다. 에피포도예술인협회 대표 백승철 목사의 24년간의 끊임없는 기도와 도전과 오랜 기다림의 시간으로 오늘의 에피포도예술인 가족들이 있는 것이리라. 이번 시상식에 다녀오면서 참으로 가슴이 뭉클해지고 감사한 마음이 가득 차올랐다. 15여 년 전 처음 백 목사님을 뵈었던 기억을 떠올리면서 세월을 가늠하며 더욱이 그랬다.

멋쟁이, 우리 하남출 권사님

멋지고 맛난 삶을 실천하시는 우리 교회의 멋쟁이신 하남출 권사님이 계시다. 올해로 만 여든을 맞이하신 하 권사님은 나와 '띠(용) 동갑'이신데 두 바퀴를 돌아야 만나게 되는 내 어머니같은 분이시다. 무남독녀 외동딸 하나를 두셨는데 함께 사시면서 손자, 손녀 셋을 어려서부터 지금까지 라이드를 다 주시고, 미국 사위에게도 한국 음식을 정성스럽게 만들어주시는 자상하고 따뜻한 장모님이시다. 물론 외동딸에게야 얼마나 지극정성으로 늘 기도하며 불면 날아갈까 애지중지하며 키우신 어머니였을까. 그 모녀의 삶이 그대로 그려지는 것이다.

하 권사님은 교회에서도 기도와 봉사활동을 많이 하시는 분이시지만, 그 외의 〈상록회〉와 〈보스톤한미노인회〉 그리고 〈국제선〉에서도 활발한 활동을 하신다. 〈상록회〉에서 친교 담당을 오랫동안 하고 계시는데, 이분의 김치 맛은 그 누구도 흉내낼 수 없는 맛깔스럽고 깔끔한 아주 특별한 맛이다. 나이는 숫자에 불과하다는 우스갯말이 있지만, 이 어른을 뵈면 정말 그렇다는 것을 실감한다. 이른 새벽에 기도와 이른 아침에 수영으로 하루를 시작하신다. 어디 그뿐일까. 밸리댄스와 요즘은 요가도 하시며 요샛말로 '맘짱 & 몸짱'의 주인공이시다.

지난 가을부터는 산행도 시작하고 싶으시다고 하셨다. 그래서 언제 함께 산행 있는 날 산악회에 모시고 가겠다고 말씀을 드렸는데, 내 마음에서 어르신의 연세가 염려되었던 모양이다. 조금씩 미루다가 겨울이 되었다. 지난번에 뵈었을 때 따뜻한 봄날에는 모시고 가겠노라고 말씀을 드렸다. 하 권사님을 뵐 때마다 보통의 젊은이들보다 생각과 행동이 활동적이시고 어떤 일에 있어서 열정과 실행은 그 누구도 따라갈 수 없는 '하나님이 주신 아주 특별한 선물'이라는 생각을 한다. 언제나 맑은 미소와 밝은 웃음은 곁에 있는 이들에게 행복을 전해준다.

지난해 2월에는 과테말라 선교여행을 우리 교회 담임 목사님과 하 권사님 그리고 교인들 모두 16명이 다녀왔었다. 선교지는 '힐링 과테말라(Healing Guatemala)' 였다. 의사이자 목사인 이누가 선교사(힐링 과테말라 대표)님이 계시는 사역지였다. 선교지가 고산지대에 있어 연세드신 권사님들 몇 분들에게는 무리가 되었지 싶었다. 그러나 기도와 함께 씩씩하게 맡은 사역을 잘 감당하셨다. 그곳에서의 사역은 의료, 치과, 한의, 어린이, 건축, 미용, 꽃밭, 급식, 즉석사진 등의 사역이었다. 각자의 맡겨진 사역에 열심과 정성으로 함께했다.

도착한 다음 날에는 의료선교센터에서 편도 2시간 30분 소요되는 '추이사카바 우노(학교)'에 도착했다. 도착하자 200여 명 가까이 되는 어린아이들과 어른들이 우리를 반갑게 맞이해주었다. 하 권사님은 '어린이 사역'에 함께 하셨는데 아이들과 게임도 하고 페이스페인팅도 하고 각 교실에 들어가 아이들과 공작 놀이도 하였다. 선교지에서 하 권사님이 과테말라 아이들과 함께 손잡고 놀아주고 얼굴을 마주하고 눈을 마주치며 웃음을 지어주니 좋았던 모양이다. 하 권사님의 손을 잡고 따라다니며 좋아라 한다. 그 모습을 보던 나도 참으로 행복했다.

세상의 나이를 잊은 채 늘 젊은이들 속에서도 함께 이야기를 나누고 화통한 웃음도 토해내시고 품어 안아주시는 그 사랑은 참으로 귀하다고 생각한다. 가끔 하 권사님을 뵈면 '나도 저렇게 늙어(익어)가고 싶다'고 마음을 다잡아 본다. 이처럼 곁에 귀한 분이 있어 내게도 큰 축복이라고 감사의 기도를 올린다. 언제나 자식 같은 젊은이들에게도 말씀 한 번 낮춰 말하지 않으시는 그분의 성품이 그대로 담겨 있다. 글 쓰고 사진 담는 내게 늘 큰 박수로 응원해주시고 용기를 주신다. 이렇듯 귀한 말씀으로 소망의 씨앗을 뿌려주시니 싹이 나고 잎이 나 자라는 것이다.

언제나 멋쟁이신 하 권사님은 젊은 우리들에게 편안한 친구이시다. 〈기도회〉 모임이 있을 때에도 시간을 내시어 당신이 손수 음식을 준비하셨다가 대접해 주시는 손길에 가슴이 뭉클하고 눈시울이 뜨거워진다. 언제 뵈어도 머리 한 번 흐트러진 적 없으시고 머리끝부터 발끝까지 정갈하신 하 권사님은 참으로 멋쟁이시다. 그저 듣기 좋으시라고 드리는 말씀이 아니라 늘 멋쟁이신 하 권사님께 솔직하게 말씀을 드린다. 우리가 권사님을 많이 아주 많이 사랑한다고 엄지와 검지를 모아 하트를 가득 날려드린다. '멋쟁이, 하남출 권사님!!'

흐르는 물은 썩지도 않을뿐더러 얼지도 않는다

옛 어른들의 말씀에 고인 물은 반드시 썩는다는 '적수역부(積水易腐)'라는 사자성어가 있다. 그것이 정치나 경제 그리고 종교에서뿐만이 아니라 개인에게도 그렇다는 것이다. 요즘 각 세계 정치 경제 종교를 관심 기울여 들여다보면 참으로 안타까운 일투성이다. 그 밑바닥을 유심히 관찰하면 욕심으로부터의 시작임을 금방 눈치챌 수 있다. 제대로 숲을 보려면 멀리서 바라보라고 하지 않았던가. 가까이 있으면 그저 나무만 보일 뿐이기 때문이다. 이런 것처럼 아수라장 정치권이나 세습으로 이어지는 대그룹과 대형 교회의 어처구니없는 모습이라니 말이다.

삶과 물과의 비유는 참으로 많다. 물은 그 무엇보다 '생명'의 근원이기 때문일 것이다. 멈추지 않고 흐르는 물의 기본적인 성질이 있고 그 흐르는 물을 우리 눈으로 직면할 수 있어 비유가 더 많다는 생각이다. 부드러움이나 여유로움을 표현할 때도 물을 비유할 때가 많지 않던가. 어느 것과 마주했을 때 맞부딪히지 않고 돌아 돌아서 자신의 길을 내어가는 것도 물의 성질인 까닭이다. 그러나 자연재해의 홍수로 인해 하나도 남김없이 모든 것을 휩쓸어가는 것 또한 물이지 않던가. 어찌 물에 대해 생각하다 보니 생각의 골이 점점 깊어진다.

'흐르는 물'을 '우리네 삶'과 비유하고 싶었던 것이다. 그것도 요즘처럼 자신의 특별한 창의적인 것(생각과 가치)을 찾아내어 표현하며 살아가는 현대인들 속에서는 말이다. 학습(學習)은 공부하는 학생들에게만 필요한 것이 아니며, 남녀노소를 막론하고 멈추지 않고 물처럼 흐르는 것이란 생각을 한다. 학습(學習)의 사전적 기본 의미를 찾아보면 과거의 경험을 통해서 새로운 지식, 기술을 배워서 익히며, 또는 기능, 지식을 의식적으로 습득함을 말한다. 학습은 적응 행동의 습득, 보유(保有), 숙달(熟達) 등의 측면을 포함한다고 한다.

멈추지 않고 흐르는 일은 육체와 마찬가지로 생각과 정신도 흘러야 한다. 굳이 종교인이 아니더라도 쉬지 않고 자신을 돌아보는 성찰은 어제보다 더욱 나아진 오늘을 맞이할 준비이지 않을까 싶다. 그것의 이름을 붙여 묵상이라고 하거나 명상이라고 하지 않더라도 자신과 대면하며 깊은 자신과 마주할 수 있는 시간이다. 그렇게 깊은 나와 마주하다 보면 나 아닌 또 다른 나를 만날 수 있는 혜안이 열리는 까닭이다. 나를 제대로 알고 진정 사랑할 수 있어야 나 아닌 남을 사랑할 힘이 생기지 않겠는가.

누가 누구를 위해 산(희생)다는 말처럼 어려운 일이 또 있을까. 그것이 남편과 아내가 되었든, 부모와 자식이 되었든 말이다. 더 나아가 종교적인 관점에서 누구를 돕는다는 것이 얼마나 어려운 일인가. 우리가 할 수 있는 일이라면 나의 욕심으로 인해 강퍅해진 마음에 신(神)이 주신 긍휼의 마음이 물처럼 흘러 나 아닌 다른 나를 만나는 것뿐이다. 그러니 마음이든 몸이든 굳어버릴 틈 없이 자꾸 흐르는 일이 중요하겠다고 생각해 본다. 작지만 나 아닌 다른 나를 위해 마음의 기도를 시작하고 도움 주기를 시작하다 보면 어느샌가 '나 자신'이 보이는 것이다.

무엇이든 너무 거창하게 생각할 이유는 없다. 그저 나 자신부터 시작하면 될 일이다. 처음에는 가족의 한 사람으로 사회의 한 구성원으로서 그리고 더 나아가 한 나라의 국민으로서 제 자리에서 최선을 다하고 책임질 줄 아는 나이면 좋을 것이다. '나'라는 존재를 하나둘 관찰해보며 무슨 색깔이 제일 잘 어울리며 어떤 모양이 가장 잘 어울릴지 스스로 쉬지 않고 흐르며 관찰해내는 것이다. 자기만의 색깔과 모양과 소리를 낼 수 있을 때 가장 행복한 것이기 때문이다. 우리는 가끔 나 아닌 다른 이와 비교하기 때문에 나를 잃게 되고 자존감이 무너지는 것이다.

우리 인간은 환경에 지배를 받을 수밖에 없다. 그러나 그 환경을 극복할 수 있는 것도 인간인 것을 잊지 말자. 계절마다 물의 형태는 달라진다. 사계절의 물을 생각해 보자. 봄의 물은 얼마나 신선한가. 온 우주 만물 속에 흐르는 물의 기운을 상상해보라. 그리고 여름의 시원한 계곡의 물줄기를 또 떠올려 보자. 이보다 더 시원한 일이 또 있겠는가. 가을은 어떤가. 겨울을 준비하는 생명들에게 맘껏 나눠주지 않던가. 겨울의 물은 낮은 기온으로 언다. 그러나 그 언 얼음 아래의 물은 멈추지 않고 흐르기에 얼지 않는다. 이처럼 흐르는 물은 썩지도 않을뿐더러 얼지도 않는다.

세상은 '흑백'이 아니라 '컬러'이다

"너(당신)는 어떤 컬러를 좋아해?" 또는 "너(당신)는 어떤 계절을 좋아하니?" 이런 질문을 받았을 때를 떠올려 보자. 언제였던가? 어릴 적 엄마나 아버지 그리고 형제·자매들이 학교에서 선생님이나 친구들이 물어 준 기억이 많으리란 생각이다. 그리고 자라서 남자 친구나 여자 친구를 처음 만났을 때 서로에게 궁금해서 물었던 질문일 것이다. 지금 가만히 생각하니 요즘 나에게 어떤 컬러를 좋아하느냐? 물어주는 이가 없다. 하지만 중요한 것은 좋아하는 색깔이 늘 똑같지 않다는 것이다. 어떤 삶의 주기를 통해 좋아하는 컬러가 달라지더라는 것이다.

그렇다, 우리 모두가 똑같은 컬러의 옷을 입고 있다면 너무도 무서운 일이지 않겠는가. 때로는 아이들뿐만이 아닌 어른들의 세상에서도 객관적인 눈으로 가만히 관찰을 하다 보면 재미있는 일들이 참으로 많다. '유행'이라는 것이 멋지고 자유스러워 보이지만, 때로는 그 유행으로 나 자신을 가둬버리는 일이 벌어진다. 정말 비싼 명품이 아닌 40~50대 여성들이 하나쯤 갖추고 있을 법한 핸드백이 있다고 하자. 어느 모임 약속 장소에서 디자인은 다르나 거의 같은 브랜드의 핸드백을 들었던 경험이 있지 않던가. '유행의 컬러'는 때로 '개성의 색깔'을 무색하게 한다.

사실, 내게도 그런 경험이 언젠가 있었다. 어쩌면 내게 아주 좋은 경험이었는지도 모른다. 그 후로는 명품 핸드백에 대한 개인적인 소유의 욕심에서 벗어날 힘이 생겼다. 그렇다고 다른 사람이 든 명품 핸드백에 대한 가치를 떨어뜨리지는 않는다. 머리끝부터 발끝까지 멋쟁이의 조건이 갖춰진 상태에서의 명품 핸드백은 참으로 멋지지 않던가. 다만, 유행이라는 그 이름으로 내 형편이 아닌데 욕심을 부리거나 남이 하니까 나도 한다는 식이라면 참으로 어리석다고 생각해보는 것이다. 각자에게 맞는 색깔과 모양의 핸드백이 분명 따로 있을 것이다.

나 자신에게 제일 편안한 것이 가장 좋은 것이라는 생각을 한다. 날씨가 추우면 모자를 자주 쓰게 되는데 그것이 자연스러워지면 다른 사람이 보더라도 자연스러워 특별히 멋을 위한 멋을 내지 않더라도 '그저 멋스러워' 보이는 것이다. 모두의 컬러가 다르기에 하모니를 이뤄 더욱 아름다운 것이다. 모두의 키가 다르기에 높낮이의 조화로 보기에 좋은 것이다. 모두가 똑같다면 하루 이틀도 아니고 얼마나 지루한 세상을 살아야 할까. 모두가 달라서 서로에게 힘이 되고 용기가 되고 위안이 되는 세상이 아니던가. 때로는 나의 부러움이 상대의 부러움이 되기도 하지 않던가.

가끔은 나는 힘든데 다른 사람만 행복해 보이는 날이 있지 않던가. 왜 나한테만 이런 일이 일어나는 것인지. 왜 내 가정에만 이렇게 어려운 일이 반복되어 일어나는 것인지. 그렇지만 어찌 그런 일들이 그어느 한 사람에게만 일어나겠는가. 길고 짧은 인생의 각자 삶의 공간과 시간에서 버거움과 힘듦과 고통이 다른 모양과 색깔로 찾아와 머물다 떠나고 때로는 기쁨과 행복의 화려한 컬러가 되어 또다시 찾아와서 머물다 떠나기도 한다. 다만 같은 모양과 색깔과 소리로 똑같은 시간에 머물지 않을 뿐이다. 그러니 그것들을 받아들이는 나 자신의 마음이 제일 중요한 것이다.

자식을 키우는 부모의 입장에서도 마찬가지이다. 내 자식이 우선이고 잘 되길 바라는 마음이야 솔직한 부모의 마음일 것이다. 하지만 다 자라고 난 후에 내 자녀들과 또래의 친구들을 보면 모두가 다른 색깔과 모양과 소리의 '자기 일'을 하고 산다는 것이다. 어릴 적에는 모두가 작은 공간에서 서로 경쟁하듯 내 자식이 우선이길 바랐던 마음이 얼마나 어리석고 부족한 모습이었던가를 자녀들이 다 큰후에야 깨달았다. 서로 인생의 다른 길에서 최선을 다하며 산다면 이보다 더 아름다운 일이 또 있을까. 서로 달라서 조화를 이루는 아름다운 세상 말이다.

세상은 '흑백'이 아니라 '컬러'이다. 그러니 나와 다른 것들에 대한 이해와 존중이 필요하다. '다른 것'이 '틀린 것'이 아니라는 것만 분명하다면 세상은 참으로 편안해진다. 그 받아들임 이후에는 혼자서 고민할 이유도 없을뿐더러 다른 사람을 지적할 까닭은 더욱이 없기 때문이다. 하지만 이렇게 생각을 하면서도 나와 다른 이를 만나면 무엇인가 편치 않다. 더욱이 나와 다른 행동을 일삼는 이를 보면 '왜 저러지?'하고 내색은 않지만 마음에서 이미 끄집어내곤 하지 않았던가. 그 상대방은 어찌 나를 보고 그런 마음이 없었을까.

손녀딸과 할아버지·할머니와의 데이트

우리 집 딸아이에게 할머니는 엄마와 같은 분이시다. 연년생으로 두 남동생을 두었으니 엄마인 나도 버거웠지만, 딸아이에게도 인지할 수 없는 나이지만 힘들었겠다고 생각해본다. 할아버지·할머니가 미국에서 35년을 사시다가 15년 전 한국에 나가 살고 계셨다. 물론 자식이 모두 미국에 있어 해마다 들어오셔서 자식과 자손들을 만나고 가시곤 하셨다. 이번에도 막내아들네 막내 손자가 결혼을 앞두고 작은 집을 샀다는 얘기를 듣고 보고 싶기도 하고 궁금하기도 하셔서 미국에 오셨다. 여든다섯의 연세에 13시간의 비행시간은 쉽지 않은 일이다.

지난해 4월부터 보스턴 로건 공항과 한국 인천 국제공항의 대한항공 직항이 생겨서 얼마나 다행한 일인지 모른다. 특별히 연세가 많으신 어른들께는 더욱이 그렇다는 생각을 한다. 그 덕분으로 이번 미국 방문은 시부모님들께도 편안한 시간이 되었다. 시부모님께서는 도착하신 후 보스턴 막내아들 집에서 한 열흘 계시다가 워싱턴 메릴랜드에 큰아들이 있으니 2주 정도 다녀오셨다. 딸아이가 주말에 할아버지·할머니를 모시고 보스턴 구경을 시켜드리고 싶었던 모양이다. 어디를 구경하고 싶으신가 할아버지·할머니께 여쭙는 것이다.

할아버지께서 역사에 대한 관심과 공부를 하시다가 셀럼 '마녀의 집(Witch House)'이 보스턴 근처에 있는데, 제대로 찾아 구경을 못 했었노라고 하시며, 그곳을 방문하기로 했다. 지난 토요일 하루 딸아이는 할아버지·할머니와 엄마 그리고 할머니와 가깝게 지내시던 친구분 한 분을 더 모시고 다섯이서 셀럼의 '위치 하우스'를 방문하게 되었다. 그곳을 방문해 뭐 특별한 것을 봤다기보다는 그곳이 어떤 곳이며 왜 그런 일들이 이루어졌는지 공부를 더 하게 되어서 좋은 시간이었다. 물론 돌아와서 이런저런 자료를 찾아보며 아픈 과거의 역사를 들춰볼 수 있었다.

손녀딸과 할아버지·할머니와 대화가 더 많아졌다. 한국학교를 초등학교 1학년 때부터 하이스쿨 졸업 때까지 다녔으니 한국말도 곧잘 하는 편이다. 할아버지께서 영어를 잘하시는 편이니 손녀딸과 소통하는데는 아무런 문제가 없었다. 그 어느 때보다 손녀딸과 함께 여기저기를 둘러보시며 행복해하시니 곁에서 며느리인 나도 덩달아 행복했다. 그 행복한 순간에 지난 30년의 '나의 세월'이 색깔마다 묻어있는 무늬에 결을 내며 흐른다. 딸아이의 환한 웃음 속에서 시어머님의 한없는 사랑 속에서 기특해하시는 시아버님의 평안함 속에서 행복이 가득 담겨 있다.

지난해 하루 딸아이가 일하는 곳을 방문하며 기분 좋았던 날이 생각났다. 딸아이에게 할아버지·할머니께 일하는 곳을 보여드리면 참으로 좋을 듯싶다고 얘길 했다. 그랬더니 흔쾌히 답을 주며 약속 날짜를 잡자고 했다. 점심시간을 이용하여 안내해드리면 일하는 데 아무 지장이 없으니 저도 좋겠노라고 말이다. 그래서 엊그제 하루는 시부모님을 모시고 손녀딸이 '스페셜 코디네이터'로 일하는 Goodwin Law Firm Boston을 방문하고 돌아왔다. Goodwin 빌딩 꼭대기(Observation)에서 바라다보이는 보스턴 항구의 풍경과 빌딩 숲은 가히 장관이었다.

결혼 후 시부모님과 2년 6개월을 함께 살았던 우리는 딸아이와 큰아들은 시댁에서 낳았고 막내아들만 시댁에서 분가를 해서 낳았다. 손녀딸을 향한 할아버지·할머니의 사랑은 이루 말할 수 없을 만큼 극진하시고 정성이 가득했었다. 그 깊은 사랑을 알기에 여든을 맞으신 시부모님께 그저 감사하고 고마운 마음뿐이다. 할아버지·할머니의 그 사랑과 정성으로 세 아이가 잘 자라주고 자신의 길을 걸어가며 자리매김할 수 있었음을 알기 때문이다. 딸아이가 서른이 되었어도 여전히 석 달 열흘의 백일을 맞은 손녀딸처럼 세 살배기 손녀딸처럼 예쁘고 사랑스러우신 것이다.

서른이 된 손녀딸과 여든다섯이 된 할아버지·할머니와의 데이트를 지켜보며 참으로 아름다운 풍경이었다. 그 풍경을 바라보는 딸아이의 엄마가 잠시 되어보기도 하고 엄격하셨던 시아버님과 자상하고 따뜻하셨던 시어머님의 며느리가 되어 보았다. 지난 것들은 모두 그리움이 된다고 누군가 얘기했던 것처럼 지난 빛바랜 30여 년의 추억들이 오버랩되어 나를 나로 바라보게 한다. 그 세월 속 그 무엇 하나 내 인생에서 헛되지 않았다고 고백하며 감사의 기도를 올렸다. 손녀딸과 할아버지·할머니와의 데이트를 바라보며 감사하며 부럽기도 하고 많이 행복했다.

무릎 꿇은 나무

문득 '소리와 공명'에 대해 생각해 본다. 소리라는 것이 귀에 울리는 울림이라면 어쩌면 공명은 마음에서 울리는 울림이리라. 번잡한 도시에서 바삐 움직이는 발걸음과 소음에서 마주한 소리와 이른 새벽 고요한 숲에서 듣는 소리를 상상해 보라. 그렇다, 우리는 바쁘다는 핑계로 마음으로 들을 수 있는 소리를 들으려 하지 않고 밀어내고 있는 것이다. 그래서 내 소리마저도 고요한 자리에 서면 움츠러들고 무슨 말(소리)을 해야 할지 망설임마저도 든다. 그것은 현대인의 개인주의에서 비롯된 서로를 믿지 못하는 것에서 출발했으리란 생각이다.

"로키산맥 해발 3,000미터 높이에 수목 한계선이 있다. 이 지대의 나무들은 매서운 바람으로 인해 곧게 자라지 못하고 '무릎 꿇고 있는 모습'을 하고 있다. 그 나무의 모습은 수도자들에겐 고행자의 모습으로 보이고, 길을 잃은 사람에게는 이정표로 보이며, 신을 찾는 사람에겐 위대한 신으로 보인다고 한다. 이 나무들은 열악한 조건이지만 생존을 위해 무서운 인내력을 발휘한다고 한다. 그런데 세계적으로 가장 공명이 잘 되는 명품 바이올린은 바로 이 '무릎 꿇고 있는 나무'로 만든다고 한다. 바이올린 현에서 우러나오는 만 가지 음색은 아마도 비바람을 맞으며 웅크렸던 시간들의 공명일 것이다."

겨울 산을 올라본 이들은 알 것이다. 산을 오르면 오를수록 깊은 숲에 들면 나무들의 키가 작아지고 잎이 작아지고 있음을 말이다. 춥디추운 겨울의 혹한과 세찬 비바람의 한파를 견디며 묵묵히 제 생명을 지키는 나무들을 보면 참으로 감동하게 된다. 어디 산뿐일까. 화씨 110°F(섭씨 40℃)를 웃도는 무더운 열기 속 사막도 예외일 수는 없다. 물방울 하나 찾아보기 힘든 곳에서 잎을 내고 꽃을 피우는 생명의 존귀함은 마찬가지다. 이렇듯 열악한 환경에서 쓰러지지 않고 제 생명을 지키며 키우는 자연을 보면서 생명의 존귀함과 함께 창조주의 손길을 본다.

이 세상에는 얼굴의 색깔과 모양만큼이나 삶의 모양과 색깔과 그리고 삶의 깊이와 높이와 너비는 각양각색이다. 삶을 가만히 들여다보면 이 세상에서 나 자신만이 제일 견디기 힘든 일을 겪고 있는 것만 같을 때가 얼마나 많던가. 주변의 나 아닌 다른 사람들을 둘러보면 걱정근심 하나 없어 보이고 그들은 언제나 즐겁고 행복해만 보이는 것이다. 그래서 때로는 더욱이 나 자신이 초라해지고 견딜 수 없을 만큼의 낮아진 자존감에 시달리게 되는 것이다. 그것은 무엇보다도 나와 나 아닌 다른 대상에 대한 비교에서 오는 상대적인 박탈감일 것이다.

이렇듯 다 똑같을 수 없는 것이 우리네 삶이 아닐까 싶다. 요즘 우스갯소리로 금수저, 은수저, 흙수저를 들고 태어났느니 말았느니 하는 얘기가 있지 않던가. 물론 어느 출발점에서 시작했느냐가 물론 중요할 테지만, 무엇보다도 중요한 것은 자신이 놓인 지금의 환경이 어느 곳인가 알아차리고 인정하는 것이 바로 자신의 출발점이란 생각이다. 자신의 환경을 탓하며 노력하지 않고 주저앉는다면 그것보다 더 초라한 삶이 어디 있을까. 그것이 경제적이든 건강이든 간에 다른 사람과의 비교에서 벗어나야 자유롭게 자신의 삶을 살 수 있는 까닭이다.

무엇보다도 다른 사람의 삶을 살지 말고, 나 자신의 삶을 살아야 한다. 내 탓이든, 남의 탓이든 간에 탓이란 끝이 없으며 삶에 아무런 도움이 되지 않는다. 그저 내게 지금 주어진 삶에서 최선을 다하다 보면 좋은 일이 생기고 기쁨과 행복을 맛보게 되는 것이다. 사실 물질주의 현실에서 돈의 중요성을 배제할 수는 없지만, 그렇다고 돈이 모든 것을 해결해주지는 못한다. 돈으로 자식을 어찌 살 수 있으며, 돈으로 어찌 건강을 살 수 있겠는가. 그러니 곁에 건강한 남편이 있고 아내가 있고 자식이 있고 부모가 있어 가족의 울타리가 되어줄 수 있음이 행복인 것이다.

그렇지 않은 환경에 있더라도 그것이 사실이라면 그것을 억지로 감추고 덮고 밀어내지 말고 받아들이는 용기가 필요하다. 그렇게 받아들일 수 있는 용기가 있다면 새로운 시작점이 열리는 계기가 될 것이다. 삶이 아프고 고통스럽고 배고플지라도 좌절하지 않는 굳건한 정신과 육체의 꿋꿋함(건강함)이 있다면 일어설 수 있기 때문이다. 지금의 그 아픔과 고통과 배고픔이 삶에서 더욱 든든해지고 튼실해져 그 어떤 비바람과 한파에도 흔들리지 않는 굳센 삶의 약속인 까닭이다. 저 로키산맥 해발 3천 미터 높이의 수목 한계선에서 무릎 꿇은 나무처럼.

'평범한 일상'의 감사를 깊이 생각하며

나 혼자 겪는 일이 아니라고 모두가 겪는 일이라고 위로하면 괜찮을까. 아니다, 어떻게 이런 일들이 일어났는지 그것이 지금에 처한 현실이라는 것이다. 그렇다고 지금 당장 무엇을 어떻게 해야 할 방법은 특별히 없다. 그저 서로 개인적으로 청결을 유지하고 모임을 줄이는 방법이 최우선이다. 아침·저녁으로 미국뉴스와 한국뉴스를 번갈아 보고 있지만, 눈에 보이고 귀에 들리는 것은 암담한 현실에 처한 다급한 모습들뿐이다. 코로나19와 싸우는 환자도 환자거니와 최전방에서 그 환자를 돌보는 의료진들과 간호사들의 모습은 더욱이 가슴 아프다.

"미국의 신종 코로나바이러스 감염증(코로나19) 환자가 4만 명을 넘어섰다고 CNN 방송이 2020년 3월 23일(현지시간) 보도했다. CNN은 이날 오전(미 동부시간) 미국의 코로나19 환자 수를 최소 4만 69명으로 집계했다. 사망자는 472명으로 통계가 잡혔다. 미 존스홉킨스대학은 이날 오전 미국의 코로나19 확진자 수를 4만 961명으로 집계했다. 존스홉킨스대의 통계에 따르면 미국은 중국과 이탈리아에 이어 코로나19 환자가 세 번째로 많은 국가가 됐다. 미국은 최근 들어 코로나19 검사를 대폭 확대하면서 감염자가 폭발적으로 증가하고 있다."

무엇보다 개인 스몰 비즈니스를 하는 한인들 가정이 걱정이다. 문을 닫아야 하는 형편에 맞닥뜨렸으니 말이다. 물론, 직장을 다니던 가정은 재택근무를 할 수 있으니 다행이다. 어디 그뿐일까. 연세 드신 노인분들은 자식들과도 만남을 줄이게 되고, 한참 뛰어놀 아이들도 학교가 휴교를 했으니 집안에서 있으려니 얼마나 답답하겠는가. 모든 일상이 뒤죽박죽 혼돈의 시간을 맞았다. 앞이 보이지 않는 지금의 상황에 많은 이들은 불안감에 휩싸여 생활필수품을 챙기느라 '사재기'가 되어버린 지금이다. 그 상황이 현실이라는 것이 슬픈 일이다.

바쁘게 움직일 때는 쉼이 필요하다고 생각했었는데, 몇 날 며칠을 집에 있으려니 마음이 우울해지고 우울증이 생길까 걱정이라고 지인은 말해온다. 안개낀 새벽의 풍경처럼 앞이 캄캄해 보이지 않는 산길을 운전을 하고 가는 느낌이 든다. 불안과 초조, 걱정과 염려의 반복된 생각들로 몸과 마음이 안정되지 않는 것이다. 우리는 이럴 때일수록 마음과 몸을 달래주는 노력이 필요하다. 깊은 호흡으로 사람들과 마주하지 않을 만큼에서의 산책이나 집 주변의 나무들과 함께 호흡하는 것이 좋겠다는 생각이다. 모두가 겪는 일이니 지혜롭게 대처하는 것이 중요하다.

이 어수선하고 시끄러운 혼돈의 이 시기에 무엇보다도 나와 내 가족 그리고 친구와 친지 주변의 지인들을 위해 기도할 수 있는 시간이면 좋겠다. 지금 우리의 앞도 알 수 없지만, 지금 당장 코로나바이러스와 사투를 벌이는 이들과 '최전선'에서 환자들을 위해 일하는 의료진들을 위해 함께 기도하는 것만이 우리가 할 일이라는 생각을 한다. 이처럼 갑작스러운 일들 앞에 너무도 나약하고 보잘 것 없는 피조물임을 또 고백하고 만다. 이런 모든 일들이 어찌 하루 아침에 만들어졌을까. 우리 인간의 무책임하고 무질서한 행동이 부른 어리석은 모습인 게다.

　지구온난화에 따른 자연재해는 점점 가속도를 내며 우리의 일상과 생명의 위협으로 다가올 것은 분명한 사실이지 않겠는가. 이제는 더는 우리가 피해갈 수 없는 일임을 알기에 이를 우리가 모두 함께 책임을 져야 할 때라는 생각이 든다. 어느 환경단체의 목소리와 실천만으로는 너무도 턱없이 부족한 까닭이다. 누구를 위함이 아닌 내가 살고 내 가족이 사는 생존의 문제가 걸렸다고 생각해야 할 때인 것이다. 그런 사고를 갖고 생활에서 실천하는 삶만이 함께 살 수 있는 것이다. 지구 온난화와 기후 변화에 따른 우리의 대응과 할 역할은 무엇인지 생각해야 한다.

　현대를 살아가는 우리의 생활이 편리하고 편안한 만큼의 잃어버리는 것과 그에 상응하는 대가를 치르게 되는 것이다. 우리는 모두 이 어려운 시기를 잘 견뎌내고 극복하여 더욱더 단단해지고 견고해진 삶으로의 시작이면 좋겠다. '평범한 일상'의 감사가 우리의 삶에서 얼마나 귀하고 소중한 것인지 다시 또 깨닫게 되는 것이다. 서로 함께 마주할 수 있음이 또한 얼마나 고마운 일인지를 새삼 또 깨닫게 되는 것이다. 손을 잡지 말아야 하는, 밥을 마주하고 먹지 말아야 하는 '사회적인 거리 두기'에 가슴은 참으로 아파져 온다. 그것이 현실인 것이 더욱이.

그럼에도 불구하고

　무서웠다, '코로나 포비아'가 내가 사는 미 동부 보스턴에도 생기면 어쩌나 싶어서였다. 아니, 어쩌면 나 자신보다는 보스턴에서 직장을 다니는 딸아이에게나 워싱턴 DC에서 직장에 다니는 큰아들과 커피 샵을 하는 막내 아들에게 혹여 피해라도 있으면 어쩌나 싶었던 것이 솔직한 심정이다. 코로나로 인한 아시아인 인종차별이 두려웠던 것이다. 그러다가 뉴스를 접하는데 호주에서 길 가다가 동양인에게 함부로 행동하고 막말을 퍼붓는 동영상 기사가 올라왔다. 정말 심각한 문제구나 싶었다. 각 인종이 함께 사는 나라 미국에서의 진정한 나는 누구?

　하지만 세 아이에게는 이런 엄마의 마음을 털어놓지 않았다. 물론 남편에게도 내 생각을 전달하지 않았다. 그것은 보지 않아도 이미 내가 우리 가족들의 성격을 알기 때문이다. 6살에 미국에 이민을 와서 50년을 산 남편에게 이런 말은 통하지도 먹히지도 않을 얘기임이 틀림없었다. 또한, 여기서 태어나서 자란 30살이 된 딸아이와 29살 큰아들과 28살 된 막내아들이 엄마가 얘길 하면 피식 웃고 지나칠 게 뻔한 얘기인 줄 알기에 그냥 마음으로 담아놓고 간절히 기도했다. 나와 내 가족과 그리고 친지들과 지역 사회와 미국과 한국과 온 세계를 향해서.

내가 편안할 때는 게으름을 피우던 기도의 마음이 이처럼 다급해지면 기도가 깊어지는 것은 어쩔 수 없는 나약한 피조물임을 다시 또 고백하게 한다. 시기가 시기이니만큼 여기저기 뉴스 속보에는 미국도 점점 심각한 상황이 벌어지고 있음을 알기에 더욱 두려움이 앞서는 것이다. 한국에서는 언니들이 가족들의 안부를 묻는다. 한국의 조금 나아진 상황이라고 미국은 더욱더 심각해지고 있어 걱정이라는 말과 함께 말이다. 한 치 앞을 모르며 사는 인생의 우리들인데, 뭐 그리 천년만년 살 것처럼 그렇게 쫓기듯 바쁘게 달려왔단 말인가.

기독교인들에게는 그 어느 시기보다 중요한 〈사순절〉을 보내며 지난 주 〈종려주일〉을 교회가 아닌 유튜브 동영상으로 집에서 예배와 찬양 그리고 목사님의 설교를 들었다. 이번 주 〈고난주간〉이 시작되며 마음은 더욱더 가라앉는다. 지금의 코로나19로 어수선하고 혼돈스러운 때 세계 각처에서의 일어난 사건들과 행보들은 현실이 아닌 가상에서 일어난 사건, 영화같은 느낌이 든다. 하지만 이것이 현실이라는 것이다. 그렇다면 이 어려운 시기에 처한 상황에서 기독교인들은 지금 무엇을 해야 할까. 이번 '고난주간'에는 더욱이 깊은 묵상의 시간이길.

이 나라 저 나라에서 하나둘 최전방에서 위급한 환자의 생명을 살리고자 자신의 생명을 내놓고 사투를 벌이는 의료진들의 모습은 더욱이 가슴이 아프다. 병원에서조차 제대로 구비되지 않은 의료기기와 의료용품 등. 미국의 뉴욕의 상황도 심각하지만, 다른 여러 나라의 열악한 상황에 놓인 주검들의 처참한 모습은 참으로 안타까워 볼 수 없는 일이다. 가족들조차도 장례를 치를 수 없는 지금의 상황을 보고 무엇으로 그 유가족들을 위로할 수 있으며 대신할 수 있겠는가.

이제는 세계에서 일어나는 일이 남의 일이 아닌 까닭이다.

"네가 나를 사랑하느냐?"고 시몬 베드로에게 물으셨던 그분의 그 물음이 오늘은 내 가슴에 와 박힌다. 한 번도 아니고 두 번도 아닌 세 번이나 반복해 물으셨던 그 물음의 의미를 깊이 묵상(요한복음 21:15-17)하는 오늘이다. 예수께서 제자들에게 "오늘 밤에 너희가 다 나를 버리리라"(마26:31)고 하셨을 때 베드로는 이렇게 대답했다. "모두 주를 버릴지라도 나는 결코 버리지 않겠나이다"(마26:33) 그때 주님은 "오늘 밤 닭 울기 전에 네가 세 번 나를 부인하리라"(마26:34)고 말씀하셨다. 아, 참으로 마음이 무거운 날이다.

나는 얼마나 많은 거짓된 고백을 했으며, 또 얼마나 많은 부인을 하며 살아왔을까. 아니 앞으로도 얼마나 많은 거짓된 고백과 부인을 하게 될까. 내가 삶이 버겁고 힘에 부칠 때는 손 잡아달라 매달리며 기도를 하지만, 내가 평안하고 즐거울 때는 내 마음대로 행동하지 않았던가 말이다. 그래도 내 삶의 뒤안길을 돌아보면 단 한 번도 내 손을 놓지 않으셨다. 나의 모든 것을 아시는 그분은 그럼에도 불구하고 나를 구속하시고 구별해 주셨다. 〈부활절〉을 기다리는 이번 주 〈고난주간〉은 세상의 이 어려운 혼돈의 시기에 더욱더 깊은 기도와 묵상하는 시간이길.

신희숙 권사님을 기억하며

하루의 저녁 소식을 들었다. 신 권사님께서 2020년 4월 18일(새벽) 하나님의 부르심을 받으셨다는 말을 전해 들었다. 가슴이 먹먹했다. 몇 년을 찾아뵙지 못한 죄스러운 마음에 그만 가만히 있었다. 권사님의 따님들을 만나면 인사처럼 "어머니는 어떠하시냐고? 권사님을 한 번 찾아뵈어야 할 텐데요." 하고 안부만 묻고 말았다. 올해 아흔아홉이 되셨다는 것이다. 언제나처럼 신 권사님의 기억은 정갈하고 단아한 모습으로 내게 남아 있다. 젊은이들을 만나도 꼭 손잡아 인사를 건네주시던 따뜻하고 자상하신 내 어머니 같으신 분이었다. 교회에서 뵐 때면 가족들의 안부를 꼭 물어주셨던 분이셨다.

워싱턴 DC에 직장으로 가 있던 큰아들이 이번 코로나19로 보스턴 집에 와서 재택근무 중이다. 그렇지 않아도 신 권사님이 돌아가시기 며칠 전 큰아들과 이야기를 나누었었다. "엄마, 할머니가 교회에서 나를 만나면 꼭 $20.00을 주셨다고" 말이다. 크리스마스 때나 뉴이얼 때 교회에서 뵈면 하얀 봉투에 20불을 넣어 우리 집 큰아들에게 주라고 꼭 전해주셨던 기억이다. 이렇듯 어른이 떠나시고 나니 더욱이 가슴에 남는다. 한 번을 제대로 찾아뵙지 못한 송구스러움에 가슴이 아파져 온다. 우리 집 큰아들도 할머니 소천 소식에 많이 서운했던 모양이다.

선한 목자(시편 23편)

주님은 나의 목자시니,
내게 부족함이 없어라.
나를 푸른 풀밭에 누이시며 쉴 만한 물가로 인도하신다.
나에게 다시 새 힘을 주시고,
당신의 이름을 위하여 바른 길로 나를 인도하신다.
내가 비록 죽음의 그늘 골짜기로 다닐지라도,
주님께서 나와 함께 계시고,
주님의 막대기와 지팡이로 나를 보살펴 주시니,
내게는 두려움이 없습니다.
주님께서는,
내 원수들이 보는 앞에서 내게 잔칫상을 차려 주시고,
내 머리에 기름 부으시어 나를 귀한 손님으로 맞아주시니,

내 잔이 넘칩니다.
진실로 주님의 선하심과 인자하심이
내가 사는 날 동안 나를 따르리니,
나는 주님의 집으로 돌아가 영원히 그 곳에서 살겠습니다.

한 20여 년 전쯤 교회에서 〈성경 암송대회〉가 있었다. 아마도 신 권사님께서 여든을 넘기신 연세였던 기억이다. 신 권사님 차례가 되어 그 작은 체구로 강대상 앞에 서서 힘차고 밝은 낭랑한 목소리로 〈시편 23편〉을 단숨에 토시 하나 흐트러짐 없이 술술 외우고 내려

오셨던 기억이 20년이 다 되었어도 잊히질 않는다. 이처럼 신 권사님은 하나님의 말씀을 생명처럼 여기며 사셨던 분이셨다. '진실'이 그 무엇보다도 제일이라고 들려주셨던 기억도 있다. 또한, 시를 무척이나 좋아하셨던 소녀 같은 분이셨다. 맑은 영혼과 강직한 믿음으로 사신 분이셨다.

90세 생신 때는 교회 예배를 마치고 가족들이 모여 가족사진을 찍는데 아들, 딸, 며느리, 사위 그리고 손자, 손녀, 증손자, 증손녀를 합해 50여 명이 넘었던 기억이다. 대가족을 거느리셨던 참으로 다복하신 어른이셨다. 99세 연세 동안 자식들과 함께 손자, 손녀들과 함께 나눔을 가지셨으니 얼마나 감사한 일이 아니던가. 그 여러 가족들 한 사람 한 사람들에게 남았을 어머니와 할머니의 기억과 추억의 행복 보따리는 높은 산처럼 가득 쌓여 있을 것이다. 가족들이 만나면 서로의 기억과 추억을 하나씩 꺼내어 어머니를 할머니를 추억할 테니 말이다.

신앙의 어머니로 할머니로도 오래도록 우리들 가슴에 남아 있을 것이다. 언제 만나도 환한 웃음과 따뜻한 손으로 맞잡아 주시던 신 권사님의 그 사랑은 우리 믿음의 신앙인들의 뿌리가 되어 나무를 키우고 잎을 내고 꽃을 피워 열매를 맺을 것이다. 열정과 헌신으로 믿음 생활에 충실하시던 그 어른의 모습은 젊은 우리들의 기억 속에 한 번씩 나를 되돌아볼 수 있는 쉼을 가져다줄 것이다. 신 권사님은 이 세상을 떠나셨지만, 우리들의 신앙 속에 뿌리 내려 영원히 살아계실 것이다. 그저 한 가족의 어머니가 아닌 할머니가 아닌 우리의 어머니와 할머니로 기억될 것이다.

"진실로 주님의 선하심과 인자하심이 내가 사는 날 동안 나를 따르리니, 나는 주님의 집으로 돌아가 영원히 그 곳에서 살겠습니다." 하시며 암송하시던 시편 23편의 말씀처럼 신희숙 권사님 하나님의 품 안에서 평안히 영면하시길 기도드리며 어머니를 여읜 자식들 그 외 가족들에게 하나님의 크신 위로가 함께하시길 기도한다. 하나님의 부르심을 받으셨다는 소식을 듣고 정신이 맑고 강직하시고 정갈하셨던 신 권사님의 모습이 며칠 동안 마음에 남아 흐른다. 아마도 아주 오래도록 내 마음에 남아 맑은 물로 흐르실 신희숙 권사님이 많이 그리운 오늘이다.

뒤뜰의 '부추'를 뜯어 소쿠리에 담으며

뒤뜰의 노란 개나리가 피더니 앞뜰의 벚꽃이 피고 목련이 피었다. 자연은 이처럼 요즘 인간 세상의 아픔과 슬픔, 고통과 좌절과는 무관한 것처럼 계절에 순응하며 제 삶대로 흘러가고 있다. 생각해보면 어찌 이 자연들이라고 어려운 시기가 없었을까. 혹한의 겨울의 언 땅에서 제 생명을 지키고자 안간힘을 썼을 것이며, 그 단단한 언 땅을 뚫고 햇볕을 받고자 이른 봄 새순을 틔워 올렸을 것이다. 그 어둡고 춥고 캄캄한 터널의 긴 겨울을 이기고 넘기고서야 '생명'을 얻은 이유일 것이다. 우리도 저 자연들처럼 지금의 이 어둡고 캄캄한 터널의 시간을 잘 이겨내길 소망한다.

미국의 코로나19 첫 확진자가 워싱턴주 시애틀에서 1월 21일 시작되었으니 4월 30일이면 100일을 맞는다. 그 백일 동안에 4월 28일 자로 미국에서는 확진자가 100만을 넘었고 사망자도 5만을 넘겼다. 참으로 안타깝고 가슴 아픈 일이다. 매일 뉴스를 접하며 답답한 마음은 무겁기만 하다. 이 어려운 시기가 차차 가라앉기를 바라는 마음이다. 하지만 어려운 시기 생명을 잃은 이들과 가족을 잃은 유가족들의 슬픔과 아픔과 고통은 누가 어떻게 감당하겠는가. 아직도 끝나지 않은 일 앞에서 현재의 두려움과 미래의 학업과 직장과 사업에 대한 불확실에 대한 염려가 크다.

그렇다고 무작정 주저앉을 수는 없지 않은가. 우리는 지금의 어려움 속에서 잃는 것이 있기에 우리의 삶에서 배우는 것이 분명히 있다. 이처럼 지금의 코로나19가 가라앉는다고 하더라도 코로나바이러스 종류의 병들은 또 다른 이름으로 우리의 삶을 위협하고 엄습할지 모를 일이다. 그렇다면 우리는 우선 건강한 면역력을 위해 각자건강을 잘 챙겨야 할 것이다. 삶에서 게으름으로 피하던 운동도 시작해야 할 것이고, 지병이 있으면 지병에 따른 건강 관리와 병이 없더라도 몸에 면역력을 키울 수 있는 음식 식단으로 제대로 잘 챙겨먹어야 할 것이다.

부엌에서 창밖을 내다보면 창밖 바로 아래에 텃밭이 있다. 오래전에는 정성을 들여 오이, 고추, 상추 등을 심어 자라는 풍경을 즐기기도 하고 맛나게 먹었던 때도 있었다. 무엇이 그리 바빴는지, 게으름으로 있었는지 몇 년째 밭을 풀밭으로 만들고 말았다. 눈뜨면 내다보이니 볼 때마다 밭의 풀도 뽑고 무엇인가 올해는 심어야겠다고 마음먹기를 몇 년째, 올봄도 그만 넘기게 생겼다. 오늘은 뒤뜰의 텃밭에 나가보았다. 부추의 여린 새순이 풀들과 뒤섞여 자라고 있었다. 집에 들어와 가위와 소쿠리를 들고 다시 나가 부추를 뜯어 소쿠리에 담기 시작했다.

무관심으로 있던 '부추'를 뜯어 소쿠리에 담으며 참으로 많은 여러생각들이 스쳐 지나간다. 염치없음을 떠올렸다. 텃밭의 주인은 풀도뽑아주지 않고 물도 주지 않았는데 이 부추는 하늘의 태양 볕을 받아자라고 하늘의 비를 받아 자라고 있었다. 두 시간 정도를 쪼그리고 앉아 하나둘 가위로 잘라 소쿠리에 모으니 두 소쿠리가 되었다. 가끔은 꼼꼼한 성격이라 대충하지 못하니 시작을 했으니 마무리를 지어야지 하고 그렇게 2시간을 뒤뜰의 텃밭에 앉았던 것이다. 부추를 오늘 뜯었으니, 내일은 무성한 풀들을 뽑아주겠노라고 약속을 했다.

요즘은 산을 오를 때처럼 기다림을 반복 연습한다. 그것은 나의 삶의 철학이며 내 삶의 방식이다. 정상을 오르지 못하면 그 언덕 너머의 것을 볼 수 없음을 안 까닭이다. 힘들어도 걸어야 한다. 되돌아오면 그 언덕에 다다를 수 없으며 언덕 너머의 그 무엇을 볼 수 없기 때문이다. 지난해 3월에는 Grand Canyon Hiking(South Kaibob Trail → Colorad River → Bright Angel Trail) 12시간의 긴 하이킹을 하고 돌아왔다. 그때 배운 것이 있었는데 위에서 내려다 보이는 '지그재그 산길'이었다. 너무도 지치고 힘든데 꺾이는 그 지점이 '바로 목표지점'이란 것이다.

이 어려운 시기 '바로 목표지점'은 내가 계획하고 시작한 작은 일인 것이다. 오늘처럼 뒤뜰의 텃밭에 2시간을 넘도록 앉아서 부추를 뜯어 소쿠리에 담는 일. 지금의 어려운 환경에 있는 이들에게 '손바느질 마스크 만들기'로 도네이션을 하는 일. 특별히 커다란 것이 아닌 작은 일이지만 '실천'은 곧 '정상'을 오르는 일이며 그 일을 해내고 나면 가슴에서 차오르는 그 느낌이 바로 언덕 너머의 큰 기쁨인 것이다. 이렇듯 멈추지 않고 흐르는 오늘이 감사이고 축복이라고 또 고백한다. 내가 할 수 있는 만큼에서 최선을 다하는 오늘의 삶이길 기도한다.

소나무와 어머니

바람과 바람의 샛길에서 문득 내 어머니 그리운 날이다. 5월이라 그랬을까. 어쩌면 매일 그토록 그리움으로 있었다면 단 하루를 그 그리움에 지쳐 하루인들 제대로 살았을까. 이렇듯 내 울타리의 가족들을 챙기다가 문득 노을빛 짙어 오는 저녁 슬그머니 내 곁을 찾아오는 따뜻한 느낌은 바로 내 어머니인 것을 말이다. 벌써 내 곁을 떠나신 지 20년이 다 되었다. 시간의 거리만큼이나 그리움의 길이는 더 짙어 온다. 어릴 적 떠오르는 빛바랜 기억들과 추억들 사이에서 흑백의 필름으로 내 가슴에 남아 보고픔과 그리움으로 짙게 남는다.

늦둥이 막내라 부모님과 오래 함께 못해 안타깝고 서운했지만, 눈을 감고 가만히 생각하면 그 사랑 끝없어라. 그 그리움 사무쳐라. 어머니 돌아가시던 해에 뒤뜰에 작은 소나무 한 그루 새순을 내고 있어 화장실 유리창에서 잘 보이는 곳으로 옮겨 심었었다. 20년이 다 되어가니 소나무가 초록의 솔잎 아름드리 풍성해지고 솔방울 가득해졌다. 이른 아침이면 부엌에서 블랙커피 한 잔 내리며 화장실을 제일 먼저 간다. 아침마다 창밖 소나무의 '솔잎의 노래'를 듣는 것이다. 눈이 오면 눈이 오는 대로, 바람 불면 바람 부는 대로, 비가 오면 비가 오는 대로 햇살 고운 날이면 고운 햇살의 노래를 만난다.

내 어머니 무덤가에

당신께 가는 길
무작정 담긴 그리운 마음
오랜 세월에 씻긴 황톳길에
숭숭 뚫린 자갈들이 솟아있고
장맛비에 깊이 팬 남은 자국
골 깊은 그리움 더욱 시립니다
신작로 지나는 바람에도
귀 기울인 당신의 기다림을
가슴으로 만나봅니다
얼마를 기다렸을까.
저토록 하얀 그리움을 꽃으로 피웠으니
초록의 나무들 무성하고
당신을 찾아드는 길목에
하얗게 마중하던 개망초를 보았습니다
작은 꽃잎들이 모여 눈꽃을 만들고
멀리서 찾아온 막내딸을 마중하는
당신의 마음인 줄 알았습니다
환하게 웃으며 반기던 개망초
오늘도 하얀 그리움으로 피었습니다
오랜 기다림에 그리움의 꽃으로.

_신 영 시집 『그대 내게 오시려거든 바람으로 오소서!』 中

내 어머니를 떠올릴 때면 언제나 '소나무' 생각이 난다. 사계절 언제나 푸르른 솔잎을 키우며 든든하게 버팀목으로 서 있던 소나무 같았다. 조용하신 아버지 성품에 비해 어머니는 강직하시고 여장부 같았다. 어려서는 조용하시고 따뜻하신 아버지를 더 많이 따르고 좋아했던 막내딸이었는데 결혼하고 세 아이를 낳고 불혹의 마흔이 되어서 어머니의 그 강직한 성품이 내 가슴에 깊이 와 닿았다. 어쩌면 나의 내면 깊숙한 곳에 어머니는 살아 숨 쉬고 있었다. 문득, 삶에 대해 인생에 대해 물음이 찾아올 그 무렵 내 속에 있던 어머니가 꿈틀대기 시작했다.

그 무렵 내 속에서 어머니의 꿈틀거림은 더욱 일렁거렸고 나의 삶에 희망과 용기를 주었다. 운전하며 오갈 때도 혼자서 중얼거리듯 기도처럼 혼잣말을 했다. 엄마, 나 잘 살고 있지? 그렇게 물으며 오늘까지도 그렇게 씩씩하게 살고 있다. 가끔은 단호하고 강직한 모습을 볼 때면 '내 딸아이'에게서 '내 어머니'를 만나기도 한다. 가만히 생각하면 참으로 신기하다는 생각을 혼자 하면서 피식 웃는다. 아, 저 아이 속에 '내 어머니'가 살아 숨 쉬고 있구나! 하고 말이다. 그렇게 내 어머니는 지금 내 곁에 없지만, 내 일상에서 늘 함께 살아 숨 쉬고 있다.

한겨울 눈이 밤새 내려 소나무 솔잎에 소복이 쌓인 풍경에 아침 햇살이 찾아오면 영롱한 수정이 되어 눈이 부시고 시리도록 반짝거린다. 이런 날이면 소나무를 만나러 밖으로 뛰어나간다. 내 어머니를 만나는 것처럼 행복한 시간이다. 가끔은 소나무를 만지며 이야기를 나누고 떨어진 솔방울을 주워 코에 대어본다. 그 싱그런 솔향에 그만 취해 마음이 평안해진다. 바로 오감을 터치해 힐링이 되는 것이다. 시간이 넉넉할 때는 산으로 들로 바다로 다니지만, 그렇지 못할 때도 이렇듯 집 주변의 나무들과 이야기를 나눌 수 있다면 마음의 치유를 얻게 된다.

　화장실 창문 밖 '소나무와 어머니'는 내 삶의 아주 작지만 큰 행복의 풍경이다. 마음이 우울할 때는 위로를 받을 수 있고, 기쁠 때는 함께 기쁨과 행복을 나눌 수 있고, 삶에서 조금의 여유를 찾을 수 있고 약간의 기다림을 배울 수 있는 내 삶의 작은 풍경이다. 훌쩍 자란 소나무를 보면서 남편은 집 벽에 닿으면 좋지 않으니 나무를 잘라야겠다고 한다. 이처럼 우리는 한 지붕 아래에서 함께 살고 한 이불 속에서 함께 자고 깨어나 살아도 하나를 보고도 여러 생각을 한다. 물론, 정답은 없다. 각자의 필요에 따라 넉넉히 누릴 수 있기를 바라는 마음이다.

3부

변화 속 Zoom Meeting에 적응하면서

두 달을 넘게 낯선 일상과 마주하며 답답한 생활을 하고 있다. 언제쯤이면 나아질 것인가. 어느 때쯤이면 괜찮아질 것인가. 모두가 간절함과 기다림으로 있다. 집 안에서도 서로에게 신경 거슬리지 않도록 배려를 해가며 서로를 챙기며 지내는 것이다. 어려운 시기이니만큼 함께 도우며 이겨내야 하는 까닭이다. 가족의 건강도 염려되고 경제활동도 걱정되고 이 시간이 너무 오래지 않기를 간절히 기도하는 것이다. 모든 일상이 너무도 낯선 상황에서 무엇부터 어떻게 추슬러야 할까 생각했는데 이제는 그 낯선 일상에 조금은 익숙해지고 있다.

"주역의 원문을 찾아보면 易 窮則變 變則通 通則久.是以自天祐之吉无不利. 역(주역)은 사물이 궁즉통(궁극에 달하면 변하고), 변즉통(변하면 통하고), 통즉구(통하면 오래간다)는 것이다. 그런 까닭에 하늘로부터 돕게 되니, 길하여 이롭지 않은 것이 없다."란 뜻이란다. 이를 단순히 해석해서 궁하면 통한다고 하는 건데 한자 궁(窮)은 곤궁하다고 할 때도 쓰이지만 궁구하다고 할 때도 쓰이는 한자라고 한다. 즉, 어려운 처지에 가만히 기다리지 말고 궁구하고, 변화하면 반드시 길이 있다는 것이다.

많은 이들의 활동이 단절되고 마주하기 어렵게 되니 서로 가까운 친구들이나 지인들끼리는 카톡으로 소식을 전하는 정도였다. 교회에서의 예배도 유튜브 영상예배로 드리게 되었고 서로의 안부가 궁금하기 그지없었다. 그렇게 얼마를 지났을까. 교회의 '성경 공부' 시간에 Zoom Meeting에 초대를 받고 여러 교인들과 영상으로 공부를 하고 이야기를 나누게 되었다. 여선교회 활동에서도 서로의 얼굴을 마주하고 의견을 주고받을 수 있어 아주 좋다. 또한, 가족들 간에도 미국과 한국과 프랑스 각 도처에서 함께 얼굴을 마주하고 영상으로 이야기를 나눌 수 있어 감사했다.

이 어려운 시기를 통해 잃어버린 것만큼이나 정신적으로나마 얻어지는 것이 많기를 바람으로 남겨본다. 눈에 보이지 않는 이 무서운 바이러스로 인해 그 무엇이라도 다 해낼 것 같았던 인간인 우리는 얼마나 많은 정신적인 고통과 육체적 축적된 피로에 시달리고 있지 않던가. 또한, 이 어려운 시기에 목숨을 잃은 가슴 아픈 영혼들과 그의 유가족들의 슬픔은 어떻게 위로해줄 수 있겠으며 위로받을 수 있겠는가. 앞으로 차차 나아지고 가라앉는다고 해서 지금 겪는 이 아픔과 슬픔과 고통이 쉬이 잊히지 않을 것이기에 우리는 서로에게 배려와 기다림이 필요하다.

우리 현대인들에게 지금까지는 앞으로 더 앞으로 전진만 했었다고 생각한다. 하지만 이번 코로나19로 모든 것이 멈추고 있는 듯 뒤로 퇴보하는 느낌마저 들지 않은가. 그렇지만 지금의 이 시간은 쉼이 필요한 시기인지도 모른다. 서로 삶에 대해 인생에 대해 다시 한번 점검하는 시기라는 생각을 해 본다. 내가 앞만 보고 달려온 이 시점에서의 나는 무엇을 위해 지금까지 이토록 달음박질해 온 것인지.

나 자신과 깊은 내면의 나와 마주해보는 시간이면 좋겠다. 어쩔 수 없이 피해갈 수 없는 자리라면 멈춰서서 앉을 만한 곳을 찾아 잠시 쉬었다 가면 좋겠다.

우리는 모두 경험하지 못한 낯선 변화 속에서 갈팡질팡하는 이도 있을 것이며, 아예 포기하는 이도 있을 것이다. 생각해보면 특별히 이민자로 살아가는 우리 한인들은 새로운 변화에 적응하는 힘이 더욱더 강하겠다는 생각을 해본다. 내 조국을 떠나 낯선 타국에서 뿌리내리고 몇십 년을 터전을 일구며 자리매김하며 살아오지 않았던가. 지금에 처한 상황에서도 최선을 다하며 새로운 변화에 도망치지 말고 변화의 속도에 맞춰 한 발짝 한 발짝씩 딛고 디디며 나아가다 보면 오늘보다는 내일이 한결 나아질 것이라는 믿음으로 살면 좋겠다고 생각해 본다.

변화 속 Zoom Meeting에 적응하면서 무엇인가 또 배울 수 있다는 것에 감사한다. 모든 것이 평안했더라면 찾으려 하지도 않았고 배우려 하지도 않았을 것들을 생각지도 못한 갑작스러운 변화에서 적응하려 애쓰는 나 자신을 보면서 이것도 감사한 일이라고 일러주는 것이다. 바깥출입이 적어지니 집 안의 일들이 눈에 하나둘 더 가까이 들어온다. 뒤뜰의 텃밭도 손길로 매만지며 흙내도 맡고 채소들의 모종을 사다 심으며 그동안 하지 못했던 것들을 할 수 있어 또 감사했다. 어쩔 수 없이 받아들여야 할 것(시간)이라면 기꺼이 즐거움으로 받아들이는 것이 행복이지 않을까 싶다.

유월의 숲에서 이는 바람처럼

화려한 빛깔의 정리된 꽃보다는 흐드러지게 핀 들꽃을 유난히 좋아하는 나는 여전히 시골아이다. 어린 시절을 시골에서 자라며 누렸던 바람의 그 느낌을 떨쳐버릴 수가 없다. 참으로 다행이다 싶은 것은 이렇게 너른 미국 땅에서 봄 여름 가을 겨울의 사계(四季)를 만나고 누릴 수 있는 미 동부에 산다는 것만으로도 감사하다. 그 사계절을 맞고 보내며 계절과 계절의 샛길에서 만나는 바람은 내게 꿈이기도 하고 희망이기도 하고 때로는 가슴 졸여오는 설렘이기도 하다. 그리고 그 깊고 깊은 바람의 속을 만날 때마다 잠자던 감성이 일어나 나는 한참을 그리움에 울먹이기도 한다.

가끔은 그런 생각을 해본다. 우리네 삶에도 봄을 지나온 그리고 아직 오직 않은 여름의 솔솔한 바람이 오가는 유월의 숲처럼 그렇게 평안한 유월의 바람이 불어주면 좋겠다고 말이다. 춥지도 덥지도 않을 만큼의 유월의 숲에서 이는 유월의 바람이 공간과 공간을 오가고 아우르며 살 수 있다면 얼마나 좋을까 싶은 생각을 해본다. 이처럼 우리네 삶 속에서 서로 마주하며 사랑하고 때로는 부딪치며 미워도 하는 관계 속에서 서로 소통하고 얹히지 않을 만큼에서 소화할 수 있는 통풍이 불면 참 좋겠다 싶은 생각을 해보기도 한다. 너무 가깝지도 그렇다고 너무 멀지도 않은 그런.

우리는 가끔 착각하며 산다. 나와 다른 것을 인정하지 못하고 나와 다르면 무조건 틀렸다는 생각은 참으로 무지에서 온 결과다. 그저 다른 것뿐인데 생각은 그렇게 한다 하면서도 막상 그런 상황과 맞닥뜨리면 차분한 이성은 온데간데없고 울컥 감성이 튀어 올라 감정을 앞세우기 쉬운 것이다. 참으로 어리석고 안타까운 모습이 아닌가. 쉬이 툭 던진 말을 뒤로 하고 한참을 생각하다가 상대방에게 사과한들 어찌 그 어리석음이 씻기고 닦일까 말이다. 물론 자신의 잘못에 대해 상대에게 사과한다는 것은 큰 용기가 필요하다. 그것은 자신의 잘못을 인정한다는 의미이기도 하기에 그렇다.

부부간에도 그렇지 않던가. 사오십 년을 자신의 생각을 가지고 의지를 세워 삶을 살아오지 않았던가. 그런데 아내가 남편을 그리고 남편이 아내를 자기 생각대로 바꾸려 한다면 어찌 그것이 쉬이 바뀔 일이겠는가. 이렇게 저렇게 상대를 바꿔보려고 아니 고쳐보려고 애를 쓰다가 울컥울컥 화도 오르고 때로는 그 화를 다스리지 못해 벌컥벌컥 화를 올리다 보면 집 안에 큰소리가 가라앉을 날이 없는 것이다. 그나마 현명한 사람은 내 생각 중심 안에서 밀어내지 않고 일단 상대방의 의견을 들어보려고 귀를 기울이는 것이다. 그 가정은 평화와 평안의 길 진입로에 도착한 것이다.

이처럼 그 관계가 부부나 부모 형제가 되었더라도 마찬가지다. 그리고 더욱이 남남 관계에서는 서로 예의를 지킬 수 있어야 그 관계가 오래간다. 다른 사람보다 조금 더 가깝다는 이유로 서로 너무 편안하게 대한다면 나중에는 탈이 나는 법이다. 특별히 기분 좋은 말이 아닌 상대방의 잘못을 지적한다거나 조언을 할 때도 마찬가지다. 그 밑바탕에 진정 상대방을 사랑하고 존중하는 마음이 있다면 그나마 다행이지만, 그렇지 않다면 섣부른 조언은 서로에게 상처를 남길 뿐이다. 서로의 체면을 생각하며 얼굴 붉히기 싫어 서로 조용히 그 자리를 떠났다 하더라도 앙금은 남는 법이다.

그 어떤 곳이나 하나가 아닌 둘 이상이 모인 곳이라면 열린 공간이 필요하다. 그 어떤 곳이라 할지라도 밀착되었거나 밀폐된 공간은 공기가 없어 숨이 막히고 결국 서로를 병들게 하고 죽게 한다. 서로 바라볼 수 있는 거리와 서로 마주하고 얘기 나눌 수 있는 거리가 꼭 필요하고 중요하다는 것이다. 그것의 의미는 결국 공간이 있어야 숨을 쉴 수 있다는 것이다. 그래서 서로 오래도록 바라볼 수 있고 마주하며 긴 얘기를 나눌 수 있는 까닭이다. 서로의 마음이 너무 가깝다는 이유만으로 상대방에게 얼마나 많은 실수와 상처를 주는지 한 번쯤은 생각해 볼 일이다.

우리네 삶에서도 유월의 숲처럼 푸르름 가득할 수 있다면 참으로 기분 좋고 행복할 일이다. 우리네 인생에서도 유월의 숲처럼 싱그러울 수 있다면 더없이 평안하고 여유로울 일이다. 그 유월의 숲에서 이는 바람처럼 그렇게 서로에게 '틈새'를 허락할 수 있는 여유로운 마음이라면 그 사람의 삶은 그리고 그 사람의 인생은 참으로 복된 삶이고 인생이지 않을까 싶다. 물론 생각처럼 쉽진 않지만, 유월의 숲에서 이는 바람처럼 나 아닌 다른 이에게 조금씩 공간을 허락하는 여유롭고 넉넉한 오늘이면 좋겠다. 그 오늘이 긴 인생 여정에서 더욱 푸르고 싱그럽기를 소망해 본다.

'치유 텃밭'에서 누리는 감사

하루의 정해진 시간은 24시간, 그 스물네 시간은 모두에게 똑같지는 않다. 누리는 만큼의 시간이 각 사람의 시간이란 생각을 한다. 이제는 코로나19로 각자의 자리에서 자신과 가족을 위해 최선이 무엇인가 생각하며 청결을 위해 노력하고 생활수칙을 준수하며 살고 있다. 재택근무를 하는 이도 있고, 부족하나마 비즈니스 공간을 오픈하며 한숨 섞인 마음으로 하루를 맞고 보내는 것이다.

아내와 남편이 그리고 부모와 아이들이 한 공간에서 온종일을 함께 생활하는 것이 얼마나 버거운 일인지를 새삼 확인하는 시간이기도 하다. 아이들도 학교에 가지 못하고 있으니 그 답답함이란 말로 표현할 수 없는 것이리라. 어찌 아이들뿐이랴. 엄마는 어떻겠는가. 집안에서 아이들의 세 끼를 챙겨야 하고 아빠의 움직임을 살피며 하루를 보내는 것이다. 물론, 아빠도 쉽지 않은 하루를 살고 있다.

꽃 / 김춘수

내가 그의 이름을 불러주기 전에는
그는 다만

하나의 몸짓에 지나지 않았다.

내가 그의 이름을 불러주었을 때,
그는 나에게로 와서
꽃이 되었다.

내가 그의 이름을 불러준 것처럼
나의 이 빛깔과 향기에 알맞는
누가 나의 이름을 불러다오.

그에게로 가서 나도
그의 꽃이 되고 싶다.

우리들은 모두
무엇이 되고 싶다.
너는 나에게 나는 너에게
잊혀지지 않는 하나의 눈짓이 되고 싶다.

　화려한 빛깔의 꽃보다 푸르른 관엽식물을 더 좋아하는 나는 산속 깊은 곳에서 숨 고르기를 좋아한다. 그 순간은 나도 한 자연의 한 부분임을 더욱더 느낄 수 있기 때문이다. 그러나 김춘수 님의 '꽃' 시편을 참으로 좋아한다. 존재의 본질과 의미를 생각하게 하는 시편이다. 그렇다, 그것이 들꽃이든, 들풀이든, 사람이든, 그 어떤 것이라 할지라도 존재의 의미를 부여했을 때의 인식의 변화는 참으로 거대하다.

우리 인간은 너무도 나약한 존재가 아니던가. 이번 코로나19로 더욱이 피부로 느끼고 현실로 드러나지 않던가. 우리는 사회적 동물이기에 혼자서는 살 수 없는 존재이다. 서로의 만남이 줄어들고 혼자 있는 시간이 길어짐에 따라 많은 이들이 그에 상응하는 환경적 변화에 우울해지고 표현하지 못하는 것들에 조금씩 조금씩 젖어가게 된다. 이런 것들에서 벗어나고 빠져나올 수 있는 그 무엇이 필요하다.

혹여, 집 앞뜰이나 뒤뜰에 작은 텃밭을 만들 수 있는 공간이 있다면 참으로 고마운 일이다. 흙을 일구는 일은 우리의 몸과 마음을 다 함께 움직여야 하는 까닭이다. 삽이나 호미를 가지고 땅을 파다 보면 울퉁불퉁 돌멩이도 있고 엉키고 설킨 나무뿌리도 있어 생각처럼 쉽지 않은 작업이다. 설령, 텃밭 공간이 없다면 넉넉한 사이즈의 화분을 하나둘 사서 그곳을 작은 텃밭으로 만들어도 좋을 일이다.

텃밭에 고추와 상추 그리고 오이와 호박을 심고 가장자리에는 토마토와 방울토마토를 심었다. 심어놓고 잘 자라주기를 바라는 마음으로 이른 아침 이 녀석들을 찾아 나서는 것이다. 아침 안부를 묻고 한 번씩 눈을 마주치며 어제보다 키가 조금은 자란 듯싶어 행복해지는 것이다. 그리고 햇볕이 들기 전에 물을 주며 찾아올 햇살을 기다리도록 말다. 요즘 '치유 텃밭'에서 누리는 나의 행복이고 감사이다.

이 목사님과 정 목사님(부부 목사님)께서 워싱턴 주로 떠나시고

　이 목사님과 정 목사님께서 우리 교회에 오신 지 10년이 되었다. 아내인 정유상 목사님께서는 우리 교회 부목사님으로 계셨고, 남편인 이정승 목사님께서는 유년주일학교를 담당하셨다. 이곳에 오셔서 예쁜 두 딸(다빛, 예빛)을 얻었고, 아이들이 커가는 것을 보고 있던 터였다. 다빛이 유치원을 졸업할 나이가 되었고, 예빛이 이제 4살이 되었으니 두 아이를 보면서 세월을 읽을 수 있는 것이다. 이렇게 10년을 우리 교인들과 따뜻하고 정다운 인연으로 있었다. 조용하시고 온화하신 두 부부 목사님은 늘 삶으로 진실을 나눠주셨다.

　특별히 정 목사님은 〈여선교회〉의 행사에서 강연을 많이 해주셨다. 우리 교회 '여선교회 수련회'가 지난 2019년에 9회를 맞았으니 참으로 긴 세월이다. 그 맑간 영혼과 진실된 눈빛으로 성도들 한 사람 한 사람마다에 고요하게 스며들던 정 목사님이 벌써부터 그립다. 그 10여 년의 세월 속에 순간순간들이 모이고 쌓여 보석처럼 반짝거린다. 보통의 감리교회 목사님들은 7여 년 정도면 다른 곳으로 파송되어 떠나시고 또 오시고 하는 일이 일반의 일이다. 물론, 부목사님으로 계셔서 이처럼 더 오래도록 함께할 수 있었는지도 모른다.

　세상의 나이로 보면 한참 어린 막냇동생 같고 친정 조카 같은 분들이시다. 그러나 어찌 그리도 생각이 깊고 어지신지 저절로 감동되어 말문을 놓고 만다. 지금 생각해보니 정신적으로 참으로 많이 의지하고 있었나 싶다. 기도 거리가 있거나 의논 거리가 있을 때면 늘 정 목사님과 많은 이야기를 나눴었다. 때때마다 마다하지 않으시고 들어주시고 기도해주시고 걱정과 염려로 함께 해주셨던 정 목사님이 떠나시고 나니 더욱더 고마운 마음 가득하다. 많은 말이 아니더라도 서로의 눈빛으로도 알 수 있는 사람이 곁에 있다는 것이 얼마나 고마운 일이던가.

세상을 살면서 나이 들어 만난 친구들에게 내 속 깊은 이야기를 꺼내놓기란 참으로 어려운 일이 아니던가. 다행히도 내게는 어릴 적 친구가 곁에 살아서 서로 바쁘니 자주 보지는 못하더라도 둘이 자매처럼 의지처가 될 때가 많다. 그리고 어쩌면 정 목사님이 내게 멘토 같은 분이셨는지 모른다. 내가 제일 힘든 시간에 그분이 내 곁에 있었다는 생각을 목사님이 떠나시고 난 후에야 더욱 깊이 깨달았다. 국적이나 인종, 성별, 나이와 상관 없이 누군가에게 편안한 친구가 되어줄 수 있다는 것은 참으로 어려운 일이 아닐까 싶다.

정 목사님은 신학 공부 중 상담학을 하셔서 그런지 여성 그룹의 성경 공부 시간에 많은 성도들에게 고요하지만 힘 있는 깊은 곳의 아픔을 끄집어내시고 어루만져주시고 치유해주시는 아주 특별한 분이라는 생각을 참으로 많이 했다. 세상의 눈으로 보면 두 부부 목사님께서는 참으로 어리석을 만큼 착하신 분들이셨다. 때로는 자식을 키우는 부모의 마음으로 다른 이에게 양보만 하시고 욕심 없으심에 안타까운 마음이 든 적도 있었다. 하지만 이내 그 두 분 목사님은 세상 사람이 아닌 하나님의 사람이심을 깨우치곤 했다.

코로나19가 시작되어 교회에서도 온라인 예배를 시작하고 있었을 무렵이었다. UMW(United Methodist Women)에서 '수제마스크 도네이션' 만들기가 시작되어 만든 물품들을 우리 교회에서 몇 사람이 함께 정리하고 마치는 시간이었다. 정 목사님과 이 목사님께서도 교회 뜰에서 아이들과 함께 계셨었다. "집사님, 저희 7월 초에 워싱턴 주로 떠나요!!" 하신다. 너무도 뜻밖의 일이라 말문이 막혔다. 물론, 부목사님으로 계시다가 두 목사님께서 각각의 교회를 맡아 목회를 하시게 되신 것이니 얼마나 축하해 드릴 일이 아니던가.

모두가 COVID-19의 어려운 시기를 겪고 있는 때가 아닌가. 10년을 함께 지내시던 두 분 목사님의 '송별 예배'도 못하고 마음이 너무도 서운했다. 그런데 교회의 이 집사님과 서 집사님 댁에서 열 명 안팎의 교회 여선교회 분들을 초대해주셨다. 물론, 집 밖에서의 '송별 모임'이었다. 집을 오픈해주시고 소중한 만남을 만들어주신 두 집사님께도 지면을 통해 다시 한번 감사의 말씀을 전해드린다. 이렇게 해서 이정승 목사님과 정유상 목사님과의 '송별식'으로 서운한 마음과 섭섭한 가슴에 위로가 되었다. 정 목사님, 이 목사님 벌써 그립습니다!

시간 따라 흘러가고 세월 따라 늙어가는

늘 그렇듯이 모두가 흘러간다. 계절따라 바람도 제 몫을 다하며 그렇게 흐르고 있다. 그에 따라 시간도 흐르고 세월도 흘러간다. 그러니 어찌 사람만이 제 자리에 멈출 수 있을까 말이다. 제아무리 멈추고 싶다고 해서 멈출 수 없는 것이 시간이고 세월 따라 나이 들고 늙어가는 것이 인생이다. 마음 같아서야 시간 따라 흘러가는 것을, 세월 따라 늙어가는 것을 붙잡고 싶은 것이 사람의 마음일 게다. 하지만 그것은 자연의 이치에 역행하는 일이다. 이렇듯 살아 숨을 쉬는 생명들과 함께 자연과 더불어 호흡하고 살아가는 것이 제일 자연스러운 일이며 자연에 순응하며 사는 까닭이다.

언제나 자연스러움이 가장 아름답다. 사람도 마찬가지란 생각을 한다. 우리의 인생 여정에서 자신을 추스르고 챙기며 사는 일은 참으로 필요하고 중요한 일이다. 하지만 그것이 바깥의 치장으로 그칠 것이 아니라, 내면의 자신과 마주하며 돌아볼 수 있다면 더없이 귀한 일이다. 자신과 대면하며 마주할 수 있는 성찰의 시간을 갖는다면 시간 따라 흘러가고 세월 따라 늙어가는 일이 그리 섭섭하지만은 않을 것이다. 이 세상에 후회 없는 인생이 어디 있으며 아쉬움 없는 삶이 그 어디에 있을까. 이렇듯 자신을 돌아볼 수 있는 사람이라면 이미 충분히 행복한 삶을 사는 것이다.

요즘은 남편에게도 가끔 이런 얘길 들려준다. 세상 나이 오십 중반쯤에는 곁에 많은 사람이 필요한 것이 아니고, 내가 정말 아끼고 사랑할 사람이 누구인지 알아차리고 사랑과 정성으로 잘 챙기는 일이 중요하다고 말이다. 아내의 말을 들으며 곁에서 남편은 피식 웃음으로 답해온다. 요즘은 이렇듯 자연스러움이 제일이라는 생각이 많이 든다. 무엇인가 인위적으로 하는 모습은 부자연스러워 보여 거북스럽다. 세상 나이가 어리고 젊어서는 뜨거운 피의 열정으로 욕심도 내어보지만, 세상 나이 오십을 넘어 중간 고개를 오를 즈음에는 자연스럽게 사는 모습이 가장 편안해 보여 좋다.

인생이란, 이렇듯 살면 살수록 오래도록 끓인 곰탕처럼 진국 맛이 절로 나는 것이다. 이 세상에 공짜가 어디 있을까. 그동안 삶을 통해 사람이나 일에서 크게 작게 경험했던 그 경험으로 삶의 지혜를 얻은 것이다. 그러하기에 그 어떤 일에서든 애써 안달하거나 보채는 일이 적어지고 여유롭게 기다리는 법을 터득한 까닭이다. 그것은 긴 시간 속에서 세월의 연륜으로만 얻을 수 있는 것이다. 이처럼 세상에는 공짜가 없음을 그래서 더욱 감사한 오늘을 맞는다. 삶의 일상에서 자신이 경험한 것들은 모두가 인생의 여정에서 밑거름이 되고 있음을 알기 때문이다.

하루가 다르게 새로운 것은 계속 새로워지니 그것을 좇다가는 있는 정신마저 없어진다. 요즘 외출을 하려다 셀폰을 집에 놔두고 나온 것을 알게 되면 한참을 나와 하이웨이를 탔더라도 다시 되돌아가서 전화를 가지고 온다. 이제는 내가 편안하게 부리던 전화가 상전이 되어 모시게 되었다. 어쩌랴, 이 모습이 지금의 내 모습인 걸 말이다. 하지만 무엇인가 엉성해진 것 같은 이 흐트러진 마음은 나 자신이 받아들이기에도 영 편하지많은 않다. 더 늦기 전에 나를 제대로 잘 들여다봐야겠다는 생각을 거듭해본다. 우리의 일상에서 편리한 것은 소중한 내 것을 잃게 하는 대가를 원한다.

흘러가는 세월 속에 흘려보내고 싶지 않은 것이 또한 추억일 게다. 그렇다, 서로에게 남은 아름다운 추억은 누구에게나 소중하고 귀하다. 나이가 들면 추억을 먹고 산다는 어느 글귀가 떠오른다. 이렇듯 지금 곁에 있는 가까운 친구들이 얼마나 소중한지를 다시 한 번 챙겨보는 시간이면 좋겠다. 새로운 것에 시간을 허비하지 말고 지금 곁에 있는 소중한 사람들을 챙기며 그 속에서 참 행복을 누리길 소망해 본다. 지금의 이 시간이 얼마 지나면 또 하나의 고운 추억으로 남을 오늘이기 때문이다. 자신에게 주어진 자리에서 최선을 다하며 사는 삶이 바로 후회를 줄이는 삶이다.

잡을 수 없는 시간을 묶으려 애쓰지 말고 세월 따라 늙어가는 젊음을 붙잡으려 한탄하지 않는 삶이면 좋겠다. 흘러가는 시간 속에 내 삶을 충분히 누릴 수 있고 흘러가는 세월 속에 내 무게로 자리할 수 있다면 최고의 인생이다. 언제 어디서나 자신으로 이미 충분한 당당하고 멋진 그런 삶의 주인공이면 좋겠다. 무엇보다도 자신의 마음이 허하고 채워지지 않아 시간에 쫓겨 살고 세월에 주눅이 들어 당당하지 못한 것이다. 그 누구의 어떤 색깔과 어느 모양이 중요한 것이 아니라, 지금의 내 모습에서 최선을 다하며 시간 따라 흘러가고 세월 따라 늙어가는 삶이면 참으로 아름다운 삶인 것이다.

자유로운 영혼의 노래를 부르며

운명이라는 것에 내 삶을 걸고 싶지 않았다. 운명에 모든 걸 건다는 것은 삶에 자신 없는 이들이 자신의 게으름을 합리화하고 빙자한 못난 이름표 같았다. 적어도 나는 그렇게 살고 싶지 않았다. 삶의 길목마다에서 만나는 크고 작은 일들 앞에서 선택해야 하는 갈림길에서 그 누구의 선택이 아닌 바로 나 자신이 선택하는 것이라 생각하며 살았다. 늘 세 아이에게도 삶에서 특별하지 않은 일상의 소소한 일들을 통해 엄마의 경험과 이해를 토대로 그렇게 얘기를 해주었다. 어떤 상황에 처하더라도 귀는 있어 듣되 사람에게는 생각과 감정과 의지가 있기에 스스로 깊이 생각하고 선택하고 결정하라고 말이다.

하지만 그것마저도 생각일 뿐 지금에 와 가만히 생각하면 운명은 이미 내 눈으로 감지할 수 없는 프리즘을 통해 와 있었음을 이제야 조금씩 깨달아 가고 있다. 그것은 세상에 대해 아니 젊음에 대해 아직은 자신이 있었는지도 모를 일이다. 거울을 볼 때마다 거울 속 여자는 여전히 늙지 않을 거라고 그렇게 믿고 자고 일어나면 인제나처럼 최면을 걸고 있었는지도 모른다. 어느 날 문득 거울 속 여자에게서 하나둘 늘어나는 흰 머리카락을 눈으로 보고 확인하고 인지하면서 순간 깜짝 놀라고 말았다. 늙지 않을 거라고 운명이란 존재하지 않는다고 생각했던 교만이 무너지는 순간이었다.

이 세상에 존재하는 것들의 특성은 자신이 준비하지 않은 뜻밖의 시간과 공간에 부딪혀 깨져야 자신의 존재를 알게 된다는 생각이다. 거울 속에 비친 모습에 사로잡혀 착각을 사는 것뿐이다. 진정한 자신을 발견하지 못한 어리석음인 까닭이다. 사람들은 각자의 삶을 통해 다른 사람의 삶을 이렇다저렇다 말하기 좋아한다. 그것은 너무도 작고 초라한 자신의 삶의 일부분일 뿐인데 코끼리 허벅지를 만지고 다 보았다고 말하는 이치와 무엇이 다를까. 그저 삶은 말이 아니라 머리로 살든 몸으로 살든 가슴으로 살든 사는 것이다. 결국, 자신이 경험한 만큼이 자신의 삶이고 인생일 뿐이다.

내 어머니가 그랬고 내 할머니가 그랬을 그 인생은 뭐 그리 거창할 것도 그렇다고 또 초라할 것도 없다. 다만, 내게 주어진 삶에 주저하지 말고 당당하게 맞서 한 번쯤은 내게 허락된 운명과 대면할 줄 아는 한 번뿐인 삶에서 자신이 주체가 되는 멋진 삶이면 좋겠다. 다른 사람의 눈치나 처해진 환경을 미끼로 자신을 자책하거나 주눅이 들지 않는 존재 가치로 이미 충분한 누림의 삶이면 좋겠다. 바로 여기에서 지금을 충분히 사는 삶 그래서 지난 과거의 기억에 사로잡혀 살거나 아직 오지 않은 미래에 대한 불안으로 묶여 오늘을 잃지 않는 삶이면 좋겠다.

이 세상에 존재하는 모든 것들은 귀하다. 하지만 나 아닌 다른 것의 존재 가치를 인정하기 싫고 하지 않아 문제의 발단이 시작되는 것이다. 지금 여기에서 나로 충분히 살 수 있을 때만이 훗날 인생의 황혼길을 걸을 때 아쉬움이나 후회가 적지 않을까 싶다. 이 세상에는 노력 없이 얻어지는 것은 단 하나도 없다. 생명의 존귀함은 해산의 고통이 있었기에 가능한 것이다. 우리의 삶에서도 크든 작든 아픔과 고통과 기다림의 시간 없이 무엇을 얻을 수 있겠으며 쉬이 얻은들 그 기쁨이나 행복이 오래갈까 말이다. 내가 인정받고 싶으면 먼저 다른 것들의 존재를 인정하는 것이 지혜인 까닭이다.

나 자신이 그 누구보다도 자신을 인정하고 사랑할 때만이 자유로운 나를 만날 것이다. 제아무리 생각으로 마음으로 주문을 외우듯 난 잘 살고 있다고 한들 무슨 의미가 있을까. 삶은 생각이 아닌 지금 여기를 사는 것이다. 이 너른 세상에서 자신의 작은 존재가 얼마나 귀하고 값진 것인지 생각하면 창조주에 대한 감사가 절로 오른다. 저 바닷가의 백사장에 반짝이는 작은 모래알 하나가 저 높은 산에 구르는 작은 돌멩이 하나가 그리고 저 하늘의 해와 달과 별들의 의미가 새롭게 다가오는 것이다. 눈에 보이지 않지만, 존재하는 아주 작은 미물들에게까지도 말이다.

하늘이 내게 주신 낙천지명(樂天知命)의 삶의 노래를 부를 때만이 무한한 창조주에 대한 감사와 유한한 피조물인 나 자신의 존재를 알아차리고 인정하는 혜안이 열리는 까닭이다. 마음의 눈이 열릴 때만이 나의 존재 가치를 인정할 수 있고 그럴 때만이 온 우주 만물에 존재하는 생명에 대한 존귀함을 깨닫게 되는 것이다. 참으로 아름답지 않은가. 이 세상에 존재하는 수많은 것들 중에 내가 지금 여기에서 살아 숨 쉬고 있다는 사실 하나만으로도 이미 충분히 감사하지 않은가. 이처럼 나 아닌 또 다른 존재를 안 까닭에 사랑하지 않을 수 없고 행복하지 않을 수 없는 존재의 이유가 되었다.

망설임이 최대의 장애물이다

당신 앞에는 어떠한 장애물도 없다.
망설이는 태도가 가장 큰 장애물이다.
결심을 가지면 드디어 길이 열리고
현실은 새로운 국면으로 접어든다.
— 러셀

십여 년 전 가깝게 지내는 지인께서 들려주신 얘기가 있다. 그 어떤 상황에 부닥치더라도 내 마음만 꿋꿋하고 당당하면 그 자리에서 자신을 지킬 수 있을 거라는 그 말씀이 오늘 이 아침 문득 떠오른다. 마음의 중심이 그만큼 중요한 것이라는 말씀일 것이다. 나이를 먹는다고 모두 어른이 되는 것은 아님을 그저 늙은이로 늙어갈 수 있음을 세상을 살면 살수록 더욱 가깝게 피부로 느껴지는 일이다. 그렇다면 오십의 지천명에 오른 내 나이쯤에서는 그 누구의 눈치나 체면 따위에 얽매이지 않고 무엇인가 망설임 없는 당당한 선택만이 결국 후회 없는 나의 삶이 되고 인생이 되는 까닭이다.

때로는 어떤 일이나 관계에서도 망설이다가 놓쳐버리는 일이 종종 있다. 지나고 나면 마음에 아쉬움이나 후회로 남는 일들이 삶에서 작든 크든 부지기수이다. 이 아쉬운 마음으로 후회의 마음으로 어느 때까지 하며 살 일인가. 이제는 아쉬움이나 후회보다는 그 어떤 일이나 관계에 대해서 나와 인연이 닿지 않았던 모양일 테지 하고 이렇게 위안으로 삼으며 산다. 이 위안마저도 망설임의 태도가 만들어 낸 나 자신을 위한 하나의 변명은 아닐까 싶다. 삶에서 아쉬움이나 후회를 줄이기 위해 가장 좋은 방법은 단순한 삶을 선택하는 일이다. 이 선택이야말로 망설임이 아닌 결심의 중요한 부분이다.

우리의 삶에서 가끔 복잡함이 숨을 막히게 할 때가 있다. 그것이 어떤 울타리를 이룬 가족들과의 관계에서든 종교 안에서의 관계에서든 버거울 때가 있다. 내 경우를 보더라도 그 누구의 개인적인 불편함이 아닌 어디에 속해 있다는 그 소속감이 나를 편안함으로 지탱해주기도 하지만, 때로는 그 소속감으로 자유롭지 못한 느낌 구속된 느낌이 견디기 어려울 때가 있다. 물론 개인적인 삶의 방식일 테지만 말이다. 그러니 그 어떤 누구의 삶이 옳고 그르다 말할 수 없는 노릇 아니던가. 다만, 인생에서 선택하지 못하고 결정하지 못해 전전긍긍하지 않는 삶이길 바라는 마음이다.

나무도 제대로 제 몫을 하기 위해서는 가지치기를 잘 해주어야 한다. 그래야 튼실하게 자라 꽃을 피우고 알찬 열매를 맺는 것처럼 사람도 가끔은 자신의 주변을 돌아보고 자신을 위해서나 서로를 위해서 필요할 때는 가지치기를 할 줄 알아야 한다는 것이다. 그 어떤 관계 속에서 이러지도 저러지도 못하다 너 때문에 내가 이렇게 되었네, 저렇게 되었네 하는 남의 탓의 인생은 좀 쓸쓸하지 않던가. 지천명의 나이인 오십쯤에는 그 어떤 관계의 유지를 위해서 폭을 넓히기보다는 단순한 삶을 위해 관계의 폭을 좁히고 깊이를 더해갈 수 있기를 소망해본다.

가끔은 쌀쌀하다 싶을 만큼 새침한 구석이 있는 내 경우는 사람을 잘 알기 전까지는 그렇다. 하지만 나라는 사람은 생각보다 퍽 단순한 구석도 많은 편이다. 특별히 남편의 친구들과는 더욱이 잘 통해 가깝게 지내는 형님들이나 동생들과는 가깝고 편안하게 지내는 편이다. 그러니 골프 라운딩이라도 하는 날에는 끝나고 난 시간에 남편이 전화해 친구들과 집에 가도 괜찮겠냐고 물어오면 웬만하면 싫다 소리를 한 적이 별로 없다. 그것은 남편도 남편이거니와 내가 그 친구들과의 모임이 즐거워서 그럴 것이다. 친구들에게 남편의 얼굴도 세워주고 내 얼굴도 살고 즐거우니 일석삼조가 아니던가.

보통 일의 결정에서는 주저하지 않고 재지 않고 망설이지 않는 편이지만, 사람을 사귀는 부분에서는 무척이나 신중한 구석이 있다. 나는 당당하고 멋진 여자를 좋아한다. 그 멋지다는 표현에는 여러가지가 함축 되어 있는 것이다. 멋지다라는 표현을 쓰면 보통 사람들이 얼굴을 먼저 생각하는데 그것만이 정답은 아닐 것이다. 사람은 특별히 화려하게 꾸미지 않아도 그 사람에게서 자연스럽게 풍기는 이미지라든가 흐르는 느낌으로 알아보게 된다. 이 멋은 내면의 오랜 자신의 삶의 방식이나 가치관이 자연스럽게 밖으로 표현되어 흐르는 것을 의미할 게다. 그것이 바로 멋이다.

친구를 고르고 선택한다고 하면 아마도 듣는 이에 따라 말하는 사람이 우스운 사람이 될 것이다. 하지만 그 사람의 친구, 그 주변 사람을 보면 그 사람을 알 수 있다고 하지 않던가. 삶에서 선택할 수 있다면 친구도 자신의 색깔과 모양과 소리가 비슷한 사람과 사귀면 좋을 거란 생각이다. 우리네 삶이 그렇듯이 내 마음에 딱 맞는 맞춤으로 짜여진 것이 아니기에 이리저리 얽히고설켜 친구가 되다 보면 이러지도 저러지도 못하고 세월에 묻혀 시간을 보내기 쉽다. 인생의 고갯길을 올라 중년을 넘어설 때쯤에는 자신과 정말 잘 소통할 수 있는 친구 몇은 있어야지 않을까 싶다.

인생에서 세월을 아끼는 방법이 있다면, 아무래도 망설임 없는 순간의 선택이 제일 중요할 테고 그 순간의 결정이 미래에 미치는 영향은 이루 말할 수 없을뿐더러 내 인생을 그대로 반영하는 일일 게다. 그 어떤 일이나 관계에 있어서 망설임이 없다는 것은 생각 없이 결정한다는 것을 의미하지 않는다. 자기 자신과의 쉼 없는 대면과 내면의 소리에 귀 기울였기에 힘이 생긴 것이다. 망설임 없는 결정이란 바로 보이지 않는 자신 내면의 힘을 말하는 것이다.

쉼, 진정한 쉼이란

쉼, 진정한 쉼이란 어떤 것을 말하는 것일까. 그렇다면 나는 진정 제대로 된 쉼을 쉬어보긴 했던 것일까. 나 자신에게 잠시 물음을 던져본다. 어떤 움직임 없이 편안하게 집안에서 침대나 소파에 누워 혼자 가만히 있다면 이것이 쉼인가. 아니면 집 밖의 포치 위에서 워킹 체어에 몸을 맡기고 있거나 바닷가에서 비치 체어에 누워 있다면 그것이 쉼인가. 바쁘게 움직이며 사는 현대인들은 습관처럼 쉼을 그리워하지만, 진정한 쉼을 누릴 수 있는 여유조차 저당 잡히고 말았다는 생각을 한다. 쉬고 있어도 언제나 손에는 핸드폰의 움직임이 바쁘다.

한 모임에서 삶에 있어 '진정한 쉼은 무엇이라고 생각하는가' 라는 주제로 이야기가 시작되었다. 내 차례가 왔다. 내게 있어 쉼은 우선 내가 좋아하는 일을 하는 것이라 생각한다. 산이 좋아 산에 오르면 계절마다에서 느끼는 오감 터치는 내게 그 무엇보다도 제일 편안하고 평안한 곳이기도 하다. 또한, 창조주에 대한 감사가 절로 터져 나오는 감탄의 장소이기에 내게 더없는 곳이기도 하다. 하지만 쉼이라는 것은 마음의 여유의 공간이 남아 있을 때까지가 '쉼'이지 않을까 싶다. 산을 오르면 오를수록 더 높은 산을 오르고 싶은 욕심이 생기니 이 또한 진정한 쉼은 아니라는 생각이다.

그렇다면, 내가 또 좋아하는 것 중의 하나가 사진이니 말이다. 사진은 어떨까. 작은 렌즈로 보는 세상은 또 하나의 멋진 나만의 공간이고 나만의 세상이다. 그런데 여기에도 또한 쉼을 찾기란 쉽지 않다는 생각을 했다. 몇 년 전 5월 '산티아고 순례길' 여행에서 프랑스를 거쳐 스페인을 들어서는 작은 마을은 몇 시간을 걷고 또 걸어도 푸르른 밀밭 사이의 바람과 줄지어 늘어선 포도밭의 평화로움은 말로 표현할 수 없을 만큼의 아름다운 풍경이었다. 무거운 배낭을 등에 짊어지고 하루 온종일을 걸으면서 핸드폰과 작은 카메라에 그 풍경을 담느라 바빴다.

여행을 마치고 돌아올 때쯤에서야 깨달을 수 있었다. 이 모두가 나의 욕심이라는 것을 말이다. 하늘은 파랗고 흰 구름 두둥실거리는 작은 마을의 오솔길 밀밭 사이에 빨간 양귀비 한 그루 바람에 제 몸을 이리저리 맡긴 모습은 참으로 아름다웠다. 그 곱고 아름다운 모습을 그냥 지나칠 수가 없었다. 그리고 이내 나는 그 양귀비 앞에서 작은 카메라 셔터를 눌렀다. 그 순간 나는 멈칫 발걸음을 멈췄다. 그것은 그 꽃을 담는 순간 내가 그 빨간 양귀비꽃의 목을 잘라 꺾어온 그 느낌이었다. 여행을 마치고 집에 돌아와서도 그 느낌을 오래도록 떨쳐버릴 수가 없었다.

그때야 알았다. 내가 사진을 목적으로 여행하는 것이 아닌 내 영혼의 씻김과 덜어내고픈 욕심 그리고 바쁘게 살던 내 습성에서 잠시 나를 숨 쉬게 하고 싶어서 순례길을 걸으러 온 것이 생각난 것이다. 그렇다, 우리는 늘 이렇게 여기에서는 저기를, 저기에서는 여기를 생각하기에 온전한 여기에서의 지금을 누리지 못하는 것이다. 그러하기에 진정한 쉼을 누릴 수 없는 이유이고 까닭이다. 어느 장소와 어느 시간과 공간이 아닌 진정한 쉼을 누릴 수 있는 것은 자신의 마음의 상태이며 온전한 자신의 선택이라는 것이다. 욕심을 내려놓는 만큼의 비례.

그날 이후로도 한 이틀은 핸드폰과 작은 카메라에 풍경을 담아왔지만, 마음으로 약속을 했다. 내년에 순례길을 걸으러 이곳에 다시 온다면 그때는 기록으로 남길 사진 외에는 카메라에 담지 않겠다고 말이다. 그것은 온전한 나 자신과의 약속이었다. 물론, 앞으로의 약속은 나 자신 스스로가 책임져야 할 일이지만 그 후의 깨달음은 내게 참으로 귀한 선물이었다. 그렇게 집에 돌아와 깊은 묵상의 시간이 이어지며 한 편의 가슴은 제대로 된 사진을 담아오지 못한 것이 아쉬움으로 남는 것이다. 그 얼굴 없는 욕심은 참으로 깊고 강하고 질기다.

쉼, 진정한 쉼을 얻고자 떠난 여행의 순례길에서 사진에 마음을 빼앗겨 온전한 쉼을 얻지 못하고 돌아왔다. 바로 그 깨달음이 '온전한 쉼'을 누릴 통로의 문이 열린 것이다. 억지로 내려놓고 싶었던 욕심을 나 스스로 무거워 내려놓고 싶어진 마음이 열린 것이다. 아, 그 생각이 머리를 스치고 마음 안으로 들어오니 깊은 한숨이 몰아져 들숨이 되었다가 날숨으로 훅 빠져나간다. 숨통이 열리는 시원함에 가슴이 훅 트인다. 그래, 이것으로 족하다는 느낌이 내 온몸과 마음에 차올랐다. 그 순간의 느낌이 그 찰나의 누림이 바로 진정한 쉼은 아닐까 싶다.

'현명한 이기주의자'로 살기

그럭저럭, 어영부영 아이들을 키우고 아이들이 제자리를 잡아가고 나를 돌아볼 시간쯤이면 훌쩍 세상 나이 예순에 가까워 있다. 곁에서 이런 분들을 여럿 보았다. 나 역시도 오십 줄에 들었으니 얼마 남지 않은 나이인 게다. 그렇다, 참으로 짧은 것이 인생이 아닐까 싶다. 그렇다면 더욱이 그 시간을 제대로 챙기며 살아야겠다는 생각을 한다. 이제부터는 다른 이를 위한 시간이 아닌 철저히 나를 위한 시간이어야 한다. 그렇게 했으면 좋겠다, 또는 그렇게 되겠지 하는 식의 바람은 결국 또 하나의 후회를 만들고 과거에 사로잡히게 한다. 이렇게 어리석은 삶의 반복은 후회만 남길 뿐이다.

어려서는 막연하게 느껴지던 삶이 나이가 들수록 소중한 것은 앞에는 비켜갈 수 없는 '확실한 죽음'이 있기 때문이다. 삶을 제대로 챙기며 나 자신을 위한 시간 관리가 결국 잘 죽을 수 있는 준비는 아닐까 싶다. 과거에 사로잡혀 현실을 잊어버리는 아까운 시간과 미래에 저당잡혀 현실을 잃어버리는 시간. 가만히 생각하면 너무도 어리석은 것이다. 세상에 후회 없는 삶이 있을까마는 후회보다는 조금의 아쉬움으로 남는 삶이면 좋겠다. 지금 여기에서 충분히 누릴 수 있을 때만이 후회가 적어지는 것이다. 오늘이 결국 어제의 내일이고 내일의 오늘인 까닭이다.

가끔 삶에서 자기 자신은 없고 다른 사람의 삶이 자신 속에 들어와 있는 이들을 몇 보게 된다. 그 모습을 바라보다 보면 참으로 안타깝기 그지없다. 자신의 삶의 주체는 자신인데 자꾸 다른 사람과 비교하다 소중한 시간을 보내고 아까운 세월을 흘려보낸다. 이것저것 해보려다 제대로 된 한 가지도 제대로 챙기지 못하고 사는 것이다. 이 사람이 이것을 하면 나도 이것이 하고 싶고, 저 사람이 저것을 하게 되면 또 나도 저것을 하고 싶은 것이다. 이렇게 우왕좌왕하다 보면 자신에게도 불만이 생길뿐더러 남편이나 아내 그리고 가족들에게 어리석게도 짜증만 늘기 마련이다.

이렇듯 비교하며 사는 삶은 결국 자신에게 채워지지 않는 헛헛함으로 현실을 외면한 채 후회로 반복된 삶이 되는 것이다. 그 사람의 삶은 언제나 현실은 과거 속에서 후회의 그림자를 만들고 다시 또 현실을 외면하고 과거를 살게 한다. 나와 대면하는 시간이 우선 필요하다. 내 남편과 아내 그리고 자식과 부모를 챙기며 사는 것은 당연한 일인지도 모른다. 하지만 내가 소화할 수 있을 만큼만, 내가 감당할 수 있을 만큼만 내 능력을 인정하라는 것이다. 나의 에너지가 다 소진된 후에 자신을 돌아보며 땅을 치고 후회에도 그것은 소용없는 넋두리에 불과한 것이다.

우리는 늘 깨어 지금 여기에서 오늘을 살아야 한다. 그것은 늘 다른 사람, 다른 것에 시간 낭비하지 말고 나 자신의 소중한 시간에 충실하라는 것이다. 나를 챙길 수 있을 때만이 내가 아닌 다른 사람을 돌볼 수 있고 챙길 수 있는 이유이다. 나 자신을 사랑할 수 있을 때만이 나 아닌 다른 사람을 사랑할 수 있는 까닭이다. 나 자신도 나를 잘 챙기지 못하는데 누가 나를 챙겨주기를 바랄까. 다른 사람 역시도 나를 대수롭지 않게 여기게 되는 것이다. 나를 진정 사랑할 줄 아는 사람만이 다른 사람을 철저히 사랑할 준비가 된 것이다. 우선 나 자신을 진정 사랑하는 연습을 해보자.

남편에게 사랑받는 아내나 남편은 밖에 나가서도 다른 사람에게서 귀함을 받는다. 물론 자식이나 부모도 마찬가지란 생각이다. 어찌 사람뿐일까. 내 집의 강아지는 또 어떨까. 이처럼 우리는 쉬이 생각하며 행동하는 작은 것들 하나하나에도 나를 빼어놓지 말라는 것이다. 내가 진정 주인공이라는 생각을 잊지 말라는 얘기다. 남에게 거들먹거리며 잘난 체 하라는 것이 아니라 '철저한 자기 사랑'이 필요하다는 것이다. 그것은 먼저 '내 마음 잘 챙기기'부터 시작이 되는 것이다. 그렇게 나를 잘 챙기며 살다 보면 진정한 자기 사랑이 싹트게 되고 자라 넉넉하게 되는 것이다.

삶에서 미련한 것처럼 어리석은 것이 또 있을까. 친구도 마찬가지다. 아주 특별히 똑똑하지는 않더라도 미련한 친구를 옆에 두었다고 생각해 보자. 요즘처럼 뭐든 할 수 있는 세상에서도 미련에는 약도 없단다. 그렇다, 조금은 서로에게 현명한 친구로 마주하면 좋을 일이다. 사실, 똑똑하다는 것도 미련하다는 것도 어찌 보면 바라보는 사람의 편견에서의 느낌일 게다. 그러니 그것도 다른 사람을 그렇게 바라보고 느끼고 판단해버린 나의 어리석음의 한 단면일 게다. 어찌됐든 다른 사람이 아닌 '내 마음을 잘 지키고 나를 잘 챙기며' 미련하지 않은 '현명한 이기주의자'로 살기를 바라는 마음이다.

흔들리며 피는 꽃

　도종환 님의 「흔들리며 피는 꽃」 시편을 읽고 또 읽으며 며칠을 깊은 생각에 머물러 있다. 그래 시인의 가슴이 아니더라도 인생의 여정에서 만나는 삶은 생각처럼 그리 만만치 않음을 깨닫는 오늘이다. 서로 부딪히면서 스치는 인연에 웃음과 울음을 내고 생채기도 그어가며 그 상처를 보듬으면서 그렇게 서로 치유하며 사는가 싶다. 이 세상에서 홀로이지 않은 것이, 외롭지 않은 것이 그 무엇 하나라도 있을까. 서로 마주 보고 있어도 외롭고 고독한 것을 애써 변명하지만, 세상과 마주할수록 사람과 마주할수록 더욱 깊이 사무치는 것은 어쩔 수 없는 지병인가 싶다.

　사람으로 상처받고 고통을 받는다고 할지라도 또한 그 상처를 치유받을 수 있는 것은 다름 아닌 사람 속에 있는 따뜻한 사랑이다. 혼자서는 살 수 없는 이 세상 네가 있어 내가 있고, 내가 있어 네가 있는 우리의 세상인 까닭이다. 그래서 살 만한 세상 살아볼 만한 가치가 있는 세상이 아닐까 싶다. 저 들꽃을 보면 마음이 평온해져 오지 않는가. 쓰러질 듯 쓰러지지 않고 꺾여질 듯 꺾여지지 않고 바람을 타는 저 들꽃을 보면 행복해지지 않던가. 흔드는 바람을 탓하지 않고 바람과 함께 흔들리는 저 들꽃을 보면.

삶이 버겁다고 느껴질 때는 언제나처럼 하늘을 본다. 그 무엇과도 경계 짓지 않아 좋은 파란 하늘과 하얀 뭉게구름을 보면 마음의 평안을 찾는다. 내 곁에 있는 것들도 모두가 하늘을 향해 얼굴을 마주한다. 바람에 흔들리는 나무도 들꽃과 들풀도 햇살 가득한 하늘을 향해 고개를 든다. 자연과 함께 마음을 마주하면 속에 가득 찬 욕심이 조금씩 녹아내린다. 나도 이 커다란 우주 안에서 하나의 작은 자연임을 깨닫는 순간 행복이 저절로 몰려온다. 굳이 그 어떤 종교를 들추지 않아도 저절로 창조주에 대한 감사와 찬양이 절로 흘러나온다.

살면서 하루쯤은 자연과 함께 호흡할 수 있다면, 세상과 바쁘게 걸어온 헐떡거리는 숨을 결 따라 고를 수 있을 것이다. 계절과 계절의 샛길에서 바쁘게 옮기던 발걸음의 보폭을 천천히 옮기며 무심히 지나치던 자연과 마주해 보자. 들가의 들풀과 들꽃 파란 하늘과 흰 구름 그리고 바람 그 바람을 타며 즐기는 나뭇잎들을 가만히 만나보자. 잊고 지내던 그들의 얘기들이 바람을 타고 귓가에 하나 둘 들려오리라. 그동안 듣지 못하고 잊고 살았던 내 마음 깊은 곳에서의 그리움의 언어들이 가슴으로부터 하나 둘 올라오리라. 내 가슴에서 오래도록 웅크리고 있던 내 그리움의 언어들이 하나 둘….

"흔들리지 않고 피는 꽃이 어디 있으랴" 참으로 고운 시어에 눈물이 고인다. 아, 시인은 어찌 저리도 맑디맑은 영혼을 노래했을까. 지금까지 살아오면서 흔들리는 들꽃을 얼마를 보았던가. 저 흔들리는 꽃에서 바람을 보고 비구름을 보았을 시인의 맑은 영혼이 가슴 속을 파고든다. 그래 피고 지는 꽃을 보면 우리네 삶과 어찌나 닮았던지 가끔 들꽃과 들풀과 마주하면 인생의 긴 여정을 느끼게 된다. 땅의 기운과 하늘의 소리로 들꽃과 들풀은 욕심부리지 않아도 잘 자라 꽃피우고 열매 맺는데 어찌 이리도 사람만이 안달하고 복닥거리며 사는가 싶다.

"흔들리지 않고 가는 사랑이 어디 있으랴" 어찌 이리도 사유 깊은 노래를 부를 수 있을까. 그래 사랑이란 이처럼 가슴 아파 견딜 수 없어 죽을 것만 같은 것이리라. 그래도 죽지 못하고 살아 또 마주하는 삶이 인생이 아니겠는가. 사랑이란 보내는 가슴이나 남아 있는 가슴이나 떠나는 가슴이나 모두가 아픔인 것이다. 살면서 가슴 한편에 시린 사랑 하나쯤 남겨두지 않은 사람이 어디 있을까. 그렇게 시린 가슴 다독이며 가다 보면 또 다른 사랑이 찾아 오고 그렇게 흔들리면서 가다 보면 문득문득 지난 사랑이 그리워지는 것이 사람일 게다.

"젖지 않고 가는 삶이 어디 있으랴" 모두가 행복을 원하고 달라고 한다. 도대체 행복이란 것이 무엇이기에 모두가 원하는 것일까. 행복의 색깔은, 모양은 도대체 어떤 것일까. 이제는 인생이란 것이 어떤 빛깔인지를 어렴풋이 알아간다. 그 어떤 삶일지라도 평범한 삶이란 어렵다는 것을 이제야 깨닫는다. 내가 원하든 원치 않든 간에 느닷없이 들이닥치는 삶이 누구에게나 있다는 것이다. 삶은 그래서 슬픔도 행복도 따로이지 않다는 생각을 한다. 삶은 그저 사는 것이다. 그 빛깔이, 색깔이, 모양이 어떻든 간에 자기가 누린 만큼의 것이란 생각을 한다.

하루를 마친 부부의 기도

오래전, 어느 허름한 골동품 물건들을 모아둔 어두컴컴한 앤틱 샵 (Antique shop)을 들어갔었다. 가게 주인은 사람이 오가는 것에는 별 관심이 없다. 다만, 자신도 골동품처럼 그렇게 옛스러운 멋을 안고 그저 앉아 있었다. 오래된 물건들(골동품)을 구경하길 좋아하는 나는 한참을 그 컴컴한 곳을 천천히, 아주 천천히 구경을 하고 있었다. 아니, 어쩌면 나도 그만 그곳에서 고풍스러운 모습에 빠져들고 있었는지도 모른다.

그렇게 작은 숨소리만이 오가는 시간은 꽤 흐른 시간이 되었다. 문득 지나다 생각이 먼저였는지, 마음이 먼저였는지, 몸짓이 먼저였는지도 모른 채 그렇게 발을 멈추었다. 그 자리는 바로 밀레의 '만종'의 그림 앞에서였다. 오랜 세월이 골동품 가게를 지켜 온 것처럼 액자에는 세월의 먼지들이 쌓여 있었다. 저 겸손히 두 손을 모으고 감사해 하는 저 부부의 마음속으로 그렇게 들어가고 있었다. 마치 그 두 사람의 심장박동과 내 심장박동이 만나 움직이는 듯이 그런 놀라운 순간의 시간을 만났었다. 그리고 나는 먼지 쌓인 그림을 나의 인연인양 그렇게 사 가지고 집으로 돌아왔다.

삶이 힘겹다고, 살아가는 일이 고달프다고 느껴질 때면 가끔 밀레의 '만종'을 만난다. 하루 온종일 땀 흘리며 일터에서 일을 마치고 집으로 돌아갈 채비를 하며 부부가 함께 간절한 마음으로 드렸던 저 정성의 기도가 저 간절한 마음의 기도가 오늘의 내게 있게 해달라고 기도를 드리는 것이다. 저 멀리 희미하게 보이는 붉었던 태양이 지평선 너머로 돌아가는 것을 바라보면서, 저 멀리 보이는 종탑의 희미한 빛의 의미는 무엇일까? 가끔 내게 화두처럼 다가오기도 한다.

그렇다. 모두가 하루의 삶으로 바쁘다. 누구를 위함이 아닌, 나 자신과 내 가족을 위한 바쁨인 것이다. 하루의 시간 동안 일자리를 주시고, 생명을 주심이 감사한 날이다. 호흡할 수 있음이 그 무엇보다 감사한 일임을 알면서도 잠시 뒤돌아서면 잊어버린다. 너무도 당연한 것처럼 아무런 느낌도 없이 지낼 때가 얼마나 많았던가. 그렇다면 이제는 나만을 위한 감사가 아닌, 나 아닌 다른 이들과 나눌 수 있는 감사이면 좋겠다는 생각을 하여본다. 누군가의 어려움을 만나면 함께 기도할 수 있는 사랑 마음의 시작이면 좋겠다.

지평선을 넘어가는 희미한 노을빛을 보면서, 저 멀리 희미하게 보이는 종탑의 그림을 가슴으로 만나며 그리고 저 멀리에서 들려오는 종소리를 가슴으로, 마음으로 들을 수 있는 날이면 감사한 날이 아닐까. 밀레는 매사에 감사하는 농부들의 모습을 그리게 된 이유를 친구에게 이렇게 이야기했다고 한다. "옛날에 저녁 종 울리는 소리가 들리면 할머니는 한 번도 잊지 않고 일손을 멈추고 감사의 기도를 드리곤 했다네." 농부의 집안에서 태어난 밀레는 가난한 농부들이 힘든 농사일에 투정부리지 않고 오히려 감사하는 모습에 깊은 감명을 받았던 것이다.

농부들이 매일 이른 아침 만났던 땅과 하늘에 대한 감사가 있었던 것이다. 밭을 일구며 살았던 농부들의 피땀 어린 땅과 비와 해를 내려주시는 하늘에 대한 감사가 있었던 것이다. 호흡하고 살아갈 수 있는 생명을 주신 하늘에 감사한 기도를 드렸던 것이다. 그래서 그 사랑을 잃지 않고 아주 작은 소박한 꿈으로 욕심도 없이 하루에 감사해 하고, 또한 내일의 작은 소망의 마음으로 살았으리라. 힘든 농사일을 마친 부부의 마음에는 하루를 건강하게 지켜주신 감사가 있었을 것이리라.

　그럼, 오늘의 나는 어떤 감사로 하루를 맞을 것인가. 무엇으로 감사의 기도를 드릴 것인가. 많은 감사를 곁에 두고도 불평으로 가득한 하루를 살고 있지는 않은가. 주신 많은 감사들을 아무런 느낌도 없이 당연함의 무뎌진 양심으로, 영혼으로 있었던 것은 아니었을까. 앤틱 샵에 오랜 시간 놓여 있던 그림의 먼지들을 털었듯이 오늘은 나의 오랜 시간 쌓인 영혼의 먼지들을 털고 싶다. 맑은 마음이 되고 싶다. 하루에 감사해 하는 마음으로 세상의 욕심을 내려놓는 작은 소망의 꿈을 꾸고 싶다.

자세히 보아야 예쁘다

"자세히 보아야 예쁘다
오래 보아야 사랑스럽다
너도 그렇다"

_나태주 시인의 「풀꽃」 시

삶은 어쩌면 이리 단순한지도 모른다. 자연처럼 그렇게 자연스럽게 계절에 순응하며 받아들이며 사는 일 말이다. 자연을 보면 참으로 많이 배운다. 누구와 비교하지 않고 제 모양과 제 색깔로 꽃피우고 열매 맺고 제 역할을 다하고 돌아간다. 현대를 살아가는 우리는 참으로 복잡하지 않은가. 누가 뭐라 하지 않아도 불안한 마음에 이것을 해야 하나, 저것을 해야 하나 안절부절못한다. 느닷없는 불청객이 우리의 삶을 위협하며 도둑처럼 찾아왔다. 일상을 뺏기고 우울한 날의 연속이다. 원하든 원하지 않든 코로나 시대를 살아가게 된 우리는 그에 따른 또 새로운 삶을 맞아야 한다.

우리 부모의 시대에서는 상상도 못 했던 멀티태스킹(multitasking) 시대를 요즘 아이들은 살아간다. 한 번에 2가지 이상의 일을 동시에 처리하는 '다중작업', '다중과업화'는 현대에 얼마나 필요하고 적절한가 말이다. 하지만 그것이 가져다 주는 단점, 잃어버리는 것들이 있을 것이다. 무엇인가 빨리 선택하고 결정하고 버려버리는 것들이 그중의 하나일 것이다. 사람과 사람의 관계에서도 좋으면 빨리 친해지고 너무 가까워져 싫증 나면 생각할 시간 없이 빨리 헤어져 버리는 일 말이다. 물론, 각자의 삶에 있어 각자의 선택이며 정해진 정답은 없다.

삶이 너무 바쁘다고 생각될 때 사람과 사람 관계에서 무엇인가 신경쓰이는 일이 있을 때 나태주 시인의 「풀꽃」 시를 깊은 호흡으로 읽어보라. "자세히 보아야 예쁘다/오래 보아야 사랑스럽다/너도 그렇다" 너무도 짧은 시 그러나 참으로 심오한 시, 깊은 생각과 호흡으로 만나야 하는 귀한 시편이다. 그렇다, 작은 풀꽃들을 자세히 들여다본 일이 있는가. 그 작은 풀꽃을 시간을 내어 오래도록 바라본 일이 있는가. 들풀 들꽃도 이럴진대 사람 꽃이야 얼마나 더 예쁘고 사랑스러운 일인가. 우리는 가까이에 늘 있다는 이유 하나만으로 너무도 쉽게 무심함으로 지나치지는 않았는지 생각해 본다.

2017년 9월에 한국에서 '시와정신국제화센터' 오픈 행사가 있었다. 그 문학 행사에 참여했다가 나태주 시인을 뵌 적이 있다. 작은 체구에 굵직한 선의 인상 특별히 서글서글한 눈이 오래도록 기억에 남는다. 어른을 뵈니 젊은 글쟁이들이 환호성으로 반긴다. 무엇보다도 미국에서 참석한 문인들이 30여 명이 되었으니 더욱이 뵙기 어려운 분이 아니던가 말이다. 옆집 아저씨 같으신 편안해 보이는 시인은 당신의 시집 하나씩을 미국에서 참석한 문인들에게 사인해서 선물해 주신다. 그리고 당신의 시편 하나를 골라 낭독해주시고 그 자리를 떠나셨다.

참으로 편안한 마음을 그대로 표현한 시편이 아니던가. 특별함이란 이렇듯 특별하지 않은 평범한 일상에서의 일들이 아니던가. 다만, 그 평범함 속에서 소중함으로 받아들이고 귀함으로 맞이하는 마음일 것이다. 나태주 시인의 「풀꽃」에서는 우리의 삶이 그대로 묻어 있다. 꾸미지 않아 편안한 소박한 마음이 그대로 담겨 있는 것이다. 작은 것들을 소홀히 대하기 쉽고 쉬이 지나치기 쉽지만, 작은 것에서 우리는 깊은 생각을 만날 수 있는 까닭이다. 그것을 통해 나를 들여다볼 수 있는 그리고 나와 대면할 수 있는 시간이 주어지는 까닭이다.

요즘 '코로나 시대'를 살면서 한 번쯤 다시 읽어 보고 가슴에 새기며 소중한 일상과 가까운 사람과 자연(들꽃과 들풀)들을 생각하며 쉼을 찾으면 좋겠다는 생각이다. 주변의 텃밭이나 야산을 산책하며 흙내를 맡을 수 있다면 더 없을 축복일 것이다. 또한, 다른 이의 영혼의 세계를 산책할 수 있는 시편들을 만날 수 있다면 함께 소통하며 간접적으로 나를 들여다볼 수 있는 귀한 시간이 될 것이다. 문득, 나태주 시인의 「풀꽃」 시가 생각났다. 그래, 자세히 보아야 예쁘다, 오래 보아야 사랑스럽다, 너도 그렇다!

분노(anger)의 물꼬 트기

무엇이든 자연스러운 것이 제일 편안하고 쉬운 일이지만, 그러나 그 자연스러운 것을 어떤 장소에서 어떻게 표현하는가 하는 것은 얼마나 어려운 일인가. 세상을 살면 살수록 더욱 어려워지는 것이 이것은 아닐까? 내 속의 '화(분노)'를 잘 다스리는 일 말이다. 그 어떤 관계에서도 적당한 거리에서는 서로 기본 예의를 지키느라 별 탈이 없지만, 서로의 관계가 가까워지면 가까워질수록 편안함과 함께 기대한 만큼에 대한 서운함도 생기게 되는 것이 삶인가 싶다. 이렇듯 가까운 관계일수록 편안하다는 이유 하나로 상대방을 쉬이 생각하고 대하는 경우가 종종 있는 것이다.

옛 어른들의 말씀 중에 수심가측(水深可測)이란 사자성어가 있다. 열 길 물속은 알아도 한 길 사람 속은 모른다는 참으로 귀한 말씀이다. 한 지붕 아래에서 25년을 살아도 내가 다 알지 못하는 남편의 속과 남편이 다 알지 못하는 아내인 내 속이 존재하지 않던가. 그렇다, 그것은 내가 그 사람이 될 수 없고 그 사람이 내가 될 수 없는 서로 각기 다른 존귀한 존재인 까닭이다. 그런데 문제는 서로의 다름을 인정하지 않고 나는 옳은데 너는 내 옳음을 몰라준다는 데 있다. 상대방이 내 마음을 몰라주니 속이 답답한 것은 당연한 일이다. 그것도 남도 아닌 제일 가까운 사이에 있는 내 남편이, 내 아내가.

부부싸움은 어느 가정이나 큰일에서 시작되지 않는다. 아주 작고 사소한 일에서 불씨가 되어 나중에는 끄기 힘든 큰불이 되기도 한다. 무작정 싸우지 않고 사는 것이 능사는 아니라는 생각을 한다. 부부 간에 잦은 싸움은 서로에게 아픈 상처를 주고 자녀들의 성장에 불안 감을 주고 교육에도 나쁜 영향을 미치게 된다. 하지만 아이들이 어 느 정도 생각할 수 있는 나이가 되면 부모의 말다툼이나 싸움이 어떤 이유로 시작되고 누구로부터 시작되었는지 이성적으로 생각하고 판 단하게 되는 것이다. 그러하기에 잘잘못은 가리지 않고 무조건 아이 들 앞이라고 쉬쉬거리며 참는 것이 제대로 된 답은 아니라는 것이다.

우리의 삶 가운데서 생각해 보면 분노(anger)는 보통 약자에게서 더욱 많이 찾아볼 수 있다. 그것은 자기의 속마음을 다 표현할 수 없 는 입장에서 있을 때 더욱 쌓이는 것이다. 어느 장소나 관계에서 자 신의 의견을 내어놓고 싶은데 그것이 어떤 결과로도 반영되지 않는 다고 생각되거나 그런 결과가 반복되었을 때 분노는 쌓이게 된다. 자신을 마음을 어떤 자리에서도 표현하며 살 수 있다면 더없이 행복 한 사람이다. 하지만 어떤 관계에서든 자신의 속 마음을 다 표현하 지 않고 안으로 삭이고 참고 견디며 사는 이들도 아직은 적지 않다는 것이다. 물론 요즘 젊은 세대의 친구들은 자기표현이 확실해 좋다.

화내는 사람은 나쁜 사람이고 화를 참는 사람은 좋은 사람인가. 그 렇다면 그것은 보편적이라는 말을 적용하면 어울리는 말일까. 시도 때도 없이 발칵, 버럭 화를 잘 내는 사람이 간혹 있기는 하다. 그런 모습을 자주 보게 되면 그 곁의 사람들조차 그 사람의 그 화에 시들해지고 나잇값이 오르내리기도 한다. 그렇다, 정말 그 화보다 내 마음을 조금은 다스릴 수 있으면 좋겠다고 나 역시도 생각하는 사람 중의 하나다. 그래서 때로는 세상의 나이를 먹어간다는 것이 두려움일 때가 있다. 어른 노릇하기가 어찌 그리 쉽기만 하겠는가. 아랫사람 앞에서 제대로 화를 잘 내야 윗사람 대접받는 세상 아니던가.

화(분노)를 제대로 잘 낼 수 있는 사람이 멋쟁이 아닐까 싶다. 그것은 그만큼 보통 사람은 때와 장소에 따라 화를 제대로 못 내고 살기 때문이다. 소소한 개인적인 이기적인 마음으로 화를 내는 것은 때로는 참으로 우습게 보이기도 한다. 하지만 개인적인 일이 아닌 그리고 그 어떤 공적인 자리에서 제대로 된 화(분노)를 낼 수 있는 사람은 참으로 귀한 사람이라는 생각이다. 설령, 그 분노로 자신 개인에게는 손해가 올지라도 말이다. 이렇듯 정의로운 분노(Righteous anger), 그 의로운 화는 사람을 살리고 사회를 살리고 우리 모두를 살리는 불씨가 되는 것이다.

이렇듯 우리는 때로 어떤 일에 대한 제대로 된 화나 분노가 아닌 개인적인 감정이입으로 싸움을 시작하는 것이다. 그것이 부부가 되었든 가족이 되었든 친구가 되었든 간에 감정으로 시작된 것은 그 누구에게도 도움이 되지 못한다. 서로에게 아픈 상처만 남기고 서로를 갉아먹는 아니 자신을 갉아먹는 행위일 뿐이다. 제대로 된 분노(anger)는 서로를 살리는 에너지로 쓰일 때 더 큰 힘을 발휘한다. 개인적인 사소한 감정으로 혼자 고민하지 말고 자신의 속에 있는 생각을 상대방에게 기분 좋게 털어놓는 것이다. 싸움을 위한 분노가 아닌 문제 해결을 위한 의견을 내어놓는다면 저절로 흘러간다. 트인 물꼬를 따라.

포츠머스 조약(Treaty of Portsmouth)이
이루어졌던 곳에서

   지난 11월 20일(금) 'Wentworth by the Sea' New Castle, NH 에서 〈민주평통 자문회의 보스턴 협의회〉 제19기 2020년을 마무리 하면서 보스턴 북부에 있는 평통위원들(한윤영, 남궁연, 박선우, 김우혁, 이기환, 한순용, 서영애, 장인숙, 신 영, 이현경)의 소그룹 좌담회가 있었다. 매사추세츠 지역 역시도 COVID-19로 조심스러운 상황이라 10명 이하로 결정하여 모임을 갖게 되었다. 8~9개월 동안 뵙지 못했던 연세 드신 고문님들도 이번 기회로 뵈올 수 있어 참으로 감사했다. 어려운 이 시기에 마다하지 않으시고 다 참석을 하셨다.

   뉴햄프셔주의 포츠머스 인근 뉴 캐슬 지역에 가깝게 지내는 지인 (화가 유수례)이 있어 자주 찾는 곳이기도 하다. 계절과 계절의 샛길마다에서 카메라를 들고 풍경을 담으러 자주 간다. 어느 계절이라도 눈에 확 들어오는 빨간색 루프의 Wentworth by the Sea, A Marriott Hotel을 여러 번 지나며 사진을 담곤 했지만, 호텔 안 레스토랑을 찾아 음식을 먹어본 기억이 없었다. 그저 저 호텔 건물이 아주 오래전 포츠머스 조약(Treaty of Portsmouth)이 이루어졌던 곳임을 알기에 지나치며 바라보곤 했었다.

   "포츠머스 조약(Treaty of Portsmouth)은 1905년 9월 5일 시어

도어 루스벨트 미국의 대통령의 중재로 미국 뉴햄프셔주에 있는 군항 도시 포츠머스에서 일본 제국의 전권외상 고무라 주타로와 러시아 제국의 재무장관 세르게이 비테 간에 맺은 러일 전쟁의 강화 조약이다. 러일 강화 조약이라고도 불린다. 미국 동부 뉴햄프셔주의 항구 도시 포츠머스 시에서 회담이 이뤄졌으며, 조약 내용을 협상한 회의(8월 10일부터)를 포츠머스 회의, 러일 강화 회의, 포츠머스 강화 회의 등으로 부른다. 시어도어 루스벨트 미국 대통령은 이 조약의 주선으로 노벨 평화상을 수상하였다.

 역사적인 배경을 살펴보면 러일전쟁은 1904년 2월 일본군이 중국 여순(旅順)의 러시아 해군기지를 기습하면서 시작되었다. 전쟁은 1905년 1월 봉천(奉天)전투와 5월의 동해해전에서 일본군이 러시아군에 승리하면서 일본이 승세를 잡았다. 1905년 8월 9일부터 미국 뉴우햄프셔주에 있는 조그마한 군항 도시 포츠머스에서, 미국의 중재로 일본과 러시아가 러일전쟁의 종전협상을 거듭하여 1905년 9월 5일 크게 다섯 가지 사항을 합의한 강화회담이다. 사실상 일본의 승리를 확인한 조약이었다. 1905년 9월, 러일전쟁을 마무리하기 위해 미국 포츠머스에서 일본과 러시아 간에 체결된 강화조약이다.

 러시아도 일본군에 계속 패전하고 있는 상황에서 프랑스와 독일을 상대로 전쟁 비용을 부담하기 위해 발행한 외채부담이 가중되는 등 재정난에 직면하였다. 더구나 1905년 1월 9일 상트페테르부르크의 노동자들이 8시간 노동제와 최저임금제 실시를 요구하는 평화적 시위에 대해 군인이 발포하면서 수백 명이 죽는 '피의 일요일' 사건이 일어났다. 시위는 이즈음부터 전국으로 확대되면서 러시아의 차르 니콜라이 2세(Aleksandrovich Nikolai II)가 통치하는 짜르체제를 위기에 빠뜨렸다(제1차 러시아혁명)."

　이 포츠머스 강화조약은 일본이 전쟁에서 사실상 승리했음을 확인해 준 조약이었다. 이로써 동아시아에서 일본이 제1강국으로 군림하게 되었다. 대한제국에 대한 독점권을 열강으로부터 인정받았다. 일본이 1905년 11월 을사늑약을 대한제국에 강요할 수 있었던 힘은 여기에서 나온 것이다. 또한 만주 침략을 위한 확실한 교두보를 확보하였다. 우리 민족에게는 가슴 쓰리게 남은 기억의 장소이기도 하다. 내 나라의 힘이 부족해 이렇게 제대로 목소리 한 번 내보지 못하고 겪었을 일이 아니던가.

　여러 민주평통 위원들과 이곳에서 소그룹 좌담회를 가지며 우리가 내 조국의 평화통일을 위해 무엇을 할 것인가 더욱 가슴 깊이 다가오는 장소였다. 또한, 그 평화통일을 위해 우리가 다가갈 방법은 무엇이 있을까. 이렇듯 내 종족끼리 갈라져 반세기를 보내고 또 반세기를 맞고 있는 이 시점에서 '평화통일'은 꼭 이루어져야 할 우리의 할 일이며, 남아 있는 숙제가 아닌 꼭 풀어내야 할 과제인 것이다. 미국에 살고 있는 우리가 내 조국의 평화통일을 위해 무엇을 해야 할 것인지 질문해 보는 오늘이다.

공기라는 장애물이 없으면 독수리는 날지 못한다

"한 철학자는 독수리가 더 빨리, 더 쉽게 날기 위해 극복해야 할 유일한 장애물은 공기라고 말했다. 그러나 공기를 모두 없앤 진공 상태에서 새를 날게 하면 그 즉시 땅바닥으로 떨어져 아예 날 수 없게 된다. 공기는 비행하는데 저항이 되는 동시에 비행의 필수조건이다." – 〈존 맥스웰〉

모터보트가 극복해야 할 장애물은 프로펠러에 부딪히는 물이다. 그러나 그 저항 없이는 보트가 움직일 수 없다. 마찬가지로 인간의 삶에서도 장애물이 성공을 위한 필수조건이 된다는 것이다.

인생의 길을 걸어가면서 조금씩 느끼며 알아가는 것은 우리네 삶 가운데 어려운 일 쉬운 일이 따로 있지 않음을 깨달아 가게 된다. 하늘이 무너질 것 같은 날을 맞기도 하고 때로는 너무 행복해서 불안해지는 날도 만나지 않던가 말이다. 삶에서 어려운 일을 만나면 자책하거나 주저앉지 말고 자신을 돌아보는 귀한 시간으로 삼고 겸허히 받아들이는 지혜가 필요한 때라는 생각이다. 또한, 일상 가운데 가족이나 자신에게 생각지도 않았던 좋은 일이 생겨 행복에 겨울 때가 있다. 이때도 마찬가지로 그 자리에서 자만하지 말고 어려웠던 때를 생각하는 지혜가 필요하리란 생각이다.

이렇듯 우리는 두 눈으로 앞을 보고 걷지만, 우리 인생의 앞날에
대해서는 한치도 바라볼 수 없는 나약한 존재가 아니던가. 최첨단시
대를 걷는 우리의 발걸음이 마냥 행복하지만 않은 것은 늘 무엇인가
다 가진 것 같은데 허전한 그 무엇이 함께 하기 때문이다. 그 무엇은
아마도 가지고 또 가져도 채워지지 않는 영혼의 배고픔에 허기져 하
는 영혼의 갈증은 아닐까. 인간 본연의 영혼적인 문제는 아닐까 싶
다. 어쩌면 최첨단 과학이 증명할 수 없는 온 우주 만물의 경이처럼
창조주와 피조물의 불가피한 단절을 의미하는 것은 아닐까. 과학이
증명할 수 없는 창조의 신비와 비밀은 아닐까 싶다.

하늘이 무너질 것 같은 일을 만나게 되면 하필이면 왜 내게 이런
일이 생긴단 말인가 세상을 원망해보기도 하고 이 세상에 신이란 존
재하지 않는다고 신을 부인하며 울부짖을 때가 있지 않던가. 때로는
받아들이기 어려운 너무도 가혹한 형벌 같은 그런 일을 당할 때도 말
이다. 그럴 때 가끔 가까운 이에게서 듣는 얘기가 가까운 이에게 들
려주는 얘기가 신앙과 믿음이라는 이름으로 신은 감당할 만큼의 시
련을 준다고 위로의 말을 전해주지 않던가 말이다. 정말 하늘이 노
랗고 하늘이 무너질 것 같을 때 들었던 그 말의 위로가 얼마만큼 가
슴에 닿았고 삶에서 얼마만큼 위로가 되었을까.

삶에서 큰일을 겪으면 작은 소소한 일에는 둔해지는 것일까 아니
면 무감각해지는 것일까. 세월이 약이라는 말이 삶에서 웃음으로 번

질 때쯤 신은 인간에게 감당할 만큼의 시련을 주신다는 것을 깨닫게 되는 것이다. 그것은 그때 그 당시에는 견딜 수 없을 만큼의 무게와 부피로 다가왔던 큰일이 점점 작아지고 줄어들어 감당하게 되었고 견디게 되었다. 가만히 생각하면 그것마저도 다행이라고 그렇게 여기며 잘 견뎌낼 수 있어 감사하다고 고백하게 되는 것이다. 그 아픔과 고통의 시간이 시련만이 아닌 귀하고 값진 감사의 시간이 되어 삶의 지혜가 되는 것이다.

지혜는 삶의 경험과 이해가 바탕이 되어 얻게 되는 것이다. 삶에서 감당하기 어려운 시련이 있었기에 세상을 더 넓게 바라볼 수 있고 깊이 그리고 높이 멀리 바라볼 수 있는 혜안이 뜨이는 것이리라. 다른 사람의 아픔이나 고통 그리고 기쁨이나 행복을 알아 함께 나눌 수 있는 것이다. 삶의 여정에서 만나는 어려운 일이나 감당하기 벅찬 일이 자신의 삶에서 불필요한 요소나 시련만이 아님을 깨달을 때 삶은 더욱 풍요로워지고 아름다워지는 것이다. 때로는 그 어렵고 버거운 일들로 자신이 더욱 단단해지고 강해져 많은 일에 너그러워지고 지혜로워지지 않던가.

독수리가 높은 하늘을 더 멀리 높이 날 수 있는 것도 공기라는 장애물이 있었기 때문이고, 모터보트가 너른 호수나 바다를 질주할 수 있는 것도 프로펠러에 물이 부딪히는 저항 때문이라고 하지 않던가. 어디 그뿐일까. 하늘을 나는 비행기는 어떻고 아스팔트 길을 달리는 자전거는 어떨까. 모두가 장애물이라 여기는 그것들로부터 자신을 지키는 중요한 키를 찾지 않던가. 그와 마찬가지로 우리의 삶에서도 감당하기 힘든 시련의 시간에 지혜를 배우지 않던가 말이다. 그 아픔과 고통의 시간이 시련의 시간이 삶의 디딤돌이 되어 자신의 삶을 더욱 풍요롭게 만드는 것이다.

2020년 한해를 뒤돌아보며

2020년, 제일 많이 듣던 단어들을 떠올려 본다. 코로나-19, 바이러스, 자가격리, 확진자, 사망자, 마스크, 증상, 예방수칙, 집단 감염, 사회적 거리두기, 팬데믹, 호흡곤란, 폐렴, 기저질환, 의료진, 덕분에 챌린지, 포스트 코로나 등 수많은 단어들이 2020년 전 세계의 혼돈 속에서 쏟아져 나왔다. 참으로 혹독한 현실이다. 세계 각처의 소식을 뉴스를 통해 들어보면 난리가 따로 없다. 바로 소리 없는 전쟁이다. 스몰 비지니스를 하는 이들의 맞닥뜨린 삶의 현실과 이로 인해 삶의 터전을 잃어버린 이들의 어려움은 참으로 난감하다.

워싱턴 DC의 로펌에서 변호사 일을 하는 우리 집 큰아들도 5월부터 보스턴 집에 와서 재택근무를 하고 있다. 딸아이도 보스턴 시내의 로펌에서 코디네이터로 일을 하는데 혼자서 집에서 재택근무를 하고 있다. 우리 집 막내아들은 지난 7월에 결혼식을 준비하고 예약했었으나, 결국 내년으로 미루고 말았다. 2020년은 모두가 생각과는 다른 세상을 경험하며 자신과 그리고 가족과 사회와 국가와 얽히고설키며 살고 있는 것이다. 생각해 보면 모두에게 너무도 잃어버린 것이 많은 한해였다. 코로나-19로 가족을 잃고 슬픔에 있는 유가족들도 얼마나 많은가 말이다.

올 한 해 동안에도 우리 교회의 연로하신 어른들도 지병으로 몇 분이 돌아가셨는데, 코로나-19로 문상도 가지 못하고 유가족들에게 제대로 인사도 드리지 못해 많이 서운하고 안타까웠다. 이 모든 것이 우리가 겪는 아주 가까운 삶의 일상이 되어 우리를 슬프게 하는 것이다. 교회 예배도 얼굴을 대면하지 못한 채 온라인 예배를 아직까지 드리고 있다. 이 모든 것이 느닷없이 찾아온 코로나-19로 인해 삶의 방향마저도 흔들리고 있는 것이다. 이렇게 혼돈의 2020년 한 해를 보내고 있다. 이제는 정신을 제대로 차려야 할 것 같다.

뉴노멀 시대를 맞은 것이다. 그렇다면 이제 이에 따른 정신과 육체를 더욱 바로 세우는 일에 시간을 할애해야 할 것이다. 무엇보다 가족들 간에도 자신의 건강을 잘 챙기며 면역체계를 더욱 강화하는 게 중요하겠다는 생각이다. 또한, 종교마다 다를 테지만, 믿음과 신앙 안에서 기도와 함께 심신을 단련할 수 있는 묵상(명상)도 필요하겠다는 생각이다. 코로나 시대로 인해 조급해진 마음과 답답해진 마음을 우선 풀어줄 수 있는 것이 최우선인 까닭이다. 사람들이 많지 않은 곳을 선택하여 걷거나 뛰거나 심신을 위해 노력이 필요하겠다는 생각이다.

무엇보다도 노약자들이 문제다. 연로하신 어른들은 밖의 활동도 힘드시거니와 자식들의 도움을 받아야 움직일 수 있으니 말이다. 또한, 어린아이들도 요즘 학교에는 다닐 수 있어 다행이지만, 한참 또래 친구들과 뒹굴며 뛰어놀아야 할 나이에 집에 있는 시간이 더욱 길어졌으니 아이들도 답답하겠거니와 어머니들은 또 얼마나 힘들고 버거운 시간을 보내고 있을까 생각하니 아이 셋을 연년생으로 키운 엄마로서 마음이 답답해져 온다. 이 모든 것이 해결 방법을 생각하다 보면 참으로 쉽지 않은 일임을 깨닫고 그만 기운이 가라앉는다.

　내 경우를 생각하면 아이들이 모두 자라서 '봉사 활동'에 참가하기가 쉽다. 그렇지만 아이들이 어린 엄마들은 '봉사 활동'을 하기란 여간 쉽지가 않은 것이다. 그런데 2020년 코로나-19로 답답한 이 시기에 그 어려움을 극복하며 잘 지내고 있는 젊은 엄마들 몇을 만났다. KUMW(감리교여선교회)에서 코로나바이러스 확산 초기부터 열악한 환경에 있는 '노숙자 사역'에 수제마스크와 Care Kit을 만들어 돕고 있는데 이곳에서 봉사하는 젊은 교인들을 몇 만난 것이다. KUMW(감리교여선교회) '수제마스크 팀'에서 봉사하는 인원은 10명 정도로 구성되어 있다.

　2020년 한 해를 뒤돌아보며 참으로 많은 것을 느끼고 배우고 익히며 경제가 침체되고 모든 것이 어떻게 될지 모를 캄캄한 상황에서 그래도 감사한 마음으로 오늘을 맞는다. 그것은 이 추운 겨울에 '나보다 더욱 추위에 있을 또 다른 나'를 생각할 수 있는 까닭이다. 나의 시간을 조금이라도 아껴서 나누고, 마음과 가슴을 조금이라도 풀어 나누면 함께라서 더욱더 따뜻해지지 않을까 하는 마음에서다. 봄부터 시작하여 겨울이 될 때까지 '수제마스크'를 만들고 'Care Kit'을 준비하고 'Neck Warmer'를 만들며 내가 먼저 따뜻해지고 행복해졌다.

인생 2막을 준비하며

2021 신축년(辛丑年)을 맞으며 갑진년(甲辰年) 생인 나는 미국 나이로는 56세 한국 나이로는 58세가 되었다. 100세 시대에서 오십 중반의 나이는 청년과 같지 않던가. 세 아이를 키우며 내 나이를 잊고 살았다. 어찌 보면 정신없이 바쁘게 그리고 재밌게 살아왔는지도 모를 일이다. 무엇인가 결정하기 전까지는 많이 고민하는 성격이지만, 선택 후에는 미련을 거의 가지지 않는 성격이라 세상 살기에 편안했는지도 모른다. 늘 곁에서 '걱정 없는 것이 걱정이다'라고 말해주는 짝꿍이 있어 나의 장점이자 단점인 이 부분을 인식하기도 한다.

20년 전 글을 쓰기 시작하며 나 자신에게 해줬던 말이 있었다. '내 나이 40에는 멋진 여자로 살기' 그렇게 10년을 보내니 세상 나이 '오십'을 맞았다. 그때 또 나에게 일러줬던 말이 있었다. '내 나이 50에는 아름다운 여자로 살기' 가만히 생각해 보면 '마흔'을 맞고 보내며 참 멋지게 잘 살았다고 생각했다. 나 자신에게 참으로 대견하다고 등을 토닥여주었던 기억이 있다. 그리고 '오십' 중반을 보내며 잘 살고 있다고 내면의 나와 대면할 때 일러주곤 한다. 삶이란 것이 그리 녹록지 않음을 깨달을 나이인 까닭에 더욱이 소중하고 값지고 귀한 것이다.

그렇다면 세상 나이 '예순'을 맞을 즈음해서 어떤 여자로 살고 싶은지 묻는 것이다. '내 나이 60에는 자연스러운 여자로 살기'로 마음의 결정을 했다. 누린다는 것의 의미를 생각해보면 무엇인가 많아야 넉넉해야 누리는 것처럼 착각할 때가 많다. 물론 넉넉하면 누릴 수 있는 마음의 여유가 더 생길지도 모를 일이다. 하지만 내 경우는 많든 적든 간에 누릴 마음의 자세가 제일 중요하다고 생각한다. 늘 누린 것만큼이 내 것이라고, 쓴 것만큼이 내 것이라고 생각하는 나의 삶의 방식에서는 그렇다. 물론 모두가 다른 생각을 하고 살지만 말이다.

인생 2막을 준비하며 내가 살아온 20년을 뒤돌아보는 것이다. 사람이 마음으로 생각하고 계획한다고 모두가 실천되는 것은 아니다. 하지만 적어도 목표와 방향을 정확히 설정해 놓으면 정상까지는 도달하지 못했더라도 그 목표 지점을 향해 바로 걸어왔다는 것이다. 인생 길에서 빠르고 느리고가 중요한 것이 아니라 얼마만큼 그 길에서 만나고 느끼고 누리며 왔는가가 더욱 중요한 것이다. 내 인생에서의 2막은 자연스러움일 것이다. 자연과 사람과 어우러져 더욱 편안하고 넉넉하고 여유로운 '자연스러운 여자' 말이다.

굳이 정해놓은 색깔이 필요 없을지도 모른다. 때와 장소에 따라 만나는 사람과 만나는 자연과 함께 어우러져 편안한 색에 젖어 저절로 자연스러움의 빛을 내며 살게 되지 않을까 싶다. 생각만으로도 마음이 편안해져 온다. 누구와 견줄 이유도 까닭도 없다. 나는 나로 존재함으로 감사하고 행복한 것이다. 그 옆에 또 그 누군가가 있으면 더욱더 좋을 일이다. 설령 곁에 누가 없더라도 혼자 있는 시간마저도 누릴 수 있다면 더 없을 행복이지 않던가. 굳이 무엇인가 비었다고 끼워맞출 일이 없고 채울 일이 없는 그것이다.

　준비를 위해서는 자연과 더욱 가까워지는 연습을 해야겠다. 오감(五感, five senses/시각·청각·후각·미각·촉각 등)을 일깨워 감동과 감탄의 즐거움을 맘껏 표현하고 만끽해야겠다고 생각해 본다. 세상 나이를 먹을수록 감성이 무감각해지는 것이 보통 일반인들의 통계다. 그렇다면 이런 감각들이 무뎌지지 않도록 노력을 해야 하지 않을까 싶다. 사계절마다의 샛길에서 만나는 자연과 함께 이야기를 주고받으며 그 속에서 자연의 한 생명체인 나와 교감하는 것이다. 굳이 무엇인가 거창하게 생각할 일이 뭐 있겠는가.

　'내 나이 60에는 자연스러운 여자로 살기'로 했다. 인생 2막을 준비하며 자연과 함께 깊어지고 맑아지는 여유와 넉넉함을 배우기로 했다. 아주 작은 들풀들의 노래를 들으며 나의 영혼 깊은 곳에서의 설렘과 떨림을 느껴보기로 했다. 큰 것을 너무 생각하다 보면 아주 작은 것들의 귀함을 놓치기 쉬운 까닭이다. 나뭇잎의 흔들림을 통해 오가는 바람을 느끼듯이 그 나뭇잎의 흔들림은 곧 깊은 나무뿌리의 여린 실가지까지 흔들리게 한다. 아, 생명이 있는 것들의 호흡이 감사이어라. 자연과 닮아가는 일이 축복이어라.

생각쓰기, 말쓰기, 글쓰기의 치유

오륙십대 부모님들 세대의 어릴 적 겨울방학을 생각해보면 방학 숙제 중에 '그림일기'가 있었다. 나의 어린 시절을 생각해 보면 며칠은 즐거워 노트에 그림을 그리고 일기를 쓰다가 며칠은 또 숙제가 밀릴 때가 있었다. 그렇게 밀리면 요일은 캘린더를 찾아 적어넣는데 날씨는 곰곰이 생각해야 한다. 참으로 오래된 빛바랜 흑백의 추억이다. 그래도 밀렸던 그림일기를 어찌해서라도 다 채워서 개학 날에 가져갔던 기억이다. 요즘으로 말하면 움직이는 곳을 셀카로 담아 SNS에 올리거나 하는 일과 별다르지 않을 듯하다.

요즘은 바깥 활동이 자유롭지 않으니 무엇보다도 책 읽기에 시간을 내면 좋겠다고 생각한다. 각자 좋아하는 장르의 책을 찾아 만나다 보면 '내면의 나'와 만날 기회가 많다. 무엇보다도 책을 읽으며 밑줄을 긋는 이도 있겠으며, 메모를 하는 이들도 있다. 이왕이면 책을 한 번만 읽고 책장을 덮지 말고 두세 번 읽을 수 있다면 더욱더 좋을 일이다. 읽은 책에 대해 굳이 독후감이 아니더라도 내 생각을 노트에 메모하는 습관을 들이면 일상의 삶에 큰 도움이 된다. 이렇게 메모했던 글들을 6개월이고 1년이 지나서 다시 들춰보면 거울처럼 '나 자신'이 보이는 것이다.

살다 보면 관계 속에서 편안한 이들이 있는가 하면 그렇지 않고 불편한 이들도 있기 마련이다. 누구한테 특별히 말할 수도 없고 혼자 마음에 담고 생각하자니 화가 불쑥불쑥 치밀어 오를 때도 얼마나 많던가. 이럴 때 할 수 있는 것은 나의 마음을 달래려고 붓글씨를 쓰든가 그림을 그리든가 일기를 썼다. 그것으로도 화가 삭이지 않을 때에는 기도를 하고 작은 유리병에 속상한 내 마음과 내용을 적어 유리병에 넣고 뚜껑을 닫았다. 그리고 화가 가라앉으면 그 속의 것들을 쓰레기통에 던져버리곤 했던 기억이다. 그렇게 나의 글쓰기는 내속의 것들을 혼자서 치유하는 방법이 되었다.

얼굴의 생김새가 다른 만큼이나 삶의 방식이나 사고하는 방식은 모두가 다르다. 다른 사람의 다름을 인정하기까지가 힘들었다는 생각이다. 누가 뭐래도 내 생각이 이렇게 와 있으면 내가 옳은 것 같았기에 의견이 다르면 틀리다고 생각했던 시절이 있었다. 그런 생각(마음)이 들었을 때 내 생각을 다른 사람에게 강요하는 대신에 노트에 내 생각을 적는 습관이 생겼다. 그렇게 생각쓰기와 하루의 일기를 쓰면서 나 자신을 들여다볼 수 있는 시간이 늘기 시작했다. 지금 생각하면 그 모든 것들이 '내 마음의 치유'의 시간이 된 것이다.

상대에게 생각을 정리하지 않고 툭 뱉어버린 것은 말이라기보다는 서로에게 불편한 마음을 전달하기도 한다. 툭 뱉어버린 그 말 한마디에 말한 사람은 멀쑥해지고 듣는 사람은 서운해지는 것이다. 서로 가까운 사이일수록 예의를 갖춰야 그 관계가 오래가는 것이다. 우리네 삶에서 때와 장소에 따라 가릴 수 있는 말은 그 누구에게나 필요하고 중요한 것이다. 생각을 말로 표현하는 일은 그 생각을 글로 표현하는 만큼이나 훈련이 필요하다고 생각한다. 때와 장소에 맞는 말

202

은 지혜롭지만, 그렇지 않은 말은 상처가 되는 것이다.

생각쓰기를 실천하면서 나 자신을 들여다보는 소중한 시간이 되었으며, 나 아닌 다른 사람의 마음이 되어보는 귀한 시간이 된 것이다. 이렇게 생각쓰기가 자연스러워질 때쯤이면 그 어느 관계나 모임에서 때와 장소에 따라 말하는 습관이 자연스럽게 되는 것이다. 그것은 하루아침에 되는 일이 아니라 부족한 내 모습을 알아차렸다면 노력과 훈련이 필요한 것이다. 생각쓰기는 나의 고집과 아집을 찾아내는 훌륭한 도구가 되었으며, 말쓰기는 배려와 겸손을 배우게 하는 귀한 스승이 되었다.

요즘처럼 여기저기 SNS로 서로의 생각을 올리는 일이 많아지는 때에는 더욱이 글이란 것이 얼마나 어려운 일인지 깨닫게 된다. 생각 없이 툭 적어올린 글로 인해 서로 마음이 상하는 일도 종종 생기게 된다. 말은 그나마 서로 그 자리에서 서로의 마음으로 풀 수 있지만, 글이란 것은 지워지지 않고 서로에게 상처가 되어 오래도록 그대로 있지 않던가. 내 마음이 편안해야 상대방에게도 너그러워지는 것이 인지상정이지 아니던가. 혹여, 내 마음의 불편함이 있다면 생각쓰기, 말쓰기, 글쓰기를 통해 치유를 얻기를 바라는 마음이다.

'눈꽃산행'이 그리운 날에

말해줄 수 없어! 천국이 따로 없다니까. 겨울 산행에서 '눈꽃산행'은 말로 표현할 수 없을 만큼의 감동이고 신비이고 경이이다. 경험하지 않으면 이해되지 않을 그런 '아름다움의 극치'라고 표현하면 맞지 않을까 싶다. 요즘에는 세계 각국의 여러 나라들의 여행지를 소개하는 프로그램이 많아져서 신비에 가득하고 경이로운 곳을 맘껏 만날 수 있어 좋다. 15여 년 전에는 가끔 타운의 라이브러리를 찾아가 세계 각국의 여행지 CD를 빌려다 보곤 했었다. 그리고 몇 년이 지난 후부터는 직접 찾아가 경험해보고 싶어져서 여행을 시작했다.

지난 2020년에는 산행을 한 번도 못 했다. 이유는 COVID로 산우들이 함께 모여서 이동하는 것이 위험한 시기였기에 서로를 위해 자제했던 시기였다. 지난 12월 눈이 내려 쌓이는데 심장이 쿵쾅거리는 것이었다. 그것은 산을 오르고 싶은 마음에서 '눈꽃산행'에서의 느낌이 그대로 내 마음과 몸에 전해져 왔기 때문이다. 산을 오르려면 오를 수 있을 테지만, 요즘은 젊은 청년층이 산을 많이 찾으니 연세가 있으신 분들은 그 위험부담을 덜고 싶은 것이다. 내 경우도 중간쯤에 끼어 산을 오를까 말까를 저울질하고 있는지도 모른다.

뉴잉글랜드 지역 뉴햄프셔 주에 White Mountain이 있다는 것은 우리에게 참으로 행운이라는 생각을 한다. 보스턴 시내에서 2시간 30분 정도 운전하면 산을 만날 수 있다. 물론 여러 산을 만나려면 3시간 30여 분 정도 가야 만날 수 있다. 10여 년을 산행을 하며 참으로 많은 경험을 했다. 봄·여름·가을·겨울 사계절을 보내며 만나는 산들은 내게는 귀한 스승이 되었다. 산을 오르며 힘든 고비마다 기도하는 마음으로 올랐으며, 그것은 삶에서 내게 어렵고 버거운 일이 있을 때마다 큰 힘이 되었고 위로가 되었고 삶의 용기가 되었다.

또한, 사계절의 사잇길에서 만나는 오감(五感, five senses/시각·청각·후각·미각·촉각 등)으로 평범한 일상의 삶이 내게는 늘 새로운 날들이었다. '눈꽃산행'의 느낌을 나눠보자면, 숲속 깊은 산이 온 세상이 하얀 설국이 된다. 소복이 쌓인 눈 위를 한 발짝 한 발짝 옮길 때마다 사박사박 소리를 듣는다. 깊은 숲속 나무(풀향) 향이 코를 간지럼 태우고, 바람이 한 번씩 지날 때에는 높이 솟아오른 나뭇가지 끝의 바람소리가 서로 부딪치며 음률을 낸다. 참으로 감동의 시간이다. 어찌 이리도 아름다운지요? 하고 창조주께 고백하는 시간이다.

타주에 사는 사진을 하는 지인이 언젠가 이런 얘기를 했다. 해마다 가을이면 한국을 방문하던 내게 뉴잉글랜드 그 좋은 곳에 사는데 가을에 한국 방문은 아깝지 않냐고 말이다. 나는 그 물음에 봄에는 한국의 공기가 너무 좋지 않아 선택한 계절이 가을이라고 말이다. 그렇다, 뉴잉글랜드 지방의 가을은 그 어느 지역보다 오색 단풍이 아름답고 자랑스러운 곳이다. 가을뿐만이 아니라 '뉴잉글랜드의 겨울'은 타지역의 여러 산악인들이 찾는 곳이기도 하다. 특별히 겨울 눈꽃산행을 경험해 본 타지역의 지인들은 감동과 감탄의 인사를 해 온다.

가슴이 뿌듯해진다. 내가 사계절이 뚜렷한 미 동부, 동북부에 살고 있다는 것이 괜스레 부자가 된 느낌이다. 누구에게나 나눠줄 수 있어 넉넉하고 풍성한 그런 마음 말이다. 때로 지인들을 만나 산 이야기나 계절 이야기를 나눌 때는 자랑거리이기도 하다. 특별히 한국의 지인들 중 산을 좋아하고 여행을 좋아하는 이들과 이야기를 나누다 보면 시간 가는 줄 모르고 이야기가 길어진다. 서로 공통분모가 있으니 지루하지 않고 서로 소통하는 부분이 많아지는 것이다. 이렇듯 내가 가진 것을 나누면 풍성하고 넉넉해지는 것이다.

엊그제는 문득 함께 산을 오르던 산우들이 생각났다. 특별히 겨울의 '눈꽃산행'의 추억이 떠올라 혼자서 한참을 추억하다가 눈꽃산행의 사진들을 찾아 함께 나눴다. 산우들과 함께 겨울 산을 오르며 한 고개 넘으면 또 한 고개가 나오고 몇 번의 고개를 올라야 정상을 만날 수 있었던 추억들이다. 서로에게 기다림으로 용기를 주고 힘을 주고 함께 올랐다는 감동으로 눈물이 고일 만큼 고마운 동지애다. '산'은 '삶'과 참으로 많이 닮았다. 그 험한 산길을 오르고 내리고 다시 오르는 우리네 삶과 어찌 그리도 닮았는지, '산'은 내 '삶'의 스승이다.

램지어 교수의 '망언'과 '망발'을 어찌할꼬

램지어 교수의 '망언'과 '망발'을 어찌할꼬!! 미국 하버드대 로스쿨에 소속된 존 마크 램지어 교수는 최근 발행한 논문 'Contracting for Sex in the Pacific War'에서 위안부와 매춘부를 동일시하며 일본군 '위안부' 피해자들이 강제 동원된 '성노예'가 아닌 '매춘'이었다는 내용의 논문을 발표해 논란이 되고 있다. 램지어 교수를 향해 하버드 학내외에서 비판이 쏟아지고 있다. 미국 하버드 대학교 학자가 일본군 위안부 피해자를 '매춘부'(prostitute)로 규정한 논문을 학술지에 실을 예정이라서 일파만파 파문이 커지고 있다.

하버드대 학내 신문인 '하버드 크림슨(The Harvard Crimson)' 신문은 한·미 다수의 법률학자, 역사학자들이 램지어 교수의 주장에 몇 가지 결함이 있다고 판단했으며 논문 출처에 대해서도 의문을 제기했다고 보도했다. 하버드대 한국사 카터 에이커 교수는 "경험적, 역사적, 도덕적으로 비참할 정도로 결함이 있다"라고 말했다. 또한, "근거 자료가 부실하고 학문적 증거를 고려할 때 얼빠진 학술 작품"이라고 코네티컷대 역사학과 알렉시스 더든 교수도 말을 했다.

지난 2월 5일 하버드대 로스쿨 한인 학생회(KAHLS)는 하버드 법대 존 마크 램지어 교수의 위안부 망언 논문에 대한 성명문을 내고 램지어 교수의 논문을 단호하게 규탄하며 이를 바로잡기 위해 교내 외로 적극적인 올바른 역사 알리기에 나설 것을 선언했다. 교내 공식 단체로서 램지어 교수의 공식적인 사과, 학술지로부터 논문 철회, 논문에 대한 하버드대학교의 공식적인 규탄을 요구하는 청원을 개시할 것이라고 했다. 이 사태에 대해 행동을 취할 사명감을 느끼며 우리 민족이 겪은 아픔을 잊지 않을 것이고 올바른 역사 인식을 위해 끊임없이 노력할 것이라고 굳게 다짐한다고 했다.

"위안부 문제는 비단 대한민국만이 겪은 아픈 역사가 아니다. 1996년 유엔 인권보고서에서도 볼 수 있듯 위안부 강제 동원은 아시아에 위치한 수많은 국가에서 일어난 국제적인 비극이다. 위안부 강제 동원은 세계 어디서나 다시는 반복되면 안될 반인륜적 만행이며 이를 정당화하거나 부정하는 시도는 마땅히 도덕적 지탄을 받아야 한다. 인류 보편적인 가치를 훼손하는 행위에 대해 로렌스 바카우 하버드대 총장, 존 매닝 하버드 로스쿨 학장은 공식적으로 규탄을 해야 하며 'International Review of Law and Economics' 학술지도 논문 게재를 철회해야 한다. _〈하버드대 학부 한인 유학생회〉"

램지어 교수는 유년기와 청소년기까지 일본에서 자랐기 때문에 일본 문화의 영향을 많이 받았고, 일본말도 유창하다고 한다. 2018년에는 일본 정부의 훈장인 욱일장(旭日章) 6가지 중 3번째인 욱일중수장(旭日中綬章)을 수상했다고 한다. 산케이신문은 램지어 교수의 양해를 얻어 논문 요지를 인터넷판에 공개했으며 논문정보 사이트 '사이언스 다이렉트'에서 논문 초록의 열람도 가능한 상태다.

램지어 교수는 지난 2019년 3월 하버드대학 로스쿨 교수진 논고

(論告)에 '위안부와 교수들'(Comfort Women and the Professors)라는 제목의 글을 통해 "1930~1940년대 일본군이 10대 한국 소녀 20만 명을 강제로 위안소로 데려갔다는 것은 기묘한 주장"이라며 "강제 동원이라는 기록과 증거가 없는 상황인데도 한국 정부는 '위안부는 매춘'이라고 주장한 교수를 명예훼손으로 기소하고 6개월 감옥살이까지 시켰다"고 주장했다고 한다.

램지어는 3월 발행 예정인 학술지 〈인터내셔널 리뷰 오브 로우 앤 이코노믹스〉에 일본군 위안부 피해를 매춘의 연장선에서 해석하는 견해를 담은 논문을 실었다고 일본 언론들이 보도했다. '태평양전쟁에서의 성 계약'이라는 제목의 논문 초록을 보면 "여성들은 전쟁터로 가기 때문에 단기 계약을 요구했고, 업자는 여성들에게 인센티브를 주는 계약을 요구했다"고 적혀 있다. 그는 "1년 또는 2년 단위 거액 선불금을 결합한 계약을 맺었다"고 적혀 있다. 램지어 교수의 '망언'과 '망발'을 어찌할꼬!!

하버드에서 울려퍼진 "아리랑"

2021년 3월 6일 매사추세츠주 캠브리지에 위치한 미국 뿐만이 아니라 세계적인 명문 하버드대 존스턴 게이트(Johnston Gate) 앞에서 100여 명이 넘는 한인들과 미국인들 속 파란 하늘에 휘날리는 태극기와 함께 매사추세츠한인회 정대훈 사무총장의 지휘로 "논문 철회", "램지어 사임"을 외치며 '아리랑'이 울려 퍼졌다. 하버드 로스쿨 존 마크 램지어 교수의 왜곡된 논문 철회와 파면 그리고 엘스비어 출판사를 향해 규탄대회가 시작된 것이다. 매사추세츠한인회(회장 서영애)가 주최가 되어 로드아일랜드한인회(회장 조원경), 버먼트한인회(회장 신세준) 그 외의 많은 단체들이 참여했다.

하버드대 로스쿨 교수 존 마크 램지어(J. Mark Ramseyer)는 전시 일본군 위안부는 강제 동원된 성노예가 아닌 '자발적인 매춘부'였다는 논문을 3월 발행 예정인 학술지 International Review of Law and Economics에 태평양 전쟁 당시 성계약(Contracting for in the Pacific War) 왜곡된 진실의 논문을 발표할 계획이었다. 램지어는 논문에서 위안부 문제의 역사적 요소를 배제하고, 위안부 문제를 매춘업자와 여성간 경제학적 '게임이론'만 설명했다.

매사추세츠한인회 서영애 회장이 발표한 성명서의 내용이다.

"최근 논문 출판을 앞두고 있는 마크 램지어의 말도 안 되는 논문을 듣고 한 여자로서 참을 수 없는 흥분에 이 자리에 섰습니다. 일본은, 어린 10대 여자아이들을 강제로 끌고 가 파렴치하고 잔인한 일본군의 성적 욕구를 채우기 위한 성노예로 강요했던 것입니다. 어느 누가 내 나라를 빼앗은 왜놈들을 위해서 매춘을 하겠습니까. 이것은 명백히, 분명한 전쟁 범죄, 성매매, 성노예 그리고 아동 학대입니다. 오늘 우리의 목소리가 램지어와 하버드대학과 출판사와 일본의 문제점을 전 세계에 알리어 왜곡된 논문을 지우고자 합니다."

매사추세츠한인회 부회장/작가로서 신영의 이름으로 성명서를 발표했다.

"마크 램지어는 증거 자료도 확보하지 않았으며, 일본군 위안부 피해 여성들의 억울함을 들어보지도 않은 채 일본 우익의 전쟁 역사 수정자를 추종하는 일명 미츠비시 교수로 결국 터무니없는 논문을 마무리했다. 학생들을 가르치는 선생으로서 법을 가르치는 법학자로서 거짓과 진실조차도 구분하지 못하며 학자로서 연구 진실성을 가진 제대로 된 논문도 못 쓰는데 어떻게 강단에 서서 학생들을 가르칠 수 있겠는가. 법을 공부하고 가르치는 학자로서 부끄럽지 않은가. '펜대' 하나로 한 맺히고 사무친 가슴에 또다시 폭력을 행하는가."

버몬트한인회 신세준 회장이 발표한 성명서의 내용이다.

"하버드대학 총장은 들으시오. 학문의 자유라는 적절치 못한 입장을 내세우며, 인권을 짓밟는 왜곡된 논문을 지지하는가. 명망 높은 명문 하버드 대학의 세계적인 이미지에 먹칠하는 램지어와 그의 논문을 옆에서 지켜만 보고 있을 건가? 일본군 "위안부"의 억울한 역사를 안다면 거짓 논문을 당장 철회하고 램지어를 파면시켜라."

로드아일랜드한인회 조원경 회장이 발표한 성명서의 내용이다.

"진실을 왜곡하고 거짓으로 쓰여진 논문을 인정, 출판하겠다는 엘스비어는 램지어와 별로 다를 바 없다. 엘스비어는 올바른 학술지 논문 심사를 제대로 하지 않았다. 이 논문을 출판함으로써 일본군 위안부 여성들을 다시 짓밟고 더 나아가 한국 여성들과 모든 여성의 인권에 사회적 불평을 가하는 것이다. 램지어의 만들어낸 거짓 논문이 당장 철수 폐지되지 않으면, 우리는 진실의 중요성, 사회적 평등, 역사의 정확도 그리고 인권을 보전해야 하는 의무가 있다. 우리는 이 진실을 전 세계에 알리고 법적 방향을 추구해야만 한다."

"과거를 기억하는 것은 미래를 약속하는 것이다"

위안부 피해자들이 겪었을 그 참혹한 그 고통을 눈을 감고 잠시라도 생각해 보면 숨이 막힐 만큼 처절한 마음이 든다. 그들이 내 할머니였고, 내 고모였고, 내 이모였고, 내 누이였고, 내 여동생이었다면 이해할 수 있겠는가.

최선을 다하는 마음

길을 걷다 산책길에 나무들을 만나면 어찌 그리도 모양새나 색깔 나무껍질의 무늬마저도 제각각인지 모를 일이다. 멀리서 보면 모두가 '나무 색깔'이라고 여겨지지만, 가까이 다가가서 보면 그 모양이나 무늬가 참으로 신기하다. 어느 나무들은 울퉁불퉁 잘려져 나간 모양처럼 고목도 아닌 것이 고목인 모양으로 있는 것이다. 또한, 어느 나무들은 하늘을 향해 우뚝 솟은 나무도 있어 보는 이로 하여금 가슴이 훅 뚫리는 느낌이 들게도 한다. 모두 남의 눈치가 아닌 각자의 생김새와 방법대로 생명을 유지하며 사는가 싶다.

우리는 모두 이처럼 각자의 자리에서 최선을 다하며 제 색깔과 모양과 무늬와 목소리를 내며 사는 것이다. 때로는 그 소리를 제대로 내지 못할 때 마음의 병도 되고 몸의 병도 되는 것이리라. 그것 또한 자신의 몫인 것이다. 곁에서 제아무리 이야기를 해준다고 해서 해결될 일이 별로 없다는 것이다. 중요한 것은 남을 챙기는 일보다 우선 나 자신을 먼저 제대로 잘 보살피며 사는 일이 상대를 위하고 가족을 위하는 일인 것이다. 부모가 자식에 대한 서운함이 있다고 얘기한들 얼마나 자식에게 마음이 전달될까 말이다.

아내가 아프다고 남편이 아프다고 안쓰러운 마음이야 있지만, 당사자의 그 아픔을 서로가 어찌 알겠는가 말이다. 아픈 사람의 서러움만 더욱 커진다. 몇 년 전 늦가을 새벽 골프를 즐기다가 허리에 무리가 왔던지 다리가 아파 1년을 고생한 때가 있었다. 그 아픔은 남편이나 자식 그 누구도 알아주지 못했다. 괜스레 짜증만 나고 속만 상하고 서운하고 이러지도 저러지도 못한 경험을 한 적이 있었다. 그때부터 건강에 대한 나의 인식은 아주 많이 바뀌었다. 누구를 위해서가 아닌 우선 나 자신의 건강을 잘 챙기기로 말이다.

옛말에 '긴 병에 효자 없다'는 말이 있다. 어른들이 쉬이 '아이고, 죽겠다!' 하시는 말씀에 귀 기울이는 자식이 얼마나 많을까. 건성건성 듣고 지나가는 일이 많다는 얘기다. 그러니 내 몸 내가 잘 챙겨서 자식들에게 짐이 되지 않도록 하는 것이 최선의 방법이라는 생각을 한다. 누군들 아프고 싶어서 아플까. 내색하지 않으려고 이를 악물고 앓는 소리를 참아보려다가도 할 수 없이 새어 나오는 신음을 어찌하란 말인가. 누군들 젊은 시절이 없었을까. 그 펄펄하고 건강했던 시절이 왜 없었겠는가. 그러나 늙어보지 않은 사람들이 어찌 그 마음을 알까.

가족이나 가까운 친척이나 친구나 지인한테도 적당하게 하자. 그 무엇일지라도 오버하지 말자. 그저 내가 할 수 있는 최선의 노력만큼이면 족하지 않을까 싶다. 형제·자매도 그렇지만 친구도 마찬가지다. 어려운 형편에 있거나 환경이 좋지 않을 때 돕게 되지만, 정도를 넘으면 서로 불편한 관계로 흐르기 쉽기 때문이다. 친절하게 잘하다가 적당한 거리를 두게 되면 그 친구는 서운함에 새로운 아픔의 골이 생기는 것이다. 관계란 이렇듯 참으로 어려운 숙제임이 틀림없다. 다만, 내 마음에서 우러난 진실과 행동으로 최선을 다했으

214

면 족한 것이다.

자식한테도 너무 바라지 않는 마음이면 좋겠다. 그렇지만, 이 모든 것들도 아이들이 자라 각자 제자리에서 자리매김하며 살기에 여유로운 이야기를 하는지도 모른다. 여느 부모들처럼 나 역시도 세 아이를 위해 극성도 떨고 했던 때가 있었다. 그렇다고 그 열정적으로 썼던 그 시간과 돈을 그 아이들이 알기나 할까. 다들 자기네들이 똑똑해서 지금에 있다고 생각할 것이다. 그러니 그때 그 최선의 마음으로 족하면 그만일 일이다. 그 이야기를 지금 세 아이한테 들려준들 무슨 의미가 있겠으며 또 무엇이 달라지겠는가.

부부도 서로에게 주는 '소중한 선물'은 각자가 자기 건강을 잘 챙기는 일이다. 나이 들면서 서로의 건강으로 심려를 끼치는 것보다 미리 건강을 잘 보살펴서 삶을 잘 관리하는 것이 서로에 대한 '예의'이기도 하다. 작든 크든 서로에게 최선을 다하는 일은 내 건강을 잘 챙기는 일이다. 서로 적당한 운동도 하고 각자가 할 수 있는 취미 생활도 즐길 수 있으면 최고일 것이다. 삶에서 서로에게 기쁨과 행복만이 될 수는 없지만, 건강으로 가족에게 버거운 짐이 되지 않도록 일상에서 최선을 다하는 건강한 삶이길.

4부

'가치'를 품고 사는 사람의 여유

하늘을 가슴으로 가득 품어 본 일이 있는가. 깊은 산 속 숲 속의 비밀을 찾아 걸어본 일 있는가. 망망대해 끝이 보이지 않는 수평선 너머의 출렁이는 파도를 가슴으로 안아 본 일 있는가. 그리고 지금의 동시대를 살면서 전깃불이 들어오지 않는 오지의 땅에 발을 디뎌 본 일이 있는가. 이렇듯 우리는 서로 들이키고 뱉어내는 숨을 어김없이 반복하며 살고 있다. 네가 있어 내가 존재하는 살아 있는 생명의 존귀와 감사이다. 내가 살기 위해 네가 소중한 것이다. 이렇듯 '서로의 너'로 살 때 나는 저절로 소중한 존재가 된다.

우리는 길을 걷다가 느닷없이 쏟아지는 소낙비를 만나기도 한다. 준비 없는 상태로 피할 수 있는 곳이 없다면 무작정 맞는 수밖에 방법이 또 있을까. 이처럼 우리네 삶도 생각지 못한 상황에 놓이게 되고 어떻게 해야 할지 모를 낭떠러지에 서 있는 듯한 때를 만나기도 한다. 한 발짝 뒤로 물러서면 낭떠러지로 떨어질 입장이라면 어떻게 하겠는가. 우선 정신을 바짝 차리고 깊은 호흡으로 자신을 진정시켜야 살 수 있다. 눈을 뜨든 눈을 감든 간절한 마음으로 각자의 신(神)께 기도하는 수밖에 도리가 있겠는가.

소낙비를 맞았을 때 우산이 필요한 것처럼 우리의 삶에서 정신적인 스트레스로 견디기 힘든 일을 만났을 때는 마음의 평정을 찾을 수 있는 준비가 필요하다. 평소에 꾸준히 책을 읽는 습관을 들이거나 일기 형식의 글을 적는 것도 좋다. 마음을 가다듬을 수 있는 붓글씨나 그림도 추천한다. 중요한 것은 잠깐 하다가 그치지 말고 조금씩이라도 꾸준히 하라는 것이다. '꾸준히 하는 것'이 바로 힘의 원천이 되는 것이다. 이렇듯 알게 모르게 시간과 노력의 경험이 쌓여 나중에는 시간과 공간을 아우르는 에너지가 되는 것이다.

인생에 있어 '삶의 가치'는 너무도 중요하다. 하지만 그 가치를 어디에다 둘 것인가는 각자의 몫이다. 자본주의 시대에서 '돈'보다 더 중요한 것이 어디 있겠는가. 뭐니 뭐니 해도 돈이 최고니 '돈'에 가치를 두겠다 하면 그것도 좋다. 그렇지만, 그 돈이 어떻게 어느 곳에 쓰일 것인가를 더 깊이 생각해야 할 일이다. 그렇다면 그 '돈의 가치'는 더 커다란 에너지를 통해 확장되고 인류에게 큰 공익으로 쓰이게 될 것이다. '돈의 가치'를 나와 내 가족에게 한정되어 가두어 두지 않는다면 더욱더 넉넉해지고 풍요로워지는 나눔을 경험하게 될 것이다.

삶이 넉넉하고 풍요로워서만 남을 돕는 것은 아니다. 자신의 것에서 조금이라도 아끼고 절약한 것을 나 아닌 다른 사람들과 나누는 것이다. 나눌 때의 기쁨과 행복이란 경험해 본 이들은 알 것이다. 나와 내 가족이 중요하지만, 가끔은 나와 자연과 수많은 생명체들과 인류에 속한 '큰 나'를 생각해 보는 것이다. 그 순간을 경험하면 내 안의 우주는 너무도 커서 가슴이 벅차오를 때가 있다. 그야말로 내게 있는 것을 조금 나눴을 뿐인데, 이처럼 큰 기쁨과 행복의 수확을 얻게 된 것이다. 바로 남는 장사를 하는 것이다.

다른 이들과 나누는 것이 어디 물질만 있을까. 누군가를 위해 기도하는 시간과 정성이야말로 얼마나 큰 선물이고 감사이지 않겠는가. '기도'는 시공간을 초월한다. 나와 내 가족 그리고 친지와 친구 그리고 어려움에 처한 이들과 억울함에 호소하는 이들을 위해 진심과 간절함으로 기도를 하는 일은 그 어느 일보다 더욱더 값진 일이고 가치이다. 그렇다면 어떻게 구체적으로 어려움에 처한 이들과 억울함에 호소하는 이들에게 도움이 될 수 있는지를 구체적으로 생각하고 의논하고 결정하고 실천하는 일이 중요한 일이다.

'가치'를 품고 사는 사람의 여유는 남들이 부러워하는 자리에 있는 사람이 아니다. 내가 품고 있는 작은 꿈을 나누고 꾸준히 실천하며 묵묵히 걸어가는 사람이다. '가치'는 '기쁨의 샘물' 같아서 함께 나누면 또 솟아나는 것이다. 작은 일에서 기쁨을 경험하고 그 기쁨으로 다시 또 나누는 일 말이다. 세상에 좋은 일 나쁜 일이 어디 있겠는가. 삶의 고비 고비마다 경험하는 모든 것이 '삶의 지혜'가 되고 '삶의 가치'를 더 소중하고 값지게 깨닫게 해주는 것이다. '가치'를 품고 사는 사람의 여유!

'사순절' 아침 묵상 시간에

"그러나 그가 찔린 것은 우리의 허물 때문이고, 그가 상처를 받은 것은 우리의 악함 때문이다. 그가 징계를 받음으로써 우리가 평화를 누리고, 그가 매를 맞음으로써 우리의 병이 나았다. 우리는 모두 양처럼 길을 잃고, 각기 제 갈 길로 흩어졌으나, 주님께서 우리 모두의 죄악을 그에게 지우셨다."(이사야 53:5~6)

오늘 아침도 하나님 당신 이름을 찾고 부르며 시작합니다. 저 들가의 덤불처럼, 흩어져 날리는 먼지처럼, 아무것도 아닌 나를, 너를, 우리를 살리신 주님! 당신의 끝없는 사랑과 은혜로 오늘 이 아침에도 호흡하며 당신을 찬양합니다.

"Praise the Lord!"

주님을 찬양합니다, 이 아침 당신의 이름을 부릅니다. 내 지나온 삶을 되돌아보면서 주님을 땅바닥에 떨어뜨리고 내동댕이칠 때 얼마나 많았는지 모릅니다. 내가 '예수쟁이'라고 말하고 싶을 때, 목에 거는 악세서리 십자가처럼 목에 걸었다, 뺐다를 얼마나 많이 반복하며 살았는지 모릅니다.

그럴싸한 '무늬만 예수쟁이'로 살았던 저를 주님께 이 시간 고백하오니 용서하여 주옵소서. 세상에 발 하나 담그고 날름날름 내 잇속대로 주님을 남발했습니다. 이 아침 이사야 53장을 만나며, 저의 어리석음을 고백하고 회개합니다. 주님의 긍휼과 자비로 용서해주세요.

"우리의 입고 살아가는 〈허물〉과 우리가 버리지 못한 〈악함〉으로 인해 대신 고통과 고난을 짊어진 주님의 종을 늘 기억하며, 주님 베푸신 '용서'로 '평화의 은혜'를 전하고, 주님이 베푸신 '치유'로 '생명의 은혜'를 나누는 사람들 되어 살아가게 하옵소서."

하나님, 겁 없이 세상을 살았습니다. 내 속에 가득한 우상들(돈, 명예, 성공, 자식의 공부와 직장 등)을 끌어안고 지금까지 살았습니다. 이 모든 것이 하나님께서 주신 것인데, 내가 열심히 노력해 얻은 것이라 생각했습니다. '없음'에서 '있음'을 창조하시고 단 한 순간도 잊지 않으시고 나에게 베풀어주신 그 큰 사랑에 감사드립니다. '후~' 하고 불면 꺼질 나약한 나의 존재를, 바람에 흩날리는 먼지처럼 사라질 나의 생명을 오늘 이 순간까지 놓지 않으시고 끝까지 붙들어주시니 감사합니다.

지금까지 지독히도 '이기적인 나'만을 위해 살아왔다고 생각합니다. 어려서는 아버지와 엄마의 끝없으신 사랑으로 결혼을 한 후에는 남편의 따뜻한 사랑으로 그리고 세 아이가 자라니 아이들로부터 또 넉넉한 사랑을 받습니다. 이 주신 사랑들로 이미 충분히 감사하고 행복합니다. 이제는 '나' 아닌 또 다른 '나(남)'를 위해 봉사하며 살기를 기도합니다. 내 삶에서 값없이 주신 건강, 시간, 재능 모두가 하나님이 주신 '은혜의 선물'입니다. 이 선물들을 추운 세상에서 시리고 아픈 이들 그리고 고통받는 이들과 나누겠습니다.

바쁘다는 이유와 핑계를 대며 다른 이들을 돌아보지 못하고 살아왔습니다. 어쩌면 다른 이들의 아픔과 고통을 알면서도 귀찮아서 모른 척 비껴갔는지도 모릅니다. 양심에 찔림을 알면서 스스로 무디게 만들며 살았는지도 모릅니다. 오늘 아침 주시는 귀한 말씀에 깊은 묵상의 시간과 마주합니다. 이 시간에 내게 찾아오신 당신을 다시 한번 깊이 생각해 봅니다. 나 자신과 마주할 수 있는 대면의 시간을 허락하신 하나님께 깊은 감사를 올립니다. 나의 존재를 깊이 생각하게 하시고 나의 삶의 가치와 목적을 분명하게 일깨워주시니 감사합니다.

나 자신의 욕심과 허물로 인해 상처받은 이들이 있는지 잠시 생각해봅니다. 사순절 기간동안의 아침에 드리는 기도와 묵상의 시간을 통하여 그 상처가 씻김받기를 원합니다. 내가 알지 못하는 나의 죄됨과 악함마저도 끄집어내어 알게 해 주시고 고백하고 회개하게 해주십시오. 또한, 당신의 의로운 오른팔과 오른손으로 깨끗하게 씻어주시고 정결하게 해주시길 기도합니다. 당신을 찬양합니다. Praise the Lord!

루틴 퍼포먼스

반복이 아니다, 매번 시작할 때마다 새로운 마음의 다짐이 된다. 산을 올라본 사람은 알 것이다. 같은 산의 트레일을 매일 오른다고 해서 똑같은 느낌이 아니라는 것을 말이다. 하지만, 그 오르며 기분 좋았던 느낌을 몸과 마음이 기억하는 것이다. 바로 에너지가 된다. 프로 운동선수들 역시도 자신들의 운동 능력 향상을 위해 트레이닝을 매일 한다. 그것은 잠재적 능력을 최대한 끌어내기 위함인 것이다. 우리 일상의 삶에서도 마찬가지라는 생각을 한다. 내 삶에서 정신적, 육체적 균형을 이루기 위해 최선의 노력을 하는 것이다.

이른 아침 5시 30분 정도면 일어난다. 그리고 간단하게 스트레칭을 1~2분 정도 하는 것이다. 진한 블랙커피 한 잔 내려 마시면 최상의 느낌이다. 이렇게 마음을 가다듬으며 성경 구절을 읽고 묵상(기도)의 시간을 갖는다. 묵상한 것을 노트에다 정리하며 다시 한 번 나를 들여다 본다. 아침 시간은 그 어느 때보다 고요하기에 나 자신과 대면할 수 있어 좋다. 오늘은 무엇을 해야 할지를 물어보는 것이다. 나만을 위한 시간이 아닌, 내가 기독교인으로서, 또한 인류의 속한 인간(생명체)으로서 무엇을 어떻게 해야 할지 묻는 것이다.

지난해부터 COVID로 산악회의 산행이 없었다. 각자 개인으로 움직이기는 했으나, 산우들이 함께 움직이지는 않았다. 산을 좋아하는 나로서는 그냥 집에서 있기가 아까웠다. 그래서 지난해 연초부터 시작했던 것이 동네를 크게 돌아 약 5miles을 비가 오지 않는 날에는 거의 매일 돌았다. 적어도 일주일에 세 번씩은 걸었다는 생각이다. 보통의 걸음으로 2시간 15분이 걸리는데, 아마도 10,000보 걸음은 되지 않을까 싶다. 그렇게 시작된 동네 걷기는 지금까지도 거의 매일 나의 소중한 일상이 되었다.

자연과 벗 삼아 걷는 일보다 더 좋은 운동이 없다고 생각한다. 걷다 보면 바람도 만나고 물도 만난다. 물을 만나는 곳에서는 잠시 멈춰 서서 눈을 감고 1분 정도 물소리를 귀로 듣고 바람 소리와 볼에 닿아오는 느낌을 느껴보는 것이다. 매번 놓치지 않고 그 자리에 서서 하는 것이다. 눈을 뜨고 있었을 때 느끼지 못했던 '오감'이 깨어나는 것이다. 새로운 에너지가 온 몸과 마음과 세포로 나를 일깨워주는 것이다. 살아있음의 감사가 절로 느껴진다. 잊고 살았던 '호흡'에 대한 깊은 감사의 시간을 마주하는 것이다.

루틴(routine), 규칙적인 일을 할 때 더욱더 상승하는 에너지라 생각한다. 특별히 세상을 살다 보면 생각지도 못했던 일들과 맞닥뜨리게 된다. 이럴 때 나 자신을 잃지 않고 정신과 마음을 챙기기 위한 준비라 생각한다. '이 세상에 공짜는 없다'는 말을 인식하고 받아들이면 세상은 조금은 더 넉넉하고 쉬워진다. 그러므로 다른 사람의 그어떤 일궈낸 일들에 대해 존중하게 되고 진심으로 축하하고 칭찬하게 되는 것이다. 그렇게 편안한 마음으로 대하면 나 자신은 덩달아 기쁘고 행복해지는 일이다.

'퍼포먼스(perfromance)'의 뜻을 살펴보면 행위의 시간적 과정을 중시하여, 실제 관중 앞에서 예정된 코스를 실연해 보이는 다양한 예술 행위의 총칭이다. 특히, 미술에서는 회화나 조각 작품 등에 의하지 않고 작가의 육체적 행동이나 행위에 의해 어떤 조형적 표현을 나타내고자 하는 것을 말한다. 그렇다, 우리네 인생은 어쩌면 신이 만들어 놓은 무대 위의 주인공이 되어 자신을 표현하며 사는 것이 아닐까. 그렇다면 남의 눈치만 살피다 시간 낭비하지 말고, 제대로 된 인생, 가치 있는 인생을 살아야 하지 않을까 싶다.

루틴 퍼포먼스는 반복이 아니라, 규칙적으로 나의 몸과 마음을 살피는 일이다. 삶에서 그 어떤 것에 치우치지 않고 내 평정심을 유지할 수 있는 힘이다. 세상을 살면서 생각지도 못한 버거운 일을 만났을 때 주저앉지 않고 다시 나를 추슬러 일어설 힘인 것이다. 나의 삶에서 내가 최선을 다하며 최고의 가치를 품고 사는데 필요한 자신만의 고유한 표현과 실천 방법인 것이다. 누구를 따라할 필요는 없다. 그저 나는 나의 표현 방법을 찾아 편안한 마음과 몸으로 작은 시작부터 실천하며 표현하면 최고의 삶이다.

친구 같은 남편, 자랑스러운 아빠

참으로 행복했다. 35년을 함께하며 늘 한결같은 사람이었다. 여느 남편들처럼 자상하지는 않았지만, 처음과 끝이, 겉과 속이 똑같았던 내게 참으로 귀한 사람이었다. 1986년 이 사람을 뉴욕에서 처음 만나 연애를 시작했다. 나는 분장 메이크업 공부를 위해 미국 뉴욕에 왔고, 남편은 뉴욕 업스테잇의 코넬 대학을 졸업할 무렵에 만났다. 만 6살에 이민을 왔던 한국말이 너무도 서툰 한 남자와 청소년기를 보내고 미국에 온 한 여자는 그 무엇 하나 서로 통하기가 쉽지 않았는데, 우리는 그렇게 서로를 좋아하게 되고 사랑을 하게 되었다.

세 아이(딸과 두 아들)들과 아빠는 늘 이야기하기를 좋아했다. 세 아이가 어려서 여름방학이 시작되면 비즈니스를 하면서도 캐시 레지스터를 직원에게 맡기면서까지 시간을 놓치지 않고 아이들과 함께 우리는 가족 여행을 했다. 남편은 가족에게나 친구들에게나 책임감이 강하고 성실한 사람이었고, 그 삶을 실천하며 살았다. 성격이 강직한 사람이라 옳지 않은 일에 대해 타협할 줄 몰라 가족이나 친구들과의 관계에서 곁에서 바라보는 아내인 나는 때로 버거운 때도 있긴 했다. 그러나 이 사람은 정직하고 바른 사람이었다.

아내인 내게는 친구 같은 남편이고, 세 아이에게는 자랑스러운 아빠였다. 2021년 3월 6일이 결혼 32주년이었다. 연애를 포함하면 35년을 이 사람과 함께 나누며 살아온 시간이었다. 생각해보면 참으로 행복했다. 그 여느 부부들보다도 즐겁고 행복할 수 있었던 이유는 이 사람이 17년 전(2004년)에 백혈병(LeuKemia) 진단을 받았었다. 세 아이가 미들스쿨, 하이스쿨에 막 입학할 무렵이었다. 하늘이 무너지는 순간이었다. 그러나 남편과 아내인 나 그리고 세 아이가 잘 견뎌주고 서로 아껴주며 17년을 행복하고 감사하게 살아온 시간이었다.

지난 1월 중순경 가깝게 지내는 지인 집에 놀러 갔다가 코로나에 걸린 것을 그 후에 알게 되었다. 그 부부도 코로나에 걸려 고생을 했다. 그러나 그들은 건강하니 나아졌고, 지병이 있는 남편은 두 달을 병원 중환자실에서 고생하다가 결국 3월 28일 오후 3시 30분에 가족들과 안타까운 이별을 했다. 남편이 걸린 코로나의 시작이 어디였던가에 대해 탓하거나 원망할 생각은 없다. 다만, 지병이 있는 이들

에게 얼마나 치명적인가를 말하고 싶은 것이다. 그 지병이 있는 사람이 다른 사람이 아닌 내 남편이었음에 안타깝고 가슴 아픈 일이었다.

세 아이와 함께 폭풍우처럼 밀려든 슬픔과 아픔에 어찌할 바를 몰라했다. 그러나 엄마인 나는 세 아이에게 또 이렇게 말해주었다. 아빠가 17년 전 처음 Leukemia(백혈병) 진단을 받았을 때 그때 우리가 이별을 했다고 생각해보자. 그러면 우리 가족에게 17년은 '하늘이 주신 아주 특별한 선물'이었다고 말이다. 17년을 되돌아보면 우리 가족은 얼마나 감사하고 행복한 시간을 보냈는지 너희들이 알 수 있을 거라고 이야기를 해주었다. 남편이, 아빠가 아팠기에 다른 가족이 누릴 수 없는 삶의 깊은 속을 서로 나눌 수 있었다.

이 사람은 이 이별의 시간을 알고 있었을까. 재작년에는 막내아들의 결혼식을 앞두고 작은 집을 샀는데, 아빠가 코사인을 해주었고, 5년 전 시작한 작은 커피숍(What's Brewin)을 지난해 막내아들에게 이름을 이전해 주었다. 그리고 딸아이는 보스턴 시내의 GOODWIN Law Firm에서 코디네이터로 일을 하고 있는데, 올봄에 할아버지 도움을 받아 다운페이를 하고 보스턴 시내 근처의 콘도를 샀다. 큰아들은 워싱턴 DC의 Law Firm에서 Lawyer로 일을 하다가 이번 1월에 보스턴 시내의 WilmerHale Law Firm으로 옮겨왔다.

친구 같은 남편, 자랑스러운 아빠였다. 지난해(2020) 큰아들은 코로나-19로 보스턴 집에 와서 재택근무를 했다. 그 이유로 아빠와 이른 아침에 일어나 커피를 마시며 2시간을 이야기하고 아빠가 저녁에 오면 늦은 시간에라도 1시간을 넘게 이야기를 나누고 자곤 했다. 지금 생각하니 참으로 소중하고 귀한 시간이었다. 세 아이가 모두 제 길에서 자리매김하고 살아가니 큰 걱정은 하지 않고 떠났으리라 생각한다. 아내인 나도 믿는 하나님이 계시고, 세 아이가 곁에 있으니 씩씩하게 잘 살 거라 믿고 평안하게 떠났으리라.

Heineken Man

늘 우리 집에는 초록색 병 Heineken 맥주가 시원하게 냉장고에 있다. 남편은 30여 년을 보아왔지만, 양주나 와인보다는 하이네켄 맥주를 즐겼다. 친정아버지는 술을 한 잔도 못 하셨다. 늘 조용하시고 자상하신 편이었다. 술을 드시는 친구들 아버지를 보면 변화에 재밌게 느꼈었다. 그래서 나는 어려서부터 술 잘 마시는 사람과 결혼을 해야겠다고 생각을 했었다. 친정엄마는 큰일 날 소리 한다고 말씀을 하셨다. 술을 마시고 주정하는 것을 못 봐서 네가 그런다고. 하긴 우리 집에는 오빠가 없어서 술주정하는 것은 못 보고 자랐다.

32년을 함께 살면서 하이네켄 맥주를 친구들과 마시거나 아내인 나와 함께 마시더라도 단 한 번도 술로 인해 나를 힘들게 한 적이 없었다. 그래서 내 기억 속에는 남편과 술에 대한 추억이 더 많다. 술을 한두 잔 마실 수 있다면 누구나 서로에게 마음의 문을 열어 이야기할 수 있는 좋은 윤활유 역할을 한다고 생각한다. 부부라 할지라도 서로 하고 싶은 말을 못 하면 앙금이 쌓이게 마련이다. 이럴 때 속의 말을 시작할 수 있는 좋은 친구이다. 나는 맥주나 양주보다는 와인을 더 좋아하는 애주가에 속한다.

10여 년 전 하루의 일이었다. 딸아이가 대학 1학년 때라 여겨진다.

여름방학을 시작하고 대학 기숙사에서 집으로 짐을 챙겨 돌아오는데 마시다가 남은 6 Pack Heineken 맥주가 손에 들려져 있는 것이었다. 우리 가족은 그저 웃음이 나서 웃고 말았었다. 요즘 젊은 아이들이 누가 하이네켄 맥주를 마시겠냐며 말이다. 어려서부터 대학에 입학할 때까지 아빠가 늘 초록색 병 하이네켄을 마시는 것을 보았기 때문이다. 아빠와 엄마 그리고 세 아이가 모이면 아빠가 좋아하는 하이네켄 맥주로 시작해 즐거운 담소를 나누곤 했었다.

아빠가 떠나는 날(04/03/2021) 아침에 셋이서 옷을 챙겨입은 후 밖의 포치에서 Heineken 맥주를 하나씩 들고 이야기를 하고 있지 않은가. 참으로 슬픈 날이었지만, 세 아이의 모습을 보면서 웃음을 지었다. 그래 아빠를 마지막 보내는 날에 아빠가 좋아하고 즐기던 맥주를 나누며 아빠를 추억하는 것이었다. 장례식장에서도 아빠가 좋아하는 골프 물품들과 사진들 그리고 하이네켄 맥주를 아빠 곁에다 놓아두었다. 우리 집 세 아이의 좋은 추억이 된 하이네켄 맥주는 아빠를 생각하고 기억하는 소중한 일이 되었다.

장지에서 장례예배를 다 마치고 근처의 이탈리안 식당 룸을 하나 예약을 했었다. 장례식에 코비드로 인해 40명이 리밋이었다. 우리 가족이 20명이 되었고, 그래서 지인들을 20여 명밖에 초대할 수밖에 없어 다른 분들께는 많이 송구했다. 모두 남편이랑 가장 가까운 지인들만 초대하게 된 것이다. 식사를 하기 전 오픈 바를 열어 Heineken 맥주를 들어 Tom Shin을 추억했다. 그렇게 하이네켄 맥주로 아쉬운 이별과 안타까운 마음을 서로에게 위로했다. 그 후에는 각자 좋아하는 술 한 잔씩을 하며 음식을 대했다.

세 아이와 아빠를 떠나보내고 이런저런 이야기를 하면서 빠지지 않는 얘기가 Heineken 맥주 이야기였다. 집에서나 밖의 골프장에서나 여행을 했을 때나 언제 어느 곳에서나 남편과 하이네켄 맥주는 늘 함께했었다. 그 맥주로 인해 실수하지 않았고, 서로 이야기를 즐기며 재밌는 대화로 이어갔던 참으로 삶의 활력꾼이었다. 아내인 나뿐만이 아닌, 가까운 친구와 지인들도 남편을 생각할 때 하이네켄 맥주를 떠올릴 것이다. 그의 환한 웃음 속에 시원하게 푸르른 하이네켄 맥주를 말이다.

Heineken Man!! 남편의 이름으로, 아빠의 이름으로, 아들의 이름으로, 동생의 이름으로, 삼촌의 이름으로, 조카의 이름으로, 친구의 이름으로, 지인들의 이름으로 오래도록 남을 것이다. 초록의 푸르름만큼이나 환한 웃음으로 늘 곁에 있었던 즐거웠던 사람으로 기억될 것이다. 아마도 맥주를 썩 좋아하지 않지만, 남편이 그리울 때면 시원한 하이네켄 맥주를 한 번씩 들이키지 않을까 싶다. 열린 마음으로 살았던 한 사람으로, 늘 편안하게 대해줬던 한 남편으로, 세 아이에게 자상했던 한 아빠로 아주 오래도록 기억될 것이다.

'환경세미나'에 참석하고

UMW(연합감리교회 여선교회) 주최로 지난 4월 10일(토) 오전 9:30~11:30까지 온라인 '화상 세미나'가 있었다. 강사로는 전국연합여선교회 김명례 총무의 '생명 살리기'란 주제로 환경세미나가 열렸는데 참석 인원은 26명 정도가 되었다. 참으로 유익하고 삶에 도전이 되는 시간이었다. 이 귀한 환경에 관한 이야기들을 더 많은 이들이 함께 들었더라면 하는 아쉬움이 남았었다. 우리가 늘 쉽게 접하는 것들이 얼마나 환경을 오염시킬 수 있는지, 일상에서 무심코 지나치는 일들이 많은 생태계에 영향을 미치는지 공부하는 시간이었다.

기후변화와 생태계 파괴로 인한 질병으로 인수공통감염병(zoonosis)은 밝혀진 것이 약 80가지나 된다고 한다. 깊숙한 생태계에 숨어있던 바이러스를 사람에게 옮겨서 AIDS, SARS, MERS, Ebola, Zika virus, COVID-19를 만든다는 것이다. 또한, 동물들을 좁은 우리에 가두어 키우다가 구제역, 조류독감, 돼지콜레라, 돼지독감, 돼지열병을 유발하며, 소에게 병들어 죽은 가축의 고기를 먹이다가 광우병(mad cow desease) 등을 일으킨다는 것이다. 이 모든 것들이 우리와 너무도 가까이에 있으며 우리의 생명을 삶을 위협하고 있다.

또한, 요즘 미국 내에서도 기후재난으로 허리케인, 산불, 폭설 등을 뉴스를 통해 접하지 않던가. 이로 인해 수많은 생명과 재해를 겪으며 회복하기 어려운 상황을 보게 되는 것이다. 이 모든 일들이 멀리에 있다고 남의 일이 아닌 것이다. 바로 우리 모두의 일이며 함께 풀어나가야 할 과제인 것이다. 기후변화에 따른 사막화되어가는 지구의 일을 생각한다면 정말 깜짝 놀랄 일이다. 전 육지의 1/3이 사막이 아니면 황무지로 변하고 있다는 것이다. 83%의 사막이 자연적인 것이 아닌 인위적인 사막이라는 것에 소스라치게 놀랐다.

해양 어족 파멸(90% 이상 감소) 추세에 놓여 있다는 것이다. 2048년까지는 모든 어족이 파멸될 위기에 있다는 보고서를 보며 놀라지 않을 수 없었다. 그에 따른 적조와 물고기의 떼죽음을 뉴스를 통해서 가끔 보았을 것이다. 물의 오염으로 인해 전세계적으로 매년 500만 명 이상이 오염된 물을 마시고 병들어 사망하며, 23억 명이 수인성 질환을 겪으며 고생하고 있다는 것이다. 이런 현실 앞에서 우리는 나만 괜찮으면 정말 다행이라고 말할 수 있겠는가. 그렇다면 이런 교육을 통해 알았다면 우리는 앞으로 또 무엇을 해야 할까.

꿀벌이 사라지면 인류는 생존이 가능할까?
"지구상에서 벌이 사라지면 인간은 4년밖에 살아남지 못할 것이다. 벌이 없으면, 꽃가루 수정이 안 되고, 동물이 사라지고, 인류도 멸망한다." __아인슈타인
꿀벌이 죽는 이유는 지구온난화의 원인이다. 꿀벌들이 지구온난화 적응에 어려움을 겪고 있으며, 기온이 낮은 지역으로 이주하지 못해서 죽어가고 있다는 것이다. 지금까지 개체 수 감소에 대해 농약

사용, 기생충, 서식지 감소 등이 주원인으로 여겨져 왔다.

그렇다면 우리는 지구와 인류의 생태계의 심각성을 마주하며 무엇을 실천에 옮길 수 있을까. 요즘 COVID-19로 인해 마스크와 비닐(고무)장갑이 필수품이 되었다. 이 많은 양의 것들이 어떻게 처리될까를 잠시 생각해야 할 것이다. 동네 길을 걷다가 유심히 바라보면 여기저기 쓰다가 버려진 마스크와 고무장갑이 널브러져 바람에 흩날리는 모습도 종종 보게 된다. 무엇보다도 우리가 실천에 옮길 수 있는 것은 '줍는 일보다는 버리지 않는 일'이 중요하다고 생각한다. 생각만으로는 부족하다. 의식적으로 옮겨져야 한다.

'작은 실천 큰 효과'는 바로 나로부터 시작인 것이다. 가정에서 자주 쓰는 Water bottle 대신 정수기 사용으로 개인 물병을 지참하도록 하고, Paper towel 대신 마른 천의 행주를 사용한다면 좋을 일이다. 이미 이런 일들을 실천에 옮기고 있는 이들도 많이 있을 것이다. 이렇듯 작은 실천이 오염된 환경을 위해 '생명 살리기' 운동에 동참하는 결과가 될 것이다. 가정에서 철저하게 Recycles(분리수거)을 실천하며 꾸준히 온 가족이 함께 동참하는 일이 중요하다는 생각이다. 이렇듯 작은 실천이 큰 결과를 얻게 될 것이다.

주저하다가 주저앉는다

　무엇인가 신중하게 결정을 해야 할 때 곰곰이 생각하고 따져보는 습관은 좋은 일이다. 그러나 때로는 너무 신중하게 생각하다가 결정하는 시기를 놓쳐버릴 때가 있다. 그 후에 이렇게 했더라면, 저렇게 했더라면 하고 후회하는 마음은 쉬이 가시질 않았던 일이 있을 것이다. 직장이나 사업, 자녀들과 부모 간의 관계 그리고 친구 관계에서도 마찬가지다. 상대방에게 마음의 전달이 정확하지 않으면, 그 상대의 속을 어찌 알까. 내 생각을 확실히 전달해야 서로에게 오해가 생기지 않으며 불편함이 없어진다.

　어려서 연애하던 때를 생각해 보면 사랑 고백도 그렇지 않던가. 생각이 너무 많으면 그 생각 속에 갇혀 그만 주저하다가 주저앉고 마는 것이다. 일단 내 생각을 말하는 것이 최고라는 생각이 든다. 세 아이가 서른 나잇줄에 들었다. 이제는 제 짝들을 제대로 잘 만났으면 하는 마음의 기도가 생겼다. 그런데 엄마의 욕심이란 끝이 없다. 딸아이나 아들아이는 아이들 마음에 들면 좋겠다 싶으면서도 엄마의 마음에 더 들기를 은근히 바라는 것이다. 이 모든 것이 부모의 마음일 것이다. 인생 선배로서 걸어온 길을 말해주고 싶은 것이다.

　요즘 산책길 걷기가 얼마나 좋은 시기인가. 집 안에서 바라보는 바

238

깥은 더욱더 곱기만 하다. 현관문을 나설까 말까 마음의 요동을 가라앉히기 힘들기도 한 것이다. 그러나 그냥 뒤돌아보지 말고 편안한 신발만 갈아신고 무조건 나가는 것이 해 질 무렵에 나의 오늘을 되돌아볼 때 참 잘했구나 싶을 것이다. 여기저기 봄꽃들이 흐드러지게 피었다. 강아지를 산책시키러 나온 주인들보다 따라 나온 강아지(개)들이 주인을 이끄는 풍경이라니 참 재밌다. 하늘도 파랗고 봄바람 따라 하얀 뭉게구름도 두둥실 넘실거린다.

생각에 그치면 그저 몽상일 뿐이다. 작은 것이라 할지라도 실천으로 옮겨야 일이 생긴다. 운동이든, 공부이든, 그 어떤 일이 될지라도 말이다. 영어 속담에 Better late than never '하지 않는 것보다 늦더라도 하는 것이 더 낫다'라는 말이 있다. 그렇다, 무엇인가 하지 않으면 아무 일도 일어나지 않는다. 그러나 늦더라도 하면 그 결과가 마음에 흡족하지 않더라도 내 인생에 작은 출렁임이 일어난 것이다. 그것이 바로 삶이고 인생인 것이다. 오늘 시작하라, 아니 지금 시작하라. 주저하다가 주저앉게 될지도 모를 일이다.

내가 좋아하는 음식이라고 상대에게 자꾸 권할 수는 없는 일이다. 마찬가지로 내가 좋아하는 운동이라고 다른 이에게 강요할 수는 없다. 그러나 한 가지 내게 참 좋았고 유익했다는 이야기는 나눌 수 있겠다는 생각이다. 운동을 그리 좋아하는 편은 아니지만, 산을 좋아하고 골프를 좋아한다. 내 성향이 그런가 싶다. 산 정상이 목표(목적) 지점이 될 수는 있겠지만, 모두가 산 정상이 목적지는 아닐 것이다. 오르다가 힘들면 오른 만큼의 자리에서 내려오면 되는 일이다. 내 경우는 정상을 올라 맞이하는 일이 참 좋다.

골프도 마찬가지다. 내 목표치를 정해놓고 시작하면 신바람이 일 렁인다. 그것은 함께하는 다른 이와의 경쟁이나 비교가 아닌 나 자 신과의 약속이고 나 자신의 기대치와의 경쟁이다. 산을 오르는 것만 큼이나 골프도 라운딩을 하다가 주저하지 않는 까닭이다. 시작했으 면 목표지점을 향해 빠르지 않더라도, 늦게라도 계속 가면 되는 것이 다. 삶에서도 마찬가지다. 다른 사람과 비교하지 말고, 경쟁하지 말 고 그냥 내 길을 묵묵히 꾸준히 가는 것이다. 방향이 중요하다. 그렇 게 가다 보면 어느샌가 내 목표지점이 저만치 보이는 것이다.

산을 오르며 삶에 대한 깊은 생각과 마주했다. 산이 높을수록 계 곡이 깊음을 그때 깨달았다. 산길을 오르내리는 일처럼 우리네 삶도 그리 녹록지 않음을 말이다. 산을 오르다가 다리에 쥐가 난 때도 있 었고, 가을 낙엽에 미끄러져 엉덩방아를 찧은 때도 있었다. 산을 오 르는 여정만큼이나 삶의 여정도 쉽지만은 않은 일임을 산을 오르며 배우고 깨달았다. 이렇듯 주저하지 않고 앞을 향해 발을 내딛는 것이 다. 삶도 마찬가지다. 아직 일어나지 않은 실패의 두려움으로 움츠 러들지 말고, 씩씩하고 당당하게 지금 여기를 사는 일이다.

반 아시안 증오(Anti-Asian Hate)

지난 4월 26일(월) 오후 1시에 Global Ministries(The United Metholdist Church), 〈한인목회강화협의회〉 주최로 2021 KMP 웨비나가 화상으로 열렸다. 참석자들은 미 서부와 동부 각 지역의 LA와 뉴욕, 뉴저지, 보스턴 지역의 목회자들이 많았으며 80여 명의 많은 한인들이 참석한 귀한 시간이었다. 이 문제는 그저 한인 문제가 아닌, 아시안들의 공통적인 문제이며 우리 자녀들이 2세 3세가 되어도 겪을 수밖에 없는 일이다. 그렇다면 이제는 무엇인가 우리가 함께 당면한 문제에 대해 회피하지 않고 풀어나가야 할 때라는 생각이 든다.

발표자들의 이야기를 들은 후 소그룹으로 나뉘어 서로 삶에서 겪었던 '인종차별'에 대한 이야기들을 나눴다. 이민 온 지 40여 년이 지나 미국 시민권을 갖고 코리안-아메리칸으로 살면서 언어적인 면에서도 별 불편함 없이 지냈는데, 결국은 얼굴색과 얼굴 모양이 유색인종임을 깨닫는 것이다. 그렇다면 '인종차별'에 대해 우리는 어떻게 대처할 수 있는가. 그리고 또 그것을 위해 우리에게 필요한 것은 무엇이 필요한가. 이런 질문을 서로에게 던지고 묻고 대답하며 내 속 깊이에 있었던 뭉클거림들이 꿈틀거리기 시작했다.

이제는 한인들만의 일로 생각할 수 없으며, 아시아인들이 함께 의논하고 결정할 수 있어야 할 때가 온 것이다. 바로 함께하여 힘을 키우는 일만이 앞으로 이런 일들이 더 이상 일어나지 않도록 방지할 수 있겠다는 생각이다. 다민족이 살아가는 미국 땅에서 '소수민족'이라고 말하는 것도 우스운 일이 아니던가. 무엇보다 각 개인이든, 교회이든, 사회 밖에서 다른 타인종들과 함께 화합하는 길만이 서로를 존중하며 서로를 지킬 방법이지 않을까 싶다. 아이들도 어려서부터 여러 타인종들을 구별하지 않고 친구로 사귈 수 있는 교육이 필요하다.

'차이'는 인정하지만, '차별'이 없는 세상에서 살기를 소망하는 것이다. 가만히 생각해 보자. 그렇다면 나는 다른 소수민족 타인종들에게 배타적인 생각과 행동을 한 적이 없었는가. 지금 '피해자'인 내가 어느 누군가에게는 '가해자'가 된 때가 있지 않았을까. 이 시점에서 제일 중요한 것은 나의 삶의 가치관에서 의식적이든 무의식적이든 다른 타인종에 대한 생각은 어디쯤에 와 있는 것일까. 타인종 뿐만이 아닌, 타종교, 성소수자에 대한 나의 편견은 또 어떠한가. 이 모든 것들은 우리 모두가 함께 생각해보아야 할 삶의 과제이다.

뉴저지에서 목회하는 한명선 목사의 나눔 중에서 마음에 감동을 받았다. '침묵'을 선택했더니, '침묵'을 강요당했다. 참으로 가슴에 울리는 얘기다. 미국 전역에서 뉴스를 통해 마주했지만, 무참히 짓밟힌 인종차별의 흔적과 상처들 그리고 그 가족의 아픔과 슬픔과 고통들을 말이다. 남의 일이 아님을 또 새삼 깨닫는다. 처음에는 '침묵'하고 싶었다. 다른 타주에 비해 매사추세츠주는 조용한 상태인데, 괜스레 문제를 문젯거리로 만들어 '긁어 부스럼을 만들지 말자'라고 생각을 거듭했던 비겁한 내 모습에 부끄러움마저 든다.

개인이 해결할 수 있는 문제가 있고, 단체가 해결할 수 있는 문제들이 따로 있다는 생각을 한다. 어떤 문제를 문제로 바라보다가 그 문제에 빠지지 말고, 제대로 문제를 바라보고 해결할 수 있는 전문성을 동원해야 한다는 것이다. 그러기 위해서는 내면화된 '인종 의식' 문제를 바로 알고, 혹여 인종차별에 대한 경험이 있어 상처가 되었다면 치료가 필요한 것이다. 그것이 개인적인 문제로 생각하고 전문가에게 치료를 받든, 그렇지 않으면 교회(그 외의 종교 포함)의 목회자나 그 외의 상담자들을 통해 문제 해결을 해야 될 것이다.

온 세계가 펜데믹 상황으로 정신적으로 스트레스를 받는 이들이 많아지고 있다. 이 문제는 어느 개인의 문제라기보다는 앞으로는 사회적인 더 큰 문제들로 표출될 것이다. 그러니 이렇게 어려운 상황에서 무엇이 제일 중요한가를 생각해 볼 일이다. 가정에서 남편과 아내와의 관계나 부모와 자녀 간에도 서로에게 더욱 존중하고 배려하는 마음을 가져야 할 것이다. 시간이 허락되는 한 자연과 함께 호흡할 수 있다면 더없는 내담자가 되고 상담자가 되고 몸과 마음의 힐링이 될 것이다. 무엇보다도 '생명의 존엄과 존중'이 필요한 때이다.

뒤뜰의 '텃밭'을 가꾸며

10여 년 만에 처음 지난해 이른 봄 뒤뜰의 '텃밭'을 만들었다. 20년 전쯤에는 가깝게 지내는 지인(이씨 아저씨)이 계셔서 가끔 오셔서 밭을 일궈주시고 도와주시는 바람에 텃밭을 가꾸기도 했었다. 그러나 10여 년 전 돌아가셔서 그 다음부터는 마음에서 올봄에는 텃밭을 꼭 만들어야지 하고 몇 해를 지나다 보니 10년이 훌쩍 넘은 것이다. 그렇게 세월이 흐르다 보니 밭은 밭이 아니라 잡풀들의 천국이 되었다. 여기저기 바람 따라 날라왔던 풀씨들이 땅에 씨앗을 내려 가끔 이름도 모를 예쁜 들꽃들도 제 모습을 뽐내기도 하는 것이다.

남편은 '텃밭' 이야기가 나오면 50년이 다 된 이야기들을 들춰내며 얼굴을 붉히곤 했었다. 텃밭에 대한 기억이 추억이 아닌 생각 하고 싶지 않은 '억울한 기억'으로 남아 있었다. 어려서 아버지가 텃밭을 가꾸시다가 삼남매(형과 누나)에게 풀을 뽑으라고 시키셨단다. 당신(아버지)이 좋아하는 취미 생활을 왜 어린아이들에게 풀을 뽑으라고 했는지 이해가 되지 않는다는 것이다. 그 얘기를 여러 번 들었던 터라, 텃밭이나 꽃밭을 가꾸는 일에는 남편의 도움을 청하지 않고 내가 혼자서 오래 걸리지만 차근차근히 하는 편이다.

지난 봄에는 텃밭을 일구고 싶은 급한 마음에 식품점에 '고추 모종, 깨 모종, 상추 모종'을 사다가 일찍 텃밭에 심었다가 그다음 날 눈이 내려 채소들이 추운 날씨에 얼어 죽어 다시 사다가 심었었다. 아마도 4월 중순 무렵이 아니었을까 싶다. 그래서 올해는 아무래도 늦게 모종을 사 와야겠다고 마음을 먹었다. 5월 초쯤에 식품점에 가 보니 옹기종기 여러 가지의 모종들이 이름표를 달고 손님을 기다리고 있었다. 아무래도 더 늦게 모종을 산다면 차례가 오지 않겠다 싶어 미리 사두었다가 좀 늦게 심어야겠다고 생각했다.

4월 중순쯤에 가깝게 지내는 지인(샌디 아주머니)이 우리 집에 오셨다가 뒤뜰의 텃밭을 일궈주셨다. 혼자 하면 지루했을 시간에 아주머니가 이야기를 나누며 함께 밭을 정리해주시니 참으로 고마웠다. 그리고 4월 말에도 아직 날씨가 쌀쌀한 것 같아 미루었다. 우리 집 그라지에서 거의 한 달을 기다리며 가끔 물을 주고 햇볕을 쏘여주긴 했지만, 땅에 심기울 채소들이 시멘트 바닥 위 상장에 놓여 있는 것이 못내 미안했다. 그렇게 갇혀 있던 모종들(고추, 상추, 방울토마토, 깻잎)을 어제 저녁에서야 흙을 파내고 땅에 심기 시작했다.

오늘은 이래저래 핑계로 삼아 골프도 쉬고, 텃밭에서 하루 온종일을 즐겁게 보내고 있다. 얼마 전부터 내 자동차에 계속 서비스 사인이 나오길래, 어제 어포이먼트를 해뒀었다. 오늘 이른 아침에 자동차를 정비소에 맡기고, 집에 돌아와 꽃밭에 물도 주고 집 앞뜰과 뒤뜰을 둘러보며 기분 좋은 하루를 보내고 있다. 집에서 재택근무를 하는 큰아들이 늘 골프와 운동 그리고 교회 일로 바쁜 엄마가 하루 온종일 집에 있으니 이상하다는 듯 바라본다. 이른 아침 꽃들에게 물을 주는 일로도 행복했는데 '텃밭'에 채소들 덕분에 행복이 더 늘었다.

흙에서 자라는 채소들을 보라. 세상에 공짜가 없음을 또 깨닫게 한다. 하룻밤을 자고 일어나면 훌쩍 자란 고추와 오이들을 상상해보라. 행복은 이미 채소가 자라기 전부터 내 가슴을 설레게 하고 요동치게 한다. 맛이야, 다음이다. 방울토마토가 가지에 주렁주렁 달려서 초록이다가 하룻밤 새빨갛게 익어 아침 인사를 나눌 때는 참으로 신기하고 놀랍다. 이른 아침에 일어나 물을 주고 이야기를 나누고 잘 컸구나, 예쁘구나, 이런저런 칭찬을 많이 해 주다 보면 늘 내가 더욱 더 신바람이 일렁거려 상쾌한 아침을 맞게 되는 것이다.

뜰이 넉넉하지 않은 분들은 텃밭이 아니더라도 요즘은 화분에 미나리, 방울토마토, 고추, 상추, 파 등 많이들 키운다고 한다. 어린아이들이 있는 가정에서는 아이들에게 좋은 공부이기도 하다. 새싹이 자라 나무가 되고 꽃을 피우고 열매를 맺는 일을 눈으로 매일 확인할 수 있으니 서로 나눌 이야기도 많아지고 재밌는 공부가 되는 것이다. 어디 어린아이들뿐만일까. 어른들에게도 '텃밭'은 생명에 대한 감사와 생명에 대한 존중을 스스로 느끼게 해주는 귀한 자리이다. 또한, 창조주에 대한 감사와 피조물인 나를 고백하는 시간이기도 하다.

사실, 생각, 느낌

　우리는 삶 가운데서 때로는 어떤 일에 대해 또 어떤 사람이나 사물에 대해 그것이 진정 사실인지, 내 생각인지, 내 느낌인지 정확히 알지 못하고 마음의 결정을 내릴 때가 얼마나 많았는지 모른다. 그야말로 내 멋대로 생각하고 내 느낌대로 표현하고 그것이 사실이라고 그렇게 믿고 곁에 있는 다른 사람에게까지 강요할 때가 얼마나 많았던지. 지금 가만히 생각해보면 참으로 어리석고 어처구니 없는 행동이었다. 이제는 인생에서 어떤 일과 맞닥뜨렸을 때 내 감정에 이끌리지 않고 그것이 사실인지 내 생각인지 아니면 내 느낌인지 제대로 바라볼 수 있기를 바라는 마음이다.

　"마음은 생각과 느낌으로 이루어져 있다. 사실을 보고 어떤 생각이 일어날 때 그에 따른 느낌이 올라온다. 어떤 사실과 생각, 느낌이 구분되지 않으면 내 마음이 지금 어떤 상태인지 명확히 알 수가 없다. 자기도 모르는 사이에 느낌과 생각에 끌려 다니고 만다. 그러나 마음이 생각과 느낌으로 선명하게 나누어지면 알아차릴 수 있다. 그렇게 되면 자기 안의 생각이 긍정적인지, 부정적인지도 알아차릴 수 있다. 그러니 일어나는 생각에 끌려 다니지 않고 바꿀 수 있는 힘이 생기게 된다. 생각을 바꾸면 느낌을 바꿀 수 있는 것이다."

우리는 이처럼 자신의 마음을 잘 읽지 못하고 울컥 일어나는 분노를 잘 다스리지 못해 순간 뱉어버린 말이나 행동으로 자신에게 더 깊은 실수와 상처를 만들 때가 있다. 이것은 자신의 깊은 성찰이 없이는 변화할 수 없는 부분이며 무의식에 있던 분노가 표출되어 나타나는 것이다. 우리는 늘 불안전한 존재이기에 자신을 돌아볼 수 있는 묵상(명상)의 시간이 필요한 것이다. 그렇지 않으면 세상 나이가 아무리 많아도 '어른'이 '어른 아이'로 자라는 것이며 그저 '늙은이'로 늙어가는 것뿐이다. 그 어떤 일이나 관계에서도 내 탓이 아닌 남의 탓으로 돌리고 마는 '어른 아이'로 자라는 것이다.

일상에서 부딪치는 작은 소소한 일들 가운데서조차 순간에 일어나는 생각에 끌려다니지 말고 자신을 지킬 수 있도록 노력해야 할 것이다. 그 노력을 하다 보면 나 자신이 생각에 끌려다니지 않는 힘(에너지)이 생기게 되고 그 생각을 바꾸게 되면 느낌은 저절로 바꿀 수 있게 되는 것이다. 그렇게 조금씩 마음을 들여다보는 연습과 노력을 하다 보면 그 다음으로 생각과 느낌에 끌려다니지 않고 내가 스스로 행동을 선택할 수 있는 힘이 생기는 것이다. 이렇듯 인생은 나 혼자가 아닌 더불어 사는 세상이기에 너와 내가 우리가 되어 함께 걸어가는 연습을 해야 하는 까닭이다.

우리가 살고 있는 21세기의 삶의 과제 중 '성공의 키'라면 '관계의 풀이'라고 말해도 과하지 않을 것이다. 그것은 예전처럼 어떤 연결고리에 의해 인생의 행로가 성공이냐 실패냐로 결정지어졌던 학연이나 지연 따위는 이제는 시대의 흐름에 따라 많이 변화했다는 것이다. 지금 우리에게 온 변화는 그런 지난 것들마저도 받아들이고 밀어내지 않는 포용력에 달렸다는 것이다. 내가 그들 속에 속하지 못했다고 그들을 탓하거나 밀어내지 말고 받아들이고 인정하라는 얘기이다. 내 성공을 위해 아첨하거나 비굴해지지 않는 나 자신의 당당한 삶 가운데서 더 넓고 멀리 보라는 것이다.

그렇게 넉넉함으로 세상을 바라보고 마주한다면 그 어떤 상황에 부닥치더라도 흔들리거나 좌절하지 않는 힘(에너지)이 있어 든든한 것이다. 그렇지 못할 때 우리는 분노를 느끼게 되고 남을 탓하게 되며 나 자신은 더욱 초라해지고 좌절감에 흔들리고 마는 것이다. 자신이 느끼는 그 감정으로 분노는 더욱 커지고 그 분노가 사그라지지 않으면 자존감의 상처로 인해 분노조절장애까지 이르게 되는 것이다. 그것은 자신을 망가뜨리기도 하지만 주변의 가족이나 가까운 이들에게까지 영향을 미치게 되는 것이다. 그래서 우리는 작은 일에서부터 철저하게 자신을 사랑하며 지킬 이유가 있다.

분노는 인간의 자연스러운 감정이기도 하다. 그 어떤 부당한 일을 당했다고 생각되어질 때 억울함이 표출되는 자신의 솔직한 감정의 하나의 표현이기 때문이다. 하지만 문제는 조절인데, 그 조절을 어떻게 잘 표현하느냐가 중요한 과제이기도 하다. 순간 울컥 폭발의 감정이 올라왔을 때 깊은 호흡으로 잠시 나를 돌아보는 것이다. 이것이 내게 어떤 영향을 미치고 어떤 결과를 가져올 것인가 그리고 이것이 지금 나의 생각인가 나의 느낌인가 아니면 진정 사실인가를 잠시 물어보는 연습과 훈련이 필요하다는 생각이다. 지금 일어난 이 감정이 사실인가, 생각인가, 느낌인가.

부드러운 강함

우리는 매일 무엇인가 서로에게 건네고 받고 오고 가며 살아간다. 서로에게 마음을, 몸을, 사랑을, 기쁨을, 행복을, 정을, 우정을 때로는 미움과 질투를 그리고 물질일 때도 있다. 여하튼 혼자서는 살 수 없는 우리임에는 틀림없다. 그렇다면 나는 오늘 그 누군가에게 무엇을 주고받고 있는 것일까. 이왕이면 푸근하고 넉넉한 마음이면 좋겠다. 서로에게 보채지 않는 기다림의 마음으로 바라다봐줄 수 있는 그런 사람이면 좋겠다. 이렇게 생각을 하고 보니 내 곁에는 그래도 서너 명쯤 편안한 이들이 있어 행복이 몰려온다.

세상 나이와 상관없이 누군가를 만나면 언니든, 동생이든 정말 배울 점들이 얼마나 많은지 모른다. 그 순간에 나의 부족함을 절실히 느끼는 찰나이다. 어찌 저리도 알뜰하고 똘똘하고 살림꾼인지 생각하면서 나는 그동안 무얼 했던가 싶을 때가 참 많다. 그러나 그들이 나에게 느끼는 부러움이 또 있다니 퍽 다행이라고 생각을 하면서 나 자신에게 위로해준다. 그래, 모두가 똑같다면 얼마나 재미없는 세상일까 말이다. 서로가 다르기에 더욱 어우러져 조화를 이루는 까닭인 게다. 그래서 서로에게 부러움과 칭찬을 해주는 일 말이다.

나무숲에 들어 바람 소리를 들어보라. 때로는 큰 나무들이 바람을 타며 일으키는 소리는 금방이라도 나무가 쓰러질 듯 무서운 소리를 내곤 한다. 그러나 나중에 소리가 가라앉은 후 생각해 보면 나무가 바람을 타고 놀았다는 생각을 해본다. 바람이 나무를 흔든 것이 아니라, 나무가 바람을 불러 제 몸의 흥겨움을 누렸다는 생각을 말이다. 세상 사는 일은 이렇다, 저렇다 할 정답이 따로 없다. 내가 어떻게 받아들이고 선택하고 결정하는가가 중요하다. 그 어떤 일에 있어서도 남의 선택이 아닌 내 선택이라면 결과가 어떻더라도 책임을 지어야 한다.

자연에게서 늘 배운다. 자연은 나의 스승이기도 하다. 어찌 저리도 제 역할에 충실한지. 남의 일에 별 상관을 하지 않는다. 내 모습 그대로 싹틔우고 꽃피우고 열매 맺고 땅에 떨어져 제 길을 가는 것이다. 바람이 불면 부는 대로, 비가 오면 비가 오는 대로 햇빛에 고개 내밀고 달빛에 고개 떨구며 그렇게 매 순간을 순응하며 산다. 가끔 생각한다. 나는 왜 자연처럼 저리 순응하지 못하고 불평하고 핑계 대며 사는가 싶다. 이렇게 자연과 함께 한참을 마주하면 내 마음속 깊은 곳에서 쓴물이 한 방울 두 방울 씻겨내린다.

엊그제는 골프 라운딩 중에 노랗게 핀 들꽃과 함께 하얗게 핀 안개꽃 들판을 만났다. 마음이 쿵쾅거린다. 어찌 저리도 아름다울까. 누구를 위해 핀 것이 아닌, 그저 저들은 제 몫을 다하고 있는 것이다. 가슴이 찡해져 왔다. 나는 지금 무엇을 하고 있으며, 또 무엇이 내 몫인가 하고 나 자신에게 묻는 시간이었다. 나는 지금 잘 살고 있는가. 누구를 위해 사는 것이 아닌 나 자신으로 잘 살고 있는가 물었다. 그것은 창조주가 빚어주신 목적에 맞게 피조물로서 역할을 잘 하고 있는가 묻고 있는 것이다.

여리여리한 저 들꽃과 들풀들이 바람을 타며 놀고 있다. 부드럽지만 강한 생명력으로 제 역할과 몫을 다하고 있다. 사람도 마찬가지란 생각을 한다. 보여지는 모습이 연약하고 나약해 보이지만, 내면에는 강함을 지닌 분들이 많다. 한참을 이야기를 나누다 보면 그 깊은 속 이야기 꾸러미들이 보석처럼 숨겨져 있던 것이다. 그 속의 꿈과 소망이 그리고 삶에 대한 가치와 지금 실천하며 이루고 있는 것들이 보이는 것이다. 바로 이 사람이 보물인 것이다. 그 속 깊이에 담긴 보석이 반짝이기 시작한다.

이 세상에는 모두가 나의 스승이다. 이제는 이런 마음으로 살고 싶다. 늘 자연이 나의 스승이다라고 생각하며 살았다. 그러나 이제는 자연뿐만이 아닌 사람들(남·녀·노·소) 모두가 나의 스승이다라고 생각한다. 나 아닌 남에게서 배울 것이 얼마나 많은지 누군가와 만나 나눔을 일기처럼 써 보는 것이다. 내가 갖지 못한 것들을 어찌 그리도 많이들 갖고 있는지 모를 일이다. 그들에게서 배울 것이 너무 많아졌다. 그렇게 생각의 문을 여니 그들이 더욱 사랑스럽고 미더워졌다. 부드러운 강함으로 오늘을 살아가는 그들이 참 아름답고 고마웠다.

사람의 인연이나 삶 그리고 사랑에도 때가 있는 법

무슨 일이든 억지로 하려다 일을 그르치는 경우가 많다. 그것은 자연스럽지 않아 어색하고 어색하기에 부자연스러운 것이다. 그것처럼 우리네 삶도 마찬가지란 생각을 한다. 사람의 관계에서도 처음 만나서 편안한 사람이 있는가 하면 이유 없이 불편한 사람이 있다. 그것은 사람의 노력으로는 어렵다는 것이다. 그것이 바로 인연이 아닐까 싶다. 그러니 사랑이야 오죽할까. 첫 만남에서 불화산같이 불이 번쩍 이는 사람이 있는가 하면 화롯불 안 재에 덮인 불씨처럼 은은하게 오랜 시간이 필요한 사람들도 있지 않은가. 하지만 중요한 것은 모두가 인연이 있어야 한다는 것이다.

"만남은 시절 인연이 와야 이루어진다고 선가에서는 말한다. 그 이전에 만날 수 있는 씨앗이나 요인은 다 갖추어져 있지만 시절이 맞지 않으면 만나지 못한다. 만날 수 있는 잠재력이나 가능성을 지니고 있다가 시절 인연이 와서 비로서 만나게 된다는것이다. 만남이란 일종의 자기 분신을 만나는 것이다. 종교적인 생각이나 빛깔을 넘어서 마음과 마음이 접촉될 때 하나의 만남이 이루어진다. 우주 자체가 하나의 마음이다. 마음이 열리면 사람과 세상과의 진정한 만남이 이루어진다." - 「산에는 꽃이 피네」(법정) 중에서 -

좋아하는 일과 싫어하는 일의 구분이 정확한 내 경우 그것이 장점이 되기도 하지만, 때로는 단점이기도 하다. 좋아하는 일에서는 그 일에 몰입해 열정과 끈기로 결과가 확실하도록 일을 추진하는 편이다. 그렇지만, 관심이 없는 분야에서는 마음이 동하지 않아 달려들지 않으니 때로는 방관자처럼 느껴질 때가 있는 것이다. 좋아하는 일과 싫어하는 일과의 중간 정도면 딱 좋겠는데 세 살 버릇 여든까지 간다더니 쉬이 고쳐지지 않는 부분이기도 하다. 삶에서도 나 자신은 잘 느끼지 못하지만, 어쩌면 사람 관계에서도 이런 부분이 두드러지지 않을까 싶은 마음에 조심스러울 때가 있다.

오래전 일이 떠오른다. 세 아이를 키우며 참 많이 몸과 마음이 분주한 시기를 보냈다. 딸아이가 세 살 되었을 때 Pre-school(유아원)에 내려놓고 오는 길에 연년생인 두 녀석이 뒷 자석에서 잠이 들면 세 시간 동안을 집에 들어올 수가 없었다. 그것도 눈 덮이고 추운 겨울에는 더욱 힘든 일이었다. 지금 생각하면 참으로 내게 버거운 시간이었다. 엄마라는 자리가 나와 너무도 맞지 않는 것 같아 아이들을 보면서 참 많이도 울었다. 그리고 그 가슴 속이 달래지지 않아 늦은 밤 남편과 세 아이가 잠든 시간에는 끄적이며 남기는 하루의 일기와 붓글씨 그리고 그림(유화) 그리기로 나를 달래곤 했었다.

그렇게 서른에서 마흔이 되는 십 년은 세 아이를 위해 나의 모든 시간을 쏟아부었다. 아니 정신을 다른 곳에 돌릴 여유가 없었다. 그리고 마흔이 되었다. 세 아이가 중학교에 입학해 다닐 무렵이었다. 이제는 무엇인가 나도 시작을 해야겠다고 마음은 먹었지만, 선뜻 용기가 나질 않았다. 세 아이를 키우는 엄마에게 그 어느 누가 내 이름을 따로 불러줄 이 없었다. 그저 누구의 아내와 어느 집 며느리 그리고 세 아이 엄마의 이름표만이 나를 말해줄 뿐이었다. 아직은 아이들에게 엄마의 역할이 제일 필요하고 중요한 때임을 알지만, 더 늦기 전에 무엇인가 시작해야겠다고 마음을 먹게 되었다.

그렇게 쉬지 않고 글쓰기와 붓글씨 그리고 그림을 그리던 훈련이 나의 삶의 밑거름이 되었던 것이다. 배꼽 저 아래의 끝에서부터 꿈틀거리며 요동치는 예술적인 기운(끼)을 누르지 못할 때 쉬지 않고 해오던 매일의 글쓰기가 나를 돌아보는 반성의 기회와 앞으로의 꿈을 설정하게 했으며 정성 들여 써내려가던 붓글씨의 성경 구절이 기도가 되었다. 그리고 덧바를수록 신비해지는 유화를 통해 내 안의 숨겨진 보물들을 하나씩 찾아내는 작업을 할 수 있었다는 생각이다. 세 아이를 키우며 버거웠던 시간마저도 내게 필요했던 귀한 시간었음을 세 아이가 훌쩍 커버린 지금에야 더욱 절실히 느끼는 것이다.

'하늘은 스스로 돕는 자를 돕는다'는 옛 성인들의 귀한 말씀처럼 늘 깨어 있어 준비하는 사람에게 기회가 온다는 것이다. 자신에게나 또 자신의 삶에서 욕심은 가지되 허욕을 부리지 말자는 얘기다. 자신의 피와 땀과 노력 없이 무엇인가 바라고 기다린다면 그것은 도둑 심보는 아닐까 싶다. 사람의 인연이나 삶 그리고 사랑에도 때가 있는 법이라는 생각을 한다. 그것은 나를 스스로 돌아볼 줄 아는 지혜와 오랜 기다림에 지치지 않고 인내할 줄 아는 힘이 필요한 까닭이다. 그럴 때 우리는 내게 찾아온 귀한 인연을 알아차릴 수 있는 심안이 열려 비로소 그때를 맞이할 수 있는 것이다.

평범한 것들의 가치

늘 평범한 일상에서 만나는 것들과 가까이에 있는 것들에는 당연하다는 생각에 쉬이 지나치기 쉽다. 그것이 사람이 되었든, 자연이 되었든, 사물이 되었든 그 어떤 것일지라도 쉬이 생각하기 쉽다. 내 남편이, 내 아내가, 내 자식이, 내 부모가 늘 곁에 있기에 그저 함께 머무는 가족이라고 여기며 살 때가 얼마나 많은가. 서로 무심함으로 대하며 그 무심함을 가족이기에 예의 갖출 필요 없는 편안한 관계라고 여기며 살아오지 않았던가. 물론, 편안함이 있어 좋다. 그러나 그 편안함이 무관심이 될까 염려스러운 것이다.

우리가 COVID로 인해 1년 6개월을 얼마나 많은 상황에서 제약에 묶여 있었던가. 일상이 마비되어 온 가족이 가중된 스트레스로 많이 힘들었을 것이다. 어린아이들은 한참 뛰어놀아야 할 그 나이에 집안에서 있어야 하니 답답했을 것이고, 부모는 부모대로 집 안에 있는 아이들과 남편과 가족을 위해 하루 세 끼 반찬 걱정을 하며 지냈을 것을 생각하면 가슴이 답답해 온다. 이제는 조금씩 코로나 백신으로 마스크도 벗고 함께 식사도 할 수 있으니 다행이다. 그러나 아직도 안전하지 않은 상황이니 서로 조심하며 지내야겠다.

여행을 하고 싶어도 할 수 없는 상황에 있던 여행객들이 여기저기

갈 수 있는 곳을 찾아 요즘 비행기 티켓을 사기도 힘들다는 얘기를 들었다. 먼 곳으로의 여행도 좋을 테지만, 가까이에 있는 자연들을 찾아갈 수 있다면 이보다 더 좋은 여행이 어디 또 있을까. 햇살 좋은 날 집 포치 의자에 편안하게 누워 하늘을 바라보고 눈을 감고 바람 소리를 들어본 적 있는가. 이름 모를 새소리들과 파드닥거리며 뛰어다니는 다람쥐와 토끼들의 움직임이 삶의 한 풍경이 되어 기분 좋은 하루를 만들어주기도 한다.

특별하지 않은 일상에서의 특별함이란 평범한 일상에서의 누림이란 생각을 한다. 요즘처럼 사람이 그립고 이야기가 그리운 날에는 특별한 음식이 아니더라도 마음 편안하게 만날 수 있는 지인을 불러 바깥 포치에 깔끔한 테이블보를 깔고 간단한 음식과 와인을 하나 곁들인다면 그 어느 레스토랑을 가지 않더라도 즐겁고 행복한 시간을 누리게 되는 것이다. 마주한 음식도 음식이지만, 함께 나누는 서로의 이야기가 더욱더 맛을 돋우는 것이리라. 이처럼 특별하지 않은 일상의 특별함이란 평범함이 주는 선물인 것이다.

100세 시대에 오십 중반의 나이는 청년에 속한다며 친구는 말해온다. 그러나 오십 중반에서 느끼는 내 생각은 편안한 것이 좋아졌다는 것이다. 사람이나, 물건이나, 그 어떤 관계에서도 보채지 않을 만큼의 거리를 유지하는 것이 편안하다는 생각을 거듭해보는 것이다. 보고 싶으면 보고 싶다고 말할 수 있고, 만나고 싶으면 만나고 싶다고 말할 수 있는 그런 편안한 사이가 관계가 좋아졌다. 혹여, 만날 수 없는 거리에 있거나, 환경이 허락지 않는다면 기다림으로 기다려 줄 수 있는 그런 넉넉한 마음으로 말이다.

삶에서 너무 특별한 것을 찾다가 보면 소소한 평범한 일상의 소중함과 가치를 잃기 쉽다. 가끔은 한 번씩 주변을 돌아보며 살았으면 좋겠다. 나의 일상이 또 하나의 풍경이 되어 주변의 그 어느 누군가를 주인공으로 바라볼 수 있는 넉넉함이면 좋겠다. 그 상대가 누가 되었든, 오롯이 들어주고 칭찬을 아끼지 않으며 희망을 풀어 나눠주면 좋겠다. 언젠가 나도 그 누군가의 풍경으로 주인공이 될 날이 있을지도 모르니 말이다. 무엇이든 베풀 수 있을 때 나누는 것이 복된 일임을 깨달아 내가 가진 것을 나누는 오늘이면 좋겠다.

하루는 24시간, 그러나 이 스물네 시간은 모두에게 다르다. 평범함이란 또 어떻게 설명할 것인가. 참 난감하다. 언제나 내가 쓴 안경의 색깔과 내가 쥔 잣대로 바라보고 평가하고 결정짓는 일이 비일비재하지 않던가. 나의 평범함이 또 누군가에게는 특별함이 되기도 하고, 다른 이의 평범함이 내게 아주 특별함이 되기도 하지 않던가. 그렇다면 그 평범함을 그저 두리뭉실하게 말하기 쉬운 '기준치'와 '보편적'이라는 틀 속에 가두지 않기로 하자. 각자의 누리는 평범한 생각들 속에서 각자의 가치들을 꺼내 보는 것이다.

그대의 선택에 달려있다

"시간이 지나면 부패되는 음식이 있고
시간이 지나면 발효되는 음식이 있다.
인간도 마찬가지다.
시간이 지나면 부패된 상태를 썩었다고 말하고
발효된 상태를 익었다고 말한다.
신중하라.
그대를 썩게 만드는 일도 그대의 선택에 달려있다.
그대를 익게 만드는 일도 그대의 선택에 달려있다."
– 이외수 '하악하악' 중에서

세상 나이를 늘이며 좋아지는 것들이 몇 있다. 그것은 노력해서 된일이 아니라는 생각이 든다. 나이가 어려서는 비슷한 또래의 친구들과 알게 모르게 서로 견주는 일들이 있었다. 그것은 서로가 알 듯 모를 듯한 아주 미미하고 세심한 정도의 것이지만, 파장은 그리 만만치 않았다는 생각이다. 그것이 서로뿐만이 아닌 자식의 공부에까지미치게 되고 아이들이 대학을 입학하고 진로가 결정되면서 서로의길이 다르다는 것을 인정해가면서 자연스럽게 각자의 자리로 돌아가지 않았나 싶다. 그것은 바로 삶의 여정에서 만난 이런저런 경험으로 얻어진 지혜라는 생각을 한다.

　쉰을 넘어 더욱 편안해지는 것 중 또 하나는 나보다 나이 든 언니들은 더욱 편안해 좋고, 젊은 동생들은 상큼한 생각이 그렇게 예쁠 수가 없다. 그들과 함께 있으면 내가 모르던 많은 것들을 함께 공유할 수 있어 고맙고 즐겁다. 어찌 보면 또래보다는 언니와 동생들에게 아는 것은 안다고 말하기 편하고 모르는 것은 물어보기 편안하고 배울 것들이 더 많아 더욱 좋은지도 모를 일이다. 여하튼, 세상 나이를 늘이며 마음이 여유로워진 것만은 사실이다. 사람과 사물을 바라보는 눈과 귀가 넓어지고 받아들이는 가슴도 넓어지니 무엇보다도 나 자신이 편안하고 여유로워 좋은 이유가 되었다.

　나 자신을 돌아보면 은근히 고집이 센 편이다. 남편은 '욱'하는 성격에 고집도 세다. 남편의 고집을 이길 수도 없을뿐더러, 그 고집을 꺾을 생각은 더욱이 없다. 3월이면 결혼 27년을 맞이한다. 이렇듯 만난 지 30년이 다 되어가니 저절로 서로를 알기에 자연스럽게 주고받는 것을 배워갈 뿐이다. 결혼 후 몇 년은 서로의 영역 넓히기에 바빠 명분 없는 싸움도 많이 했었다. 그런 시간이 있어 오늘이 있음을 알기에 그저 감사한 마음이다. 서로 툭툭 던졌던 말들의 상처로 가슴에 남은 생채기도 있었지만, 그것마저도 모두가 감사했던 시간이었음을 고백하는 오늘이다.

　그 어떤 것에 있어 자신의 선택은 중요하다. 그 결과와 상관없이 말이다. 그것은 자신이 선택한 결과에 대한 책임까지도 내포되어 있기 때문이다. 남편이나 아이들과도 마찬가지다. 남편은 비즈니스에 탁월한 아이디어를 가진 사람이라고 아내인 나는 인정을 한다. 그리고 남편 역시도 내가 좋아하는 일(글쓰기, 사진, 여행 등)에 대해 인정해주고 격려해주고 후원해주는 사람이다. 세 아이의 진로 역시도 부모로서 의견은 나누었지만, 각자가 자신의 길을 선택하도록 했다. 그것은 부모로서 방향은 잡아줄 수 있지만, 결국 자신의 길은 자신이 선택해야 하는 것을 알기 때문이다.

부모와 자식 간의 관계도 그러할 테지만, 친구 관계도 마찬가지라는 생각을 한다. 특별히 타국 멀리 와 사는 이민자들의 생활은 더욱이 관계의 설정과 폭과 깊이를 가늠하기가 참으로 어렵다는 생각이다. 너무 가까이 오고 가면 무엇인가 속을 너무 보여준 느낌이랄까. 또한, 조금 멀리 가면 너무 소원해지는 느낌을 떨쳐버릴 수 없으니 관계란 것은 인생에서 늘 어려운 과제임은 분명하다. 하지만 이 모든 관계 속에서 무엇보다도 기대나 바람이 있기에 서운한 마음이 들기도 하고 소원해지기도 하는 것은 아닐까 싶다. 서로에게 적당한 크기의 항아리(독)를 만들며 익어가는 삶이길.

이렇듯 이 나이쯤에는 너무 큰 항아리(독)를 선택하지 말아야겠다는 생각을 한다. 적당한 크기의 항아리(독)를 선택해 시간이 지나면 지날수록 천천히 익어 발효되는 일에 더욱 시간을 들여야겠다. 무엇보다도 그 항아리에 무엇을 넣어야 할 일에 더욱 신중하게 생각하고 결정하고 선택해야겠다는 생각을 해본다. 그것이 사람이 되었든 사물이 되었든 간에 나 자신이 선택한 것에 대한 믿음과 결과에 대한 책임을 감당할 수 있도록 기도하는 마음으로 말이다. 세상 나이 오십 중반쯤에서 맞는 인생 2막은 이렇게 여유로운 마음으로 시작하기를 간절히 마음을 모아본다.

Mt. Katahdin 정상에 올라

지난 2021년 7월 18일부터 20일까지 2박 3일의 일정으로 〈보스톤산악회(회장 김상호)〉에서 메인주의 최고봉인 MT. KATAHDIN(5,267ft/ HUNT TRAIL, NESOWABNEHUNK CAMPGROUND, BAXTER STATE PARK, ME) 종주 산행을 12명의 산악회 회원이 다녀왔다. 개인이나 단체나 어떤 행사나 이벤트 일정을 미리 정해놓고 날짜를 기다리며 초조해지는 것은 그날의 일기일 것이다. 그것은 마음대로 할 수 없는 까닭이다. 특별히 산행은 더욱더 그렇다는 생각을 한다. 유독 바위가 많은 산은 비가 내렸거나, 비가 내리면 산행은 위험하기 때문이다.

이번 산행의 Hunt Trail은 예상보다 더욱 어려운 산행 코스였다고 김상호 회장은 종주산행을 마치고 산우들과의 여담에서 밝혔다. 10마일 이상의 카타딘 산을 모두 함께 오르내렸던 것에 감사한다고 말이다. 자동차 3대가 12명을 태우고 메인 주로 출발하기 시작해 7시간이 지나서야 목적지인 State Park 내의 Nesowadnehunk Campground의 Bunk House에 도착하게 되었다. 각자 준비한 음식들을 차에서 내리고 저녁은 비빔밥으로 정했다. 다음 날 이른 새벽 4시가 출발 시간임을 알리고 일찍 서둘러 잠을 청했다.

미국 3대 트레일(CDT, PCT, AT)중의 하나인 애팔래치안 트레일(Appalachian Trail)은 북위 32도 조지아 주의 스프링어 마운틴(Springer Mountain 3780피트 1152m)에서 출발하여 노스캐롤라이나, 테네시, 버지니아, 웨스트버지니아, 메릴랜드, 펜실베니아, 뉴저지, 뉴욕, 코네티컷, 매사추세츠, 버몬트, 뉴햄프셔 그리고 북위 47도 지점인 메인 주의 카타딘 마운틴(Katahdin Mountain 5267피트 1607m)까지 14개 주, 8개 국유림, 6개 국립공원을 통과하는 2189마일(3522km)의 대장정이다.

"카타딘(Katahdin)은 약 4억 년 전에 이교도 오리건주의에서 형성된 누룩, 지하 마그마 침입이다. 산은 카타딘 화강암 , 현무암, 유문암 및 퇴적암을 비롯한 다양한 종류의 암석으로 이루어져 있다. 산은 15,000년 전의 빙하에 의해 형상화되고 조각되었으며 최근에는 막대한 Cirques를 조각하고 Eskers 와 빙퇴석을 남기고 있다. '위대한 산'이라는 의미의 카타딘(Katahdin)이라는 이름은 와바나 키 국가(Wabanaki Nations)의 일부인 페 노브 코토 인디언(Penabscot Indians)에 의해 주어졌으며 파나마 코디(Passamaquoddy) 국가, 아베나키 국가, 미크 맥 국가 및 말세 제국을 포함한다. 그 이름은 찰스 터너(Charles Turner)가 카타르딘(Catahrdin)에게 처음으로 기록한 것으로, 카타르딘은 자연 주의자인 헨리 데이비드 소로(Henry David Thoreau)에 의해 철자가 붙었다."

7월 18일 아침 출발하던 내내 비가 많이 내렸다. 긴 시간의 운전이 많이 힘들었을 일정이었다. 메인에 도착하면 비가 그쳤으면 좋겠다고 내내 기도를 했다. 이번 산행은 내 개인적인 입장에서도 큰 의미가 있었다. 2011년 6월에 산행을 처음 시작했으니 만 10

년이 되었다. 그리고 2012년 7월에 산악회에서 11.2 마일의 Mt. Katahdin(Chimney Pond trail-Saddle trail-Bexter Peak) 종 주산행이 있었다. 신청을 해 놓고 개인 사정으로 캔슬하고 말았었 다. 이번 산행은 그 누구보다도 내게 더욱더 간절했던 산행이었다.

 큰 바위산을 오르는 내내 정신을 차리지 않으면 큰일이 날 것 같은 느낌의 버거운 산이었다. 서너 군데는 정말 아찔한 순간을 겪을 만 큼 위험한 곳이 있었다. 그러나 묵묵히 하늘과 땅과 바위와 나 사이 의 바람과 함께 10시간을 올라서야 카타딘 정상에 도착할 수 있었 다. 아, 그 감격과 감동의 순간은 말로는 표현할 수 없는 기독교 신 자인 내가 창조주 하나님의 이름을 굳이 부르지 않더라도, 우주 만 물과 인류를 창조하고 구원하는 존재인 신(神)께 감사한 순간이다. 장엄하고 신비로운 자연 앞에서 아주 작은 피조물인 나를 고백하는 시간이었다.

'알라스카 크루즈 여행'을 다녀와서

　얼떨결에 기분 좋은 여행을 마치고 돌아왔다. 늘 마음속에 한 번 정도는 알라스카에 다녀오고 싶다고 생각했었다. 하지만, 이렇게 갑자기 여행의 이야기가 시작되어 다녀오리란 생각을 못 했었다. 한 두 달 전 아는 지인께서 한 카톡의 공간에 알라스카 크루즈 여행을 계획하고 있는데 관심 있으신 분은 연락을 하라는 얘기를 남겼다. 여행을 함께 다닐 정도의 관계는 아니었기에 이 여름에 추운 알라스카에 한 번 가면 좋겠다 싶었다. 그저 혼자 생각했었다. 그런데 가깝게 지내는 언니가 이번 알라스카 여행에 합류한다는 것이다.

　귀가 번쩍 뜨여서 그렇게 결정했냐고 물었더니 그렇다고 한다. 그럼 언니가 간다면 나도 함께 따라가고 싶다고 얘길 전했다. 보통 그룹 여행에서 방을 혼자 쓰는 것보다는 가까운 사람이 함께 쓰면 여행비도 절약이 될뿐더러 심심치 않고 좋다는 것을 이미 알고 있었다. 그래서 그 언니는 함께 하는 짝꿍이 있다고 하니 어떻게 할까 생각을 하다가 30년이 넘도록 가깝게 지내는 오랜 어른이 떠올랐다. 연세가 일흔일곱이시니 이제 크루즈 여행을 몇 번이나 더 가실까 싶어 여쭤보았다. 함께 가시면 저도 좋을 것 같다고.

　그렇게 해서 정말 취미와 나이와 상관없이 '알라스카'만 생각하고 함께 떠난 여행이었다. 처음 여행을 계획했던 언니는 한국에서 작은 아버지와 작은어머니 그리고 미국에 사는 친구 두 부부와 함께 움직이게 되었다. 가족도 아닌 우리는 편안한 이웃으로 만나 50대 중반을 넘은 나와 60대 중반에 오른 가깝게 지내는 언니와 70에 오른 언니 그리고 일흔일곱이 되신 어른과 함께 넷의 '알라스카' 크루즈 여행이 시작된 것이다. 가족도 아닌 우리가 이렇게 나이 차를 뛰어 넘어 즐겁고 행복한 여행을 함께 했다.

새벽 3시에 집에서 출발해 로건 공항에서 5:45 출발 7:25분 시카고에 도착했다. 다시 시카고 미드웨이 공항에서 8:25분 출발 10:55분에 시애틀 타코마 공항에 도착했다. 도착해서 Norwegian Cruise Line을 가기 위해 셔틀버스를 찾아 타고 2,500여 명의 여행객들이 북적이는 곳에 도착했다. 도착한 것이 끝이 아니었다. 코비드 테스트를 위해 순서순서가 기다리고 있었다. 가기 전 72시간 이내에 코비드 테스트를 했는데, 또다시 도착하니 테스트를 하는 것이 아닌가. 여기서 양성 반응이 나오면 지불된 여행비를 돌려받지도 못한다는 것이다.

알라스카는 미국 땅이라지만, 참으로 멀리 있지 않던가. 특별히 우리가 살고 있는 동북부에서는 말이다. 시애틀에서 배를 타고 2일 밤을 간 것 같다. 참으로 망망대해에 떠 있는 작은 배 그리고 출렁이며 달려들었다 부딪히고 떠나버리는 파도와 파도 소리 뿐이었다. 이미 배에 올랐으니 어쩌랴. 그저 내가 느끼고 누릴 수 있는 만큼이 내 것이려니 생각했다. 그렇게 이틀 밤을 가서야 알라스카에 도착했다. 3일째 되는 날 Icy Strait Point에 도착해 높은 산을 올라보았다. 기차를 타고 오르는 여행객들도 있었고, 밴을 타고 오르는 여행객들도 있었다.

알라스카의 작은 섬마을 여러 곳을 들러 이것저것 구경을 할 수 있었다. Discover Skagway, Make New Frends in Juneau, Mysterious Ponds Formed a Retreating Glacier, Say Hello to Ketchikan 작은 도시였지만, 그곳마다의 특색이 있어 좋았다. 길을 따라 걸으며 구경도 하고 미지엄에 들러 그들만의 민속과 토속적인 오랜 생각과 꿈들과 사상을 잠시나마 읽고 돌아올 수 있었다. 여행 가방을 챙기며 '알라스카'는 춥겠다는 생각에 있었는데 막상 도착하니 하루는 날씨가 화창했고, 하루 정도만 조금 추웠다.

여행 중 기억에 남는 곳은 Glacier이었다. 우리가 막 도착했을 때 저 멀리에 그래시어 빙하가 보이는 것이었다. 심장이 뛰기 시작했다. 때마침 빙하를 바치고 있던 짙푸른 산에 신선이 놀다 금방 떠났을 법한 구름이 산허리에 띠를 하얗게 두르고 우리를 마중하고 있지 않은가. 참으로 장관이었다. 하나님이 만들어 놓으신 이 웅장하고 아름다운 자연의 신비 앞에 그만 작은 피조물인 나를 생각했다. 우리 모두는 어린아이처럼 뛸 듯이 기뻐했다. 그 오랜 세월 동안 과거와 현재가 공존하는 바로 그 자리에 그 순간에 우리가 있었다.

멈추어야 할 때 나아가야 할 때 돌아봐야 할 때

"저자는 인간을 지구를 여행하는 나그네라고 부른다. 때문에 우리
가 이곳을 여행할 기회는 단 한번뿐이다. 여행에서 중요한 것은 장
비도, 동반자도, 목적지도 아니다. 단지 즐거운 마음가짐 하나면 된
다. 이러한 마음가짐은 가벼운 정신과 성실한 태도에서 시작된다고
보고, 적당히 여유 있는 마음가짐을 가질 때 경쾌한 인생을 살 수 있
다고 말한다. 이것이 이 책의 철학이자 믿음이다. 때로는 멈추고, 때
로는 나아가고, 때로는 돌아보는 인생을 통해서 가장 행복한 지구 여
행자가 될 것을 권하고 있다.

『멈추어야 할 때 나아가야 할 때 돌아봐야 할 때』는 얽히고설킨 인
생의 매듭을 풀고 피곤하지 않게 사는 방법을 소박한 스토리와 담백
한 인생철학, 그리고 다양한 전문적 지식을 융합해 입체적으로 풀어
낸다. 저자는 집 앞에 피고 지는 꽃을 감상하는 것, 하늘에 떠 있는
구름을 따라 걸어보는 것 등 느리게, 단순하게, 여유로운 마음을 가
져보라 말하며 화려하고 사치스러운 성공 일색의 인생 노선을 내려
놓기를 제안한다."

일상의 평범한 이야기들이다. 내게도 일어났고 일어날 그리고 일
어나는 일 말이다. 삶에서의 특별함이란 이처럼 평범한 일상이리라.

그러나 우리는 마음에서 남들은 매일 특별한 일을 하는 것 같은데, 나만 너무도 밋밋한 하루를 맞고 있다고 생각하며 자책하거나, 부러워하는 것이 아닐까 싶다. 오늘 살아있다는 그 사실 하나만으로도 우리는 아주 특별한 일상의 주인공들이다. '호~' 하고 토해낸 숨을 '흡~' 하고 들어마시고 뱉어내지 못한다면 어찌 저 파란 하늘을 볼 수 있겠으며, 솔솔한 바람을 맞을 수 있겠는가.

책의 저자 쑤쑤[素素]는 베스트셀러 작가, 마음의 멘토. 높은 연봉의 직장을 그만두고 베이징 시샨[西山]에서 은거에 가까운 생활을 하며 마음의 성장과 심리 치유, 힐링에 관한 글을 전문적으로 쓰고 있다. 가벼우면서도 부드럽게 톡톡 튀는 문체로 다양한 연령, 다양한 국가의 독자를 매료시킨 그녀의 두 번째 작품이 또다시 한국에 선을 보인다. 대표 저서로는 『인생을 바르게 보는 법 놓아주는 법 내려놓는 법[治愈系心理學]』, 『인생, 너무 진지할 필요는 없어[人生何必太較?]』 등이 있다.

책 안의 제목들을 나누고 싶다. 혹여 이 가을 시간이 허락된다면 가볍게 편안하게 읽어보시면 좋겠다는 생각에서 나누는 것이다. 책의 Prologue "우리는 모두 지구 여행자이다" 참으로 마음에 와 닿았다. 첫번째 Chaptr에서 "삶이 피곤한 게 아니라 마음이 피곤한 것이다" 현대인이 피곤하게 사는 이유는 할 일이 많아서가 아니라 생각할 일이 많기 때문이다. 이때 우리가 스스로 생각의 주인이 될 수 있다면 꿈에서처럼 마음껏 날아다닐 수 있을뿐더러 피곤해지지 않을 것이다. 꿈이 실현되는 즐거움만 느끼고 꿈이 깨지는 고통은 느끼지 않을 것이다.

Chapter 1 삶이 피곤한 게 아니라 마음이 피곤한 것이다, Chapter 2 마음속 빈 곳을 채우고, 밝은 빛으로 나아가다, Chapter 3 마음을 열면 행복하고, 마음을 닫으면 불행하다, Chapter 4 느리게 더 느리게, 삶의 향기를 맡다, Chapter 5 단순한 삶이 가장 근사하다, Chapter 6 돈과 명예는 자유로워지기 위한 수단에 불과하다, Chapter 7 인생… 책 제목들이 편안하고 단순해 현대를 사는 우리들의 바쁜 마음을 빠른 걸음을 잠시 멈추게 해주는 것이다. 그렇다, 우리는 생각이 너무 많이 피곤해지는 것이다.

단순한 삶이 가장 근사하다. '빼기'는 이미 하나의 인생철학으로 자리 잡았다. 그런데도 현대인은 쉽게 걸음을 멈추지 못한다. 그러나 '더하기'를 통해 Good도 얻고 Better도 얻지만, Best가 어디 있는지 찾지 못한다. 빼기의 생각 전환을 통해 삶을 단순화해보는 건 어떨까? 물질 생활에 대한 인간의 요구가 줄어들면 정신생활의 자유로움은 좀 더 커질 것이다. 빼기는 삶을 단순화하여 우리를 행복한 미래로 이끈다. 편한하고 마음에 와 닿았던 책이라 이 가을 함께 나누고 싶어 책 이야기를 옮겨보았다.

꿈속에서라도 만나보고 싶은 얼굴

이별은 참 슬프다. 사별은 참으로 고통스럽다. 훌쩍 떠난 빈자리에 꿈인가 싶어 정신을 모아보면 현실인 것에 가슴이 먹먹해 온다. 가끔 찾아오는 명치 끝 그리움에 몇 날을 몸 앓이를 한다. 남편이 우리 가족인 세 아이와 아내인 내 곁을 떠난 지 벌써 6개월이 지났다. 유난히 아이들을 예뻐하던 아빠를 떠나보내고 세 아이를 보며 엄마가 무너지면 안 되겠다 싶어 정신줄을 놓지 않으려고 애쓰다 보니 훌쩍 6개월을 보냈다. 저녁이면 자동차에서 내려 계단을 올라 현관문을 활짝 열고 신발을 벗으며 웃음 띤 얼굴로 들어올 것만 같다.

남편의 묘지(Cemetry)는 집에서 걸어서 45분 자동차로는 7분 정도 걸린다. 비가 오는 날에는 자동차로 찾아가지만, 보통 날에는 걸어서 45분 도착해서 얘기를 나누고 30분 정도를 세메터리 주변을 돌다가 다시 집으로 오면 45분이 걸린다. 그렇게 걷고 오면 딱 2시간이 걸린다. 마음을 가라앉힐 수 있는 시간이며 머리도 맑게 해줄 수 있는 시간이라 참 좋다. 감사한 것은 남편과 마주하고 이런저런 이야기를 하다 보면 마음이 평안해진다. 그것은 내 마음대로 할 수 없는 하나님이 주신 어려움 속에서의 연단이리라.

아빠를 떠나보내고 아이들은 한 번씩 아빠 꿈을 꾸었다고 말해온다. 딸아이는 20대 초반의 아빠 얼굴로 만났다고 하고, 아들아이도 아빠를 만났다고 한다. 남편이 정말 보고 싶은데, 내 꿈에서는 한 번도 얼굴을 보여주지 않는 것이다. 꿈속에서라도 만나보고 싶은 얼굴 너무도 보고 싶고 사랑하는 남편을 꼭 만나보고 싶었다. 그러다가 알라스카 크루즈 여행 중 망망대해에서 하룻밤에 꿈에서 나타난 것이다. 너무도 반가워서 등을 몇 번이고 만지고 쓰다듬으며 내 남편이 맞다고 또 맞다고 반복해 토해냈다.

꿈속에서였지만, 저쪽 편에 한 사람이 함께 와 있었다. 그러나 나와 함께 꼭 포옹을 하고 있었지만, 금방 떠나야 한다는 것이다. 나는 너무 다급한 마음에 그럼 전화번호라도 주고 가라고 그냥 가면 어떡하냐고 반문을 했다. 뭐라 뭐라 일러준 숫자는 정확히 생각이 나지 않았다. 다만 이 사람이 급하게 떠나며 크리스(큰아들)에게 번호를 주었다며 걱정하지 말라는 말만 남기고 떠났다. 아침에 눈을 뜨고 어젯밤 꿈을 생각하니 마음이 가라앉고 가슴이 먹먹했다. 순간 명치 끝 짙은 그리움이 뭉클뭉클거리기 시작한다.

그렇게 떠났던 여행 스케줄을 마치고 집에 도착했다. 큰아들이 여행은 즐거웠느냐고 묻는다. 좋았다고 답을 해주었다. 그리고 꿈 얘기를 나누었다. 아빠가 네게 전화번호를 주었으니 알 거라고 하시더라고 말이다. 함께 이야기를 주고받다가 서로 말이 없었다. 잠시 아빠를 생각하고, 남편을 떠올렸던 시간인 것이다. 이런저런 일주일간의 이야기를 다시 주고받았다. 그러던 중 큰아들이 콘도를 하나 보려고 계획 중이라고 엄마한테 말해준다. 그 얘기를 듣던 중 아빠가 네가 알 거라던 것이 바로 이것이었던 모양이라고.

큰아들과 엄마는 그 이야기를 마친 날 며칠 후부터 보스턴 시내의 몇 군데 콘도를 보기 시작했다. 떠나기 전부터 하나님께 욕심이 앞서지 않게 해주시고 지혜를 달라고 기도를 했다. 이 아이에게 꼭 필요한 곳과 인연이 되게 해달라고 말이다. 그러면서 남편에게도 부탁을 했다. 세 아이와 나와 함께 늘 동행해달라고 어느 것의 결정이 필요한 시간에 꼭 곁에 있어달라고 말이다. 네다섯 곳을 돌아보며 마음에 드는 곳이 두 군데 있었다. 그렇지만 인연이 아니었는지 이어지지는 않았다.

그리고 3주 후 보스턴 시내의 콘도를 다시 두 곳을 보게 되었다. 두 군데를 놓고 결정하기로 했다. 이번에는 딸아이도 함께 움직이게 되어 아들과 엄마와 셋이 움직이게 되었다. 또 간절한 마음으로 하나님께 기도했다. 올바른 선택을 할 수 있도록 지혜를 허락해달라고 말이다. 셋에서 서로의 의견을 내어놓으며 하룻밤을 고민하다가 그 다음 날에 오퍼를 넣었고 사게 되었다. 큰아들이 자신의 집을 마련하는 것인데, 엄마의 결정을 많이 존중해줘서 고마웠다. 엄마, 아빠도 우리와 같은 의견과 선택과 결정을 했을 것 같다고 말이다.

포르투갈 '리스본' 여행을 다녀와서

여행은 우리 자신을 돌아보게 하며 오늘을 성실히 맞이하고 감사한 마음으로 하루를 보낼 수 있게 한다. 바쁜 일상에서의 삶은 다람쥐 챗바퀴 돌듯이 옆과 뒤를 돌아볼 사이 없이 시간에 쫓기듯 앞만 보고 달리게 하는 까닭이다. 여행이라는 것을 그저 시간적인 여유와 경제적인 여유가 있어야 할 수 있다는 생각을 많이들 갖고 있다. 그러나 그렇지 않다고 생각한다. 삶에서 여행의 횟수가 중요한 것이 아니라, 내 삶에서의 시간을 마련할 수 있는 나 자신의 선택과 결정이 중요하다는 생각을 한다.

문득, 남편이 내게 들려줬던 이야기가 생각난다. 몇 년 전의 일이다. 페루 마추픽추에 여행을 계획하고 떠나려고 할 때 가깝게 지내는 지인과 식사 자리가 마련됐었다. 식사를 마치고 집으로 돌아와서 남편이 아내인 내게 하는 말이 저 지인에게 시간을 주고 돈을 준들 자기만큼 여기저기 여행을 다니겠어? 남편의 그 말 속에 여행을 좋아하는 아내를 탓하기보다는 다닐 수 있을 때 다니는 것이 좋은 일이라고 칭찬을 해주는 것이었다. 그래서였을까. 여행을 떠날 때면 늘 남편의 그 말이 내 머릿속에서 남아 꿈틀거린다.

환경은 누구나 다 다를지라도 자신의 자리에서 최선을 다하면 최

274

고의 삶이 아닐까 싶다. 그 누구보다도 나 자신에게 정직하고 거리낌이 없기를 바라는 마음이다. 다른 이들의 시선이나 평가가 중요한 것이 아니라, 나의 삶에서 자만하거나 위축되지 않고 그 어떤 자리에서나 떳떳하고 당당할 수 있다면 그 삶은 최선이고 최고라는 생각을 한다. 그 어떤 종교를 덧붙이지 않더라도 말이다. 너른 산과 들과 바다 그리고 모든 자연에서 배우듯 여행하며 낯선 곳에서 만나는 모든 것들이 내 삶에서 또 하나의 스승인 것이다.

이번 여행의 시작은 동네에서 가깝게 지내는 골프 멤버 몇 언니들과의 여행 이야기로 시작되었다. 자식들이 훌쩍 컸으니 훌쩍 떠날 수 있는 여건이 아니 조건이 갖춰진 셈이다. 코비드로 인해 여행의 제약 조건들이 꽤 많아 많은 이들이 여행을 기피하는지도 모른다. 요즘은 '위드 코로나'라는 말이 나오기는 하지만, 여전히 코로나-19로부터 자유롭지 않은 것이 현실이지 않던가. 그렇게 이런저런 제약 조건을 뒤로한 채 다섯 여자들의 외출(여행) 계획이 시작되었다. 서로 무엇이 필요한지를 나누며 여행 날짜를 기다렸다.

떠나길 바로 전날, 한 언니로부터 연락을 받았다. 건강이 아무래도 여의치 않아 이번 여행을 접는 게 나을 것 같다고 말이다. 많이 서운했다. 5박 6일의 일정이지만, 10월에 떠나 11월에 돌아오는 두 달 일정의 여행이다. 저녁 오후 6시 정도 보스턴 로건 공항을 출발해 6시간이 다 지나서야 포르투갈 리스본 공항에 이른 아침에 도착했다. 호텔에 짐들을 맡겨놓고 간단한 커피를 마신 후 택시를 잡아타고 여행을 시작했다.

포르투갈 '리스본' 여행에서 빠질 수 없는 노란 색깔의 28번 트램을 꼭 타보라는 것이었다. 우리는 그렇게 좁은 도로를 오르락내리락 거리며 알파마의 골목길 28번 트램을 즐겼다. 또한, 코메르시우 광장에 도착해 우뚝 선 개선문 사이를 오고 갔다. 18세기에 일어난 리스본 대지진을 복구하는 의미에서 세워진 것이라고 한다. 개선문을 사이에 두고 아우구스타 거리가 먹거리 골목이 되어 늘어서 있었다. 바다로 둘러싸인 포루투칼 리스본에서는 생선이 유명하다. 모두들 맛난 생선에 그만 말문을 닫았다.

리스본의 대성당을 들어가기 전 하얀 백발의 여자 노인이 허름한 차림에 구걸을 한다. 작은 문지방을 들어서니 성당 안은 컴컴하고 웅장함 속에 높이 올려진 스테인글라스의 빛이 더욱 황홀하게 느껴진다. 아, 웅장함에 압도당하고 다시 밖으로 나왔다. 빠트릴 수 없는 곳 수도원 옆 100년이 넘은 빵집이 있었다. Pasteis de Belem 이라는 곳의 빵집이었다. 바깥에서 기다리는 인파보다 더 놀라운 것은 그 안의 손님들을 맞을 큰 공간이었고, 그 빵들의 놀라운 맛이었다. 또 기억에 남는 곳은 유럽 대륙의 땅끝이라 불리는 '카보 다 호카(Cabo Da Roca)'였다. "이곳에서 땅이 끝나고 바다가 시작된다." 우리네 삶도 그렇지 않을까.

똑같은 나이는 있어도 똑같은 인생은 없다

사십년지기 어릴 적 친구가 같은 동네에 살고 있다. 눈빛만 보아도 무슨 생각을 갖고 있고, 어떤 말을 하려는지 짐작하고도 남을 만큼 속을 훤히 들여다볼 수 있는 친구가 있어 행복하다. 각자 자기 일에서 바쁘게 살다 보니 훌쩍 예순을 바라보는 나이가 되었다. 나는 나대로 글을 쓰고 여행을 하며 사진을 담고 산을 오르내리는 일이 삶의 큰 자리를 차지하게 되었다. 친구는 친구대로 세탁 비즈니스를 여럿 갖고 있어 바쁘게 일하고 성실하고 보람되게 사는 멋진 친구다. 이 타국에서 이런 친구가 있다는 것은 나의 자랑이기도 하다.

서로 바쁘니 때로는 2주가 지나도록 연락을 서로 주고받지 못할 때도 있다. 그러나 언제나 늘 그 자리에 있음을 알기에 서로 보채거나 재촉하는 일이 없다. 무슨 바쁜 일이 있겠거니 하고 기다리다 연락이 오면 어제 만났던 사람처럼 또 반가워 화들짝 화답한다. 삶에서 속상한 일이 있을 때는 마음을 털어놓을 때가 있어 좋고, 그 이야기를 들어줄 수 있어 좋은 가족처럼 편안하고 자매처럼 정스런 친구다. 이렇게 지내는 우리를 부러워하는 이들도 꽤 많다. 나이 들어 사회에서 만난 친구들과의 관계를 경험했기 때문이리라.

평생에 진정한 친구 한 명만 있어도 그 인생은 성공한 인생이라는 말이 있다. 이 나이쯤에 가만히 생각하니 내 인생의 반은 성공한 셈이다. 곁에 이렇게 좋은 친구가 있다는 것만으로도 말이다. 한 달에한 번 정도는 얼굴을 마주하며 저녁 시간을 함께 갖는다. 이런저런이야기보따리를 편안하게 펼쳐놓을 수 있으니 속이 뻥~ 뚫린다. 서로의 이야기가 다 끝나면 보따리를 쌓았던 보자기는 툭툭 털어서 깨끗하게 정리해 착착 개켜놓는다. 서로에게 '인생 상담자와 내담자'가 되어 힐링을 나누는 것이다.

우리는 어려서 마냥 깔깔거리며 맛있는 거 찾아 먹으러 다니는 말괄량이였다. 내가 미국에 먼저와 2년을 짝꿍과 연애를 하고 결혼을한 후 몇 년 후에 친구도 미국으로 시집을 왔다. 그때를 생각하니 시댁 가족들이 많아 버거울 때에 친구가 곁에 있다는 사실 하나만으로마음이 든든했던 때였다. 친구 역시도 내가 곁에 있어 견딜 만 했다고 한다. 우리는 이렇게 서로에게 버팀목이 되어주며 삶에서 기쁨과슬픔을 함께 이야기하고 나누며 이겨낼 힘을 주었다. 30년이 다 지난 때를 생각하니 참으로 고마운 마음이다.

"네가 잘 견디고 잘 지내고 있어 고맙다!" 하고 친구가 며칠 전 만났을 때 전해준다. 남편을 떠나보내고 힘겨울 친구를 생각하며 마음이 얼마나 많이 아팠을까 짐작으로도 알 마음이다. 그렇게 말해주는친구의 마음을 그 누구보다도 잘 알기에 눈물이 핑 돌았다. 나를 잘아는 친구는 내가 아무 곳에서나 힘듦이나 버거움을 표현하지 않을거란 것까지도 알기에 말이다. 이처럼 어려운 일에도 평정을 찾고흔들리지 않는 것에는 세 아이가 있기도 했지만, 사십년지기 친구가곁에서 든든하게 있어 가능했던 것이다.

서로 다른 환경에서의 삶을 보며 때로는 안쓰럽고 안타까울 때가 많았지만, 잘 견뎌주니 고마운 마음으로 응원을 해주고 지내온 세월이다. 생각해 보면 삶은 돌고 돌아서 내가 기쁠 때가 있고 힘들었을 때가 있으며, 친구가 기쁠 때가 있고 힘들었을 때가 있음이다. 이처럼 인생의 길흉화복은 변화가 많아 예측하기 어렵다는 뜻으로 새옹지마(塞翁之馬)란 옛말이 있지 않던가. 그래서 더욱더 간절한 바람이 있다면 오늘을 최선을 다하며 사는 것이 내가 해야 할 몫이며, 그것이 또한 내일의 나의 모습인 것이다.

우리 모두는 이처럼 똑같은 나이는 있어도 똑같은 인생은 없는 것이다. 삶이 서로 다른 만큼이나 서로에게 필요한 존재로 남아 힘이 되고 용기가 된다면 이보다 더 좋은 인생이 어디 있겠는가. 햇살 고운 날에는 햇살이 좋아 감사하고 비가 오는 날에는 비가 와서 기다림을 배우니 감사한 날이지 않은가. 비바람이 불고 태풍이 몰아치면 지난 따스한 날에 대한 감사가 절로 나오고 눈이 오면 또 눈이 오는 대로 감사한 날이지 않던가. 우리는 그저 내가 할 수 있는 만큼에서 최선을 다하고 감사하며 오늘을 사는 것이다.

샌디 한, 그녀에게 큰 응원의 박수를 보내며

만남, 만남은 누구에게나 소중하다. 또한 자주 얼굴을 마주하지 않더라도 그 한 사람에 대한 기억과 추억은 가슴에 남는다. 몇 년 전 한 모임에서 샌디 한(한성경) 동생을 만났다. 모습은 수수하고 수더분한 차림에 눈빛이 맑아 좋았다. 뭐라 할까. 그저 사람을 좋아하고 따뜻한 느낌의 여자였다. 그렇게 만남의 숫자가 더해질수록 편안하고 좋은 사이가 되었다. 같은 교회는 아니었지만, 감리교회의 여선교회 모임(KUMC)에서 서로 일을 맡아 하며 더 자주 볼 수 있게 되었다. 이렇듯 우리의 만남은 추억을 쌓기 시작했다.

그렇게 여러 사람이 시작한 모임에서 서로 마음이 맞는 몇 여자들이 더 가까운 관계를 맺으며 언니 동생으로 편안한 만남을 이어갔다. 서로 경쟁하며 이해타산 따지지 않고 성격이 차분한 몇 사람들이 모여 삶의 한 부분을 색칠하게 되었다. 삶의 일상을 편안히 앉아서 차를 마시고 음식을 먹으며 그렇게 말이다. 각자의 자리에서 가족들과 지내고 취미생활을 하고 봉사를 하며 서로의 이야기보따리를 풀어 놓고 화들짝 거리며 지내게 되었다. 우리네 삶이 뭐 그리 특별할 것이 있겠는가. 오늘 하루 감사하면 최고이지 않던가.

지난 11월 7일(일) 저녁 캠브리지의 매사추세츠 애비뉴에서 아주

기쁘고 행복한 시간을 보내고 왔다. 오래전부터 알고 지내는 동생(샌디 한)이 '하버드홈리스미션'을 맡아 봉사하고 있다. 늘 따뜻한 미소와 성품으로 곁에 좋은 친구와 언니들이 많은 사람이다. 여러 자녀도 훌륭하게 키우고 있으며, 남편의 내조도 잘하고 있어 곁에서 칭찬을 많이 해준다. 아버지가 목사님이셨는데, 몇 년 전 하나님의 부르심을 받으셨다. 그때 많이 힘들어했는데, 결국 아버지의 길을 따라 이처럼 '홈리스 사역'을 감당하는가 싶었다.

'하버드홈리스미션'은 2009년도에 이원경 씨와 한성경(샌디 한) 씨가 함께 시작했었다. 그리고 이원경 씨가 2020년 1월 코로나가 시작되기 전 제단(하버드홈리스미션)을 만들었다. 하버드홈리스미션은 렉싱턴, 벌링턴, 벨몬트, 앤도버, 노스앤도버, 메뚜윈 등 여러 지역 학교 학생들과 한국교회 학생들, 학부모들이 참여하고 있다. 학부형 봉사자 중 문혜빈 씨가 많은 도움을 주어 함께 일하고 있다. 일주일에 2회 정도를 하고 있으며, 노숙자들과 불우이웃들에게 음식을 담은 사랑의 바구니(care kit)를 만들어 나누고 있다.

무엇보다도 뉴잉글랜드 지역의 11월은 집이 없는 홈리스들에게는 더욱더 추운 겨울이 시작된 것이다. 이날 저녁에도 30여 명의 봉사자 학생들과 부모님들이 양손에 물품들을 들고 큰 물품들은 봉사자 아빠들이 자동차로 이동을 하면서 이불, 재킷, 장갑, 모자, 목도리, 그 외의 물품들을 홈리스들에게 나누고 있었다. 이곳 거리에 추위로 떨고 있는 이들과 이들에게 따뜻한 마음과 물질을 함께 나누는 어린 손길들과 함께 있다는 것만으로도 감사가 차올랐다. 11월 초 저녁 날씨는 쌀쌀했지만, 마음은 훈훈해졌다.

샌디 동생의 삶의 이야기를 들으며 곁에서들 대리만족이라고 해야 할까. 그저 이야기 듣는 것만으로도 행복했다. 무엇이든 처음 시작은 얼마나 힘들었을까. 몇 년 전부터 자녀들을 이끌고 함께 하버드 스퀘어와 매스 애비뉴 등을 돌면서 음식을 나누고 물품을 나누고 했던 것이다. 그렇게 시작한 것이 이제는 청소년 학생들에게 봉사의 시간을 마련해주고 열악한 환경에 있는 노숙자들과 마주하며 새로운 삶을 들여다볼 수 있는 귀한 마음의 시간을 갖게 해주는 것이다. 이 모두가 감사라고 고백하고 말았다.

처음에는 샌디 동생의 봉사활동을 보면서 곁에서 가끔 응원의 메시지와 박수를 보내는 정도였다. 그러다가 '하버드홈리스미션(HHMI)'이 어떻게 돌아가고 있는지 보고 싶은 마음에서 참여를 했다. 무작정 남이 도우니 나도 돕는다는 그런 식의 크리스마스, 이스터 무슨 때가 되어 돕는 것이 마음에 내키지 않았다. 그저 한 번 돕는 것으로 그칠 게 아니라 무슨 일을 어떻게 하고 있는지를 알고 제대로 돕고 싶다는 마음이 들었다. 그날의 노숙자들과 만나며 나는 HHMI 봉사자가 되었다. 샌디 한, 그녀에게 큰 응원의 박수를 보낸다.

'모든 것이 감사입니다'라고 고백하는 오늘이

'모든 것이 감사입니다'라고 고백하는 오늘이 또 감사한 날임을 깨닫는다. 지난 12/4 토요일 오후 6시 뉴욕 플러싱 노던 블러바드 소재 '뉴욕 만나교회'에서 〈해외기독문학협회〉 신인 문학상 축하와 감사 예배가 있어 다녀왔다. 원로 목사님들이 주축이 되어 이루어진 해외기독문학협회(회장 이조앤)는 여느 문학 모임보다 안정되고 평안함이 감돌았다. 50여 명이 모여 신인상을 받은 시인들을 축하하고 감사하는 축하 예배로 시작되고 마무리지어졌다. 나는 '모든 것이 감사입니다'라는 시를 낭송하며 축하와 감사를 전했다.

보스턴에서 출발해 뉴욕까지는 보통 운전 속도로 3시간 30에서 4시간 정도의 거리이다. 30여 년을 뉴욕을 방문하게 되면 언제나 남편이 운전을 하고 나는 옆자리에서 재잘거리며 수다를 떠는 아내였다. 혼자서 뉴욕에 운전해본 기억은 몇 년 전 한국에서 친정 언니와 형부가 뉴저지 딸네 집에 놀러 오셨다가 보스턴에 사는 동생(처제)인 우리 집에 오셨는데 며칠 더 계시는 덕에 내가 뉴저지까지 운전해 모셔다드린 적이 있었다. 그리고 몇 년 만에 두 번째 혼자서 떠나는 뉴욕행 운전 길이었다.

모든 것이 감사입니다

십이월의 캘린더를 들여다보며
열두 달의 징검다리를 안전하게 건너게 해주시고
사계절 샛길마다에서 오늘을 맞게 해주시니
모든 것이 감사입니다
맑은 바깥 공기를 들이켜게 하사 들숨을 주시고
그 들숨을 멈추지 않으시고 날숨으로 토하게 하사
순간을 호흡하는 들숨과 날숨의 신비를 깨닫게 하시니
모든 것이 감사입니다
계절 속에 피고 지는 꽃들과 열매를 보면서
무한할 것 같은 인생에 제어 장치를 달아주시고
유한한 생명에 대한 존귀를 배우게 하시니
모든 것이 감사입니다
외로움이 엄습할 때 찾아와 따뜻하게 안아주시고
혼자인 듯싶을 때 곁에 와 함께 걸어주시는 당신
고독의 문을 열게 하사 당신의 얼굴 보여주시니
모든 것이 감사입니다
시린 세상에서 더불어라는 단어처럼 고마운 것이
외롭고 쓸쓸한 사람에게 함께라는 말처럼 따뜻한 것이
엄마 잃은 아이에게 엄마라는 이름보다 더 간절한 것이
모든 것이 감사입니다
내 욕심으로 상처받은 사람이 있는지
용서하지 못해 마음의 앙금이 남아 있는지
풀어내지 못한 미움이 있는지 생각을 주시니
모든 것이 감사입니다

한해를 돌아보며 허락하신 호흡에 감사하고
지내온 시간 속에 챙기지 못한 이들을 떠올려 보며
다하지 못한 아쉬움보다 더해줄 준비를 시작하게 하시니
모든 것이 감사입니다

삶이란 어쩌면 불안과 걱정과 염려의 연속일지도 모른다. 그러나 우리가 염려한다고 해서 그 불안이 줄어들지 않는다는 것을 안다. 또한 걱정과 염려에서 자유롭지 못하다는 것도 안다. 그렇다면 우리는 무엇을 해야 할까. 그저 지금 내게 주어진 삶(상황)에서 최선을 다하는 마음이며 되지 않을까 싶다. 내가 지금 숨을 쉬고 살아있다는 사실 하나만으로도 얼마나 신비하고 감사한 일인가. 지금 내가 호흡하고 있다는 사실을 안다면 조금은 욕심을 내려놓을 수 있을 것이다. 하지만 너무도 당연한 것이라 여기고 우리는 산다.

이 당연한 것 같았던 '호흡'을 깨닫게 된다면 우리는 한순간도 노래하지 않을 수 없다. 살아있음에 대한 감사가 절로 터져 나올 것이 당연한 것이기 때문이리라. 우리는 소소한 일상에 대한 무의식적인 흘려버림이 있다. 이렇듯 지금 내가 숨을 쉬고 있다고 자신이 인지할 수만 있다면 조금은 자유로운 삶을 누릴 수 있을 것이다. 그것은 내 삶에 있어 아주 특별한 사건인 까닭이다. 우리의 일상에서 아주 특별한 일은 이처럼 자연스럽게 느껴지는 호흡이 소중한 것이며, 소소한 것들이 큰 행복이며 아주 특별한 일인 것이다.

지금 내가 살아서 호흡할 수 있다는 것이 내 인생의 처음이고 끝이며 전부이지 않던가. 이렇듯 숨을 쉬고 있음이 너무도 감사한 일이 아니던가. 자연을 가까이 하다 보면 더욱 창조주에 대한 감사가 절로 나온다. "어찌 이리도 아름다운지요?"하고 창조주에 대한 감사와 함께 너무도 작은 피조물인 나를 고백하게 되는 것이다. 바로 그 기쁨과 감사의 고백이 시와 노래가 되어 찬송이 되는 것이다. 그러므로 '모든 것이 감사입니다'라고 고백하는 오늘이 또 감사한 날임을….

삶의 춤꾼이 되어

ⓒ신 영, 2024

초판 1쇄 | 2024년 12월 20일

지 은 이 | 신 영
펴 낸 곳 | 시와정신
주　　소 | (34445) 대전광역시 대덕구 대전로1019번길 28-7
　　　　　신창회관 2층
전　　화 | (042) 320-7845
전　　송 | 0504-018-1010
홈페이지 | www.siwajeongsin.com
전자우편 | siwajeongsin@hanmail.net
편　　집 | 정우석　010_9613_1010
공 급 처 | (주)북센　(031) 955-6777

ISBN　979-11-89282-73-8　　03810

값 15,000원